徳間文庫

犬

赤松利市

徳間書店

1

割烹着にダークグリーンのロングダウンを羽織り、小股で座裏（ざうら）への道を急ぐ。セミロングをヘアゴムで適当にお団子にした髪型やから、師走（しわす）の風に首筋がスースーしよる。マフラーしてこんかったんは失敗やった。

寒風のせいか人通りは疎（まば）らや。風が冷とうて痛めとる左肩がシクシクしよる。

先月誕生日を迎えて六十三歳になった。「一億総活躍」「生涯現役」そんな言葉をよう耳にする。なんやねん、それ。「移民法改正」もあったな。働き手が足りんらしいやないか。そやのに「非正規雇用の賃金問題」が議論される国ってどうなんよ。

非正規雇用は時給が安い。そのぶん時間で稼ぐしかない。一つの職場で、労働時間が制限されたら、ほかの職場を掛け持ちせなあかん。月の時間外労働時間が八十時間超が過労死ラインらしいやん。そやから会社はそれを超えんよう調整しよる。けど時給で働く人間は、それでは生活でけへん。穴埋めするために違う仕事を掛け持ちする。

掛け持ちした職場を足した労働時間が過労死ライン超えとっても、お役所は知らんぷりや。その上に、外国から非正規雇用の労働力を補充しようとしとる。

確かに過労死するほど働かんでもようなるかもしれんけど、過労死ラインを超えて働かんことには、生活でけへん人はどうなるんやろ。

まあこのあたりのことは、『さくら』のスタッフの沙希(さき)からの受け売りや。あの子の部屋にはテレビもないのに、世間のあれこれをよう知っとる子や。日曜日の午前中に行く漫画喫茶が情報源らしわ。雑誌や新聞、ネットで情報仕入れてきよる。ま、夜の客商売やからな、その辺のことは感心、言うたら感心なこっちゃけど、言うても、『さくら』はカウンタースナックや。そこまでせんでもええと言うてんのに、「情報弱者はあきませんけん」と、岡山弁で反論しよる。

反論？　そんなキツイ態度やないな。

諫(いさ)める？　それも違うな。

他人を見下すような子やない。まあええわ。日本語は難しいということや。

座裏のメイン通りで若い男女のカップルとすれ違うた。眩しい笑顔が楽しそうや。

ここまで来たら通りの雰囲気も明るい。それにしても座裏もずいぶん変わったなと思う。以前の座裏は、あんな若いカップルが笑顔で闊歩するエリアやなかった。じっとりとした空気に包まれた排他的な場所やった。

もともと座裏——大阪なんば新歌舞伎座裏やから座裏と呼ばれるこのエリアは、ホモ・セクシャリティー、あるいは女装した男を男が求める場やった。隠花、陰花、淫花、と表現のされようは様々やったけど、そんな闇の花々がひっそりと咲く場所やったんや。

それが今ではディープ・オオサカと呼ばれとる。千日前と並んで、そんな風に紹介され、非日常を体験することを目的に訪れる連中が仰山いてる。さっきのカップルも大方そんなところやろ。

連中目当てに、隠れ家風のイタリアン・バルが開店したり、小奇麗なカフェがオープンしたりしとる。そやけど今でも『ノンケと女は入店お断り』そんな断り書きを、堂々とドアに掲げる店も、ポツリポツリ残っとる。それが一般人には受けるんやろうな。

「いやや、ノンケと女はお断りやって。店内でなにしとんやろな」

そんな嬌声をあげて通り過ぎる。

ふんどしＤＡＹとかティーバックＤＡＹを売りにする店もある。

ふんどし姿、ティーバック姿になった半裸の男性客同士が、酒を飲み交わすイベントや。

（なにが楽しいんやろ？）

希望する客に女装を施してくれる店もある。化粧もちゃんとしてくれる。ワードローブ、メイク室で仕上げられた客は、男性ばかりが集うサロンで女子会に花を咲かせる。

（こっちはまあ分かる）

私がオーナーママを務める『さくら』は、そこまでディープな店やない。

客のほとんどはノンケで女性客も結構入る。ニューハーフの店を売りにはしていない。

割烹着姿の私が、戸籍上の男やと知っとる客も少ないやろう。一応はママなんやけど、割烹着にお団子頭や。店では「お母さん」と呼ばれることのほうが多い。

『さくら』の売りはプレミア泡盛と、それに合わせて私が作るおばんざいや。

おばんざい――なんと無う便利な言葉やから使うとる。他所から来た人らはそれだけでなんか有難う聞こえるみたいやけど、関西圏ではほとんど死語やな。ただのオカズ料理が、おばんざい言うただけで、それらしく聞こえるから不思議や。

（知らんけど）

今夜のメニューは、ゆずの皮を散らした蒸し鶏、寒ブリの胡麻和えサラダ、シシトウの煮びたし、牛蒡揚げ。凝ったものは作られへんけど素材だけは吟味しとる。店が休みの日は、近くの高島屋の地下や日本橋交差点の黒門市場で素材を買い揃える。

店の営業日の夕方前に起床して、先ずはシャワー浴びて、それから二時間ほどでちゃっちゃと拵える。泡盛がメインのスナックやからそれほど量は作れへん。小腹塞ぎにちょっと毛が生えた程度のもんや。それでもお客さんは喜んでくれはる。

その代り、泡盛の品揃えはしっかりしとる。以前はお客さんの注文に応えられるようにウイスキーとか焼酎とかも置いとったけど、今ではプレミア泡盛限定の店や。それを目当てに通うお客さんもいてはる。

泡盛以外にもビールだけは置いとる。銘柄はもちろん三ツ星マークのオリオンビールや。とはいえ、沖縄を前面に出す店でもない。

もともと私自身が、泡盛が好きやったというわけやない。泡盛は、私が若いときに付き合うてた男に教えられた酒や。沖縄出身の眉毛の濃い男は、南国の快活さで私を虜にした。泡盛に合うつまみも、男のために考え、覚えた。十年以上付き合うて、私はその男には棄てられた。泡盛は私にとって、懐かしくもあり苦くもある酒や。

毎日午後七時に、私が作ったおばんざいを6Lタッパー四つ、大きな麻袋に入れて、同じマンションの二階に住む沙希が出勤する。八時に『さくら』の看板に灯りを点す。

私は沙希を娘のように可愛がっとる。

娘と言うても沙希の性別も男性や。そやけど沙希こそ、かなりの常連客からでさえ女と思われとる。やんちゃ娘やと可愛がられとる。沙希を目当てに通う若い男も多い。

私がハラハラするほどぶっきらぼうな彼女の岡山弁にやられてしまうらしい。奇抜なパンクファッションの毒舌キャラで、沙希は女性客にも受けがええ。ま、飛び抜けて可愛かったら、なんでもアリちゅうことや。

私と沙希が暮らす浪花元町交差点のマンションから私の足で十五分、いやさいきんは二十五分くらいかかって『さくら』が看板を上げる三元ビルに至る。昭和にでけた古いビルや。その三階に『さくら』は店を構えとる。

老朽化したビルにエレベーターはない。ショーダンサーとしてならした若いころならまだしも、還暦を超えた足腰に階段はきつい。手摺を頼り、踊り場で一息つきながら、三階まで上がって店のドアを押し開ける。カランコロンとドアベルが鳴る。

「おはようッス」

景気のいい沙希の声が私を迎える。

沙希の前のカウンターに三つの背中が見えた。

ジャンパー姿は、いつも買い出しに行く黒門市場の勤労青年三人や。私の買い物に付き合うてくれた沙希を目当てに店に通うようになった。

沙希の身長は百七十五センチある。

女の子にしては長身の沙希やけど、手足が長(なご)うてスタイルも日本人離れしとる。そのうえ美形とあっては、彼らが沙希を目当てに通い詰めるのも無理はない。

二回目に彼らが来店したとき、沙希は、自らニューハーフだとカミングアウトしよった。さすがに三人のショックは隠しきれんかったが、それからも毎週のように通うてくる。

幽(かす)かな腐臭がした。

その夜の突出し、豆腐ようの臭いや。泡盛と紅麹で豆腐を熟成させた沖縄の発酵食品で、突出し用に店の冷蔵庫に保管してある。

「いらっしゃい」

軽く頭を下げて私もカウンターに入った。

(さあ、今夜も稼ぐか)

気合いを入れてコートを脱いだら、沙希が背後に回って割烹着の腰紐を結んでくれる。左手を背中に回せん私にはそれができへん。店が終わった後で腰紐を解くのも沙希の役割や。そんなとき「介護」という言葉が私の頭に浮かぶ。

『さくら』が店を閉めるのは朝の五時や。

私はぐったりしてそのまま帰る。

沙希が店の後始末と掃除をしてくれる。

沙希が帰る時間、私は夢の中や。そのぶん、私が早めに起きて料理の用意をする時間、沙希は熟睡しとる。料理の用意を終えた私は、その日二回目のシャワーで汗を流して出勤まで仮眠する。沙希はそのころ目覚め、身支度し、私の部屋に寄って、ダイニングテーブルに置かれたおばんざいのタッパーを麻袋に入れて出勤する。そやから私は部屋の合鍵を沙希に渡しとる。それが私らの役割分担や。

「今日もえらい可愛らしい恰好をしてんねんな」

割烹着の袖を整えながら沙希に声を掛けた。

「えへへ」

沙希が嬉しそうに顔を綻(ほころ)ばせた。ほんま小憎らしいほど可愛らしい子や。

「アメリカ村で買いましたんや。メンヘラ病みかわですけん」

セーラー服を模した黒のトップスの左胸に、毒々しい苺(いちご)が大きくプリントされとる。股下ぎりぎりのショートパンツも同じ柄や。それに真紅のベレー帽。小顔にちょこんと乗せているそれは沙希のトレードマークや。ファッションが変わっても、ベレー帽は欠かさへん。ベレー帽から背中に垂れる髪は、鮮やかな緑色のウィッグで、首には犬用の真っ赤な首輪をしとる。「病みかわ」とは精神を病んではいるが可愛いという意味だろう。それとも精神が病んでいるから可愛いということか。そのあたりの価値観はまだ完全には把握できてへん。

「苺の周りの赤い点々は血飛沫（ちしぶき）かいな？」

「さすがお母さんや、分かってくれますか」

沙希が桜色の唇の前で、指先だけを打ち合わせて小さく拍手する。沙希のファッションにもすっかり慣れたなと思う。無造作に散らした柄を、血飛沫だと感じられるまでには、そこそこの時間も要した。

「ほんまはこの下にダメージの編みタイほしかったんやけど、予算オーバーしましてん」

沙希は、見かけによらず金銭感覚のしっかりした子や。衝動買いはせえへん。なんべんか沙希のショッピングに付き合うたことがあるけど、最初に決めた金額以上は、ぜったいに使わへん。その徹底ぶりというか、自制心には感心する。

「そうなんや。やったら次の休みにお買い物付き合うてくれたら買（こ）うてあげるわ」

週に一度の店休日、日曜日も沙希は買い出しに付き合うてくれる。荷物持ちを進んで請け負う。左肩に負担を掛けられない私にはほんま助かる。沙希がおらなんだら、それこそお婆ちゃんみたいなショッピングカートが要るとこや。それくらいの駄賃は構わんやろ。

「マジ？　マジっすか」

　客を置いてけぼりにして二人の会話が弾む。

「あのう、お代わりええですか」

　客の一人が、おずおずと空になったグラスを差し上げた。南国の海を連想させるグラスは碧色（あおいろ）の琉球ガラスや。

「なんや、まだ飲むんかいな？　勘定大丈夫なんやろうな」

　沙希が睨み付けた。

「それくらいあるがな」

　若い客が怒りもせずに苦笑した。

「なにを偉そうに。ここに並んどる酒のほんまの値段知ったら腰抜かすけんな」

　背後に並ぶ甕（かめ）を指差して沙希が言うた。

「そんなに高い酒なんや？」

「ああ、どれも一升瓶で三万円からするプレミア泡盛や。これ見てみい。これが今夜オノレらが飲んどる酒やけん」

　沙希がカウンターの下から空（から）になった一升瓶を摑（つか）み上げた。

『さくら』では、泡盛を一升瓶から荒焼きの甕に移して保管している。泡盛の銘柄ごとに五つの甕がある。麻縄で首を縛った二合徳利を甕に沈めて汲み出し、片口に入れてお客さんに出す。それも沖縄生まれの男に教わった作法や。

甕ごとに二合の値段が違う。

黒門市場の三人組が飲んでいるのは、一番安い泡盛を入れた二合で千五百円の甕や。高いのんになると三千五百円する。

「ほれ、スマホ持っとるやろ。この酒がなんぼするか、アマゾンなりヤフオクなりで検索してみんかい」

沙希が摑み上げた一升瓶のラベルを見ながら若い客の一人がスマホを操作した。

「ほんまや。通販で三万二千円しとるわ。しかも品切れや」

驚きの声を上げた。

「それを一度に二合飲ましちゃっとるんじゃ」

「ほな原価は六千四百円いうことかいな」

三人目の男が目を丸くした。

「そやけど、これ」と二合片口をグラスを持った指でさして「一杯で千五百円やんか」

口をひょっとこみたいに尖らせた。

「おまえら貧乏人に同情して、うちのお母さんが加減してくれとんじゃ。感謝せんけえ」

一升瓶をもとの位置に戻し、腕組みをした沙希が、顎を突き出して三人の客を睥睨した。

「えらいサービスしてもらいまして」

一人が恐れ入ったように私に頭を下げた。あとの二人もそれに続いた。

「そんなん気にしんといてくださいね。それよりもっと飲んでくださいな。まだまだ仰山ありますから。今日も明日も、ずっと千五百円でよろしいですからね」

微笑んで酒を勧めた。

確かに『さくら』で出す泡盛はプレミア価格で、市価で三万以上することもあるが、私はそれを酒造元から直に取り寄せている。小売りはせえへん酒造元や。沖縄生まれの男から購入ルートを引き継いだ。一升瓶の値段は現地価格と同じ千八百円、送料やなんやと換算したら二合で五百円そこそこにはなるけど、千五百円やったら十分に儲けはある。

「豆腐ようばっかしではお酒も進まんでしょ。つまみはよろしいか?」

恐縮している三人に微笑み掛けた。沙希がタッパーで持ち込んだおばんざいが、大鉢に移し替えられてカウンターに並んでいる。どれも小皿で五百円の設定や。

「じゃあ、ぼくは牛蒡揚げを――」

「こら。待たんかい!」

沙希が、平手でカウンターを手加減もせんと思い切り叩いた。三人がビクリと伸び上った。

「この並び見て分からんか！」

三人に詰め寄った。三人は唖然としたままや。「かあー」と沙希が天を仰いで呆れた。

「物語があるやないけ」

わざとらしく溜息まで吐いた。

「ええか、まず蒸し鶏で腹を落ち着かすんや。次に寒ブリの胡麻和えサラダや。ちいとテンションあげるねン。そのまま牛蒡に行きてぇところを我慢して、シシトウでいっぺん口の中をリセットする。ほんでカリカリ牛蒡や。この計算され尽くしたお母さんのつまみ物語が、四皿でたったの二千円やけん。それを別々に注文したらだいなしやろがい。ようそんなんで、天下の黒門市場に勤めておれるのう」

沙希の説明を呆(ほう)けた顔で聞いていた客が「ほな、ぼくはそれで」「ぼくも」「ぼくも」と一斉に注文した。「フンッ」と沙希が今度は鼻を鳴らした。

「生意気にコースで要るらしいですわ。お母さん、まことお手数ですけど、お母さんの絶品料理を、こいつらに出してやってくれますかいな」

「あらあら、みなさんコースで召し上がりなんですね。ちょっと待っててくださいや」

手元に小皿を並べた。ニコニコしているんは注文が入って嬉しいこともあるけど、なにより沙希の客回しが可笑しゅうて仕方ないからや。

「お母さん、そんな手間をかけいでも、そこらの洗面器に三人分、ぶち込んだらよろしいがな」

「あら残念、今日は洗面器があらしまへんの」

零れる笑顔で沙希の暴言を受け流した。釣られて三人の客もへらへら笑うた。

「なにをへらへらしとんや。お母さんが用意しとるうちに、酒でも注文せんけえ。売り上げに貢献せいで客と言えるか」

さっきお代わりを注文した客以外の二人が、慌ててグラスを空にした。酒を飲み干して、空のアイスペールに小さくなった氷を捨てた。これも『さくら』の流儀や。小さくなった氷で酒が薄まらんよう配慮しとる。追加する氷は大振りで、氷屋から特注で納品してもらっとる。プレミア泡盛を売りにしているんやから、それくらいの配慮は当然やと思う。

三人のグラスに新しい氷を一個ずつ追加し、沙希が片口を傾けて泡盛を注ぎ入れた。

片口が空になった。

沙希がわざとらしく耳の横で振った。切れ長の目が客を睨んどる。

「もうないがな。お代わりするけん」

相手の返事を待たず甕に二合徳利を沈め込んだ。

「豆腐ようも残さんで食べなあかんで」

二合徳利から片口に酒を移しながら沙希が三人に言うた。

「この、楊子でちまちま食べるんが面倒なんよね」

「楊子？　なにが楊子なんじゃ」

「いや、だから、これ」

客が指で挟んでいるのを沙希に示した。

「そりゃ黒文字じゃ。そねえなことも知らんのか！　おいりゃせんのう。茶道で菓子を食べるときに使うじゃろうが。ちゃんとした茶道具やけん。十本一円の楊子と一緒にすなや」

楊子の単価は知らないが、店で使ってる黒文字は一本単価が三円する。もちろん洗うて再利用したりはせん。使い捨てや。

「そねえな風やと、おめえら豆腐ようの別名も知らんじゃろ」

「別名？」

「そや。豆腐ようはな、醍醐言うんじゃ」

正確には豆腐ようではなく乳製品を醍醐と言う。その延長線上で、チーズに似た味の豆腐ようも、醍醐と呼ばれる場合があると沖縄の男が教えてくれた。しかしそれをどうして岡山出身の沙希が知っているんやろう。思わず首を傾げた。

店が暇なとき、沙希はたいがい本を開いているが、たまには私とお喋りすることもある。そんなときでも、私が昔の男の話題に触れたことはない。片時の話題としては苦すぎる思い出なんや。

「醍醐味という言葉、無学なあんたらでも聞いたことはあるじゃろう」

沙希の暴言が続く。神妙に耳を傾ける三人が頷いた。

「サッカーの醍醐味やとか釣りの醍醐味やこう言うけど、もともとの意味は深え味わいを意味する言葉じゃ。なんで醍醐味と言うかというと、その昔、醍醐天皇が豆腐ようをお食べになって、てえそう喜ばれたところから醍醐味と言うようになったんじゃ」

沙希の話が飛躍した。

三人は相変わらず聞き入っとる。私の手元に料理の盛り付けができているが、沙希の講釈が面白いので水をさせない。

「醍醐天皇と言えば平安時代、第六十代の天皇さんや。右大臣に学問の神さんの菅原道真公を抱え、徳政を積まれた方よ。その天皇さんの名前が冠された豆腐ようじゃ。本来やったら、おめえらみてえな平民が味わえる食いもんやない。それが分かったら、ありがとう頂戴せえ」

「おつまみ出してもええかしら？」

「いや、お母さん。待ってくれとったんですか。すいません。こいつら、なあんも知らんけぇ教育しとりましたけん」

「もうお勉強はええでしょ。お皿お配りして」

「はい。配膳させてもらいます」

素直に返事をし、てきぱきと沙希が客前に皿を並べた。その様子を見ながら私はいつもの思いにとらわれた。

（この娘はいったいどんな育ち方をしたんやろう）

さっきの醍醐味はさすがに眉唾物やが、店で接客しながらその時々で、沙希はあんな蘊蓄を披露する。今風に言えばトリビアいうとこか。そのトリビアが、さっきのもそうやろうが、どうもアドリブらしい。あれだけの話が即興ででけるということは、相当の素地があるに違いない。沙希の部屋の隅に積み上げられた古本の山が目に浮かぶ。

沙希の父親は岡山大学の教授で、それもかなり地位のある役職に就いている。それなりの教育を受けて育ったんやろう。そんな沙希がどうして親元を離れ、座裏の『さくら』に居付いているのか。もって生まれた性別を越境させたい気持ちは私自身がそうなんやから理解できないことやない。私の場合、自分の性に素直になるためには、親も生まれ故郷も捨てる必要があった。私に限ったことやない。昔の仲間たちのほとんどがそうやった。そういう時代やった。故郷を捨てたんは十八歳のときで、六十三歳の年になるまで、一度も帰省したことはない。

そやけど沙希は違う。

盆正月には帰省する。同窓会の案内があれば嬉々として参加する。今どきの子らしく、インスタに写真をあげとるけど、屈託のない笑顔の沙希とともに、普通の両親、普通の姉妹（沙希には妹がいる）、普通の同級生らの笑顔の写真が投稿されとる。あえて普通と違うんは、沙希のパンクファッションくらいや。

沙希が座裏に居ついて六年少しになる。

出会ったときの沙希は十八歳で私は五十七歳やった。

座裏に『さくら』を開店し二十周年を迎える直前に、二年前から勤めていたアサミが、東京のニューハーフのショークラブに移りたいと言うたんで口を利いてやった。その欠員を募集中やった。

翌週から東京に移り住むアサミが沙希を連れてきた。

（ずいぶん可愛らしい女の子やないの）

それが沙希の第一印象や。

アサミに女友達かと訊くと違うと言うた。

その日アメリカ村で出会うたらしく、沙希からアサミに声を掛けてきたそうや。

どっかアルバイトを募集しているニューハーフの店を探していると。

アサミも顔立ちの整った娘やったが、見る人が見れば、ニューハーフと分かってしまう。

逆に沙希は、アサミから見ても普通の女の子に見えたらしい。

「え、女の子やないの？」

話を聞いて私も驚いた。

「股間を触ってみぃ言うんよ」

アサミが面白そうにその時の経緯を語った。

「で、私も男の人のもん触るのん嫌いやないから触ってみたんよ。ほしたら、あるものがあってビックリしたわ」

アサミの話を聞きながら私は沙希の右手を見咎めた。丸めた紙が握り締められとった。

それは私が手書きした「スタッフ急募」の貼り紙やった。

ビルのオーナーに断って、一階の壁に貼らしてもろうたんや。

それが剝がされて沙希の手に丸められとる。怒るというより脱力した。まあええかと、面接らしい面接もせんと採用を決めた。

順序が後先になったけど、採用を決めてから、勤務条件を説明した。

バイトの時間は午後八時から午前五時までの九時間で、合間に一時間の食事休憩を入れて時給は千二百円。日曜日が休みで、月に二十五日の勤務で二十四万円くらいになると説明した。

「そんなに大層には要りませんけに」

意外なことを沙希が言うた。

「もっと休みがほしいということ?」

それは困る。私と二人で店を切り盛りするんやから、店休日の日曜日以外は出勤してほしい。

「いや、休みは週一で構いませんけん。けど給料より寮を手当てしてもらえませんやろか」

「住むとこがないの?」

「先週岡山から出てきたばっかりですけん」

一週間、漫画喫茶で寝泊まりしていて、荷物はコインロッカーに預けてあると言う。

「店泊でも構いませんけん」

「てんぱく?」

「店で寝さしてもろたら助かります」

「店でて、寝るとこやあれへんやん」

もともとカウンター以外にボックス席も用意する気やったから、広さにそこそこの余裕はある。そやけどまさかそこにベッドを持ち込むことはでけへんやろう。

「寝袋買うて、そこの床で寝さしてもらいますけん」

「そういうわけにはいかんわよ」

沙希の態度には少しも悪びれる風がない。

(要は家出娘ということかしら)

借家を借りるにあたっては、身元のしっかりした保証人が必要やと告げると、実家の父に連絡すると言うた。何気のう訊いた父親の職業は大学教授やった。

頭が混乱した。なんで大学の先生の娘、いや息子が、女の子の恰好、しかもパンクファッションで、ニューハーフ志望で――

その場で沙希はスマホで実家に連絡した。最初に母親が出た。私に代わった。そつのない受け応えで、その日父親は教授会が長引いてまだ帰宅していないと言うた。沙希が再び電話した。スマホをスピーカーに切り替えた。

――はい、岡山大学文学部

確かに相手はそう応答した。

(国立大学かいな。そこの教授なん?)

「藤代の家の者です。藤代はまだ会議中でしょうか」

沙希が言うと相手が畏(かしこ)まった。

――さっき終わりました。学部長はたった今お帰りになりましたが……

(しかも学部長!)

「分かりました。行き違いで失礼しました。家のほうに掛け直してみます」

通話を終えて沙希が真っ直ぐな目を向けてきた。

「自宅に掛け直しましょうか?」

「もうええわよ。あなたの身元が確かなのは分かったわ。私が部屋を借りているマンションやけど、すぐ近くなんよ。元町一丁目で私は七階。けど、二階と三階はワンルームなん。そこのワンルームでええんやったら、私の名義で借りるわ。そのほうが手間もないしな」

店泊とまで言うた沙希が断るはずがなかった。

「お家賃はお給料から天引きさしてもらうよってに」

「はい、よろしくお願いします」

沙希が頭を下げてそれで決まった。決まった後で沙希が、赤いベレー帽を手に取り、姿勢を正して深々と頭を下げた。改まった口調で言うた。

「先ほどは申し訳ございませんでした」

「ん？　なにが？」

「親元や大学に電話して、家柄をひけらかすような真似をしました」

「そんなこと――」

確かに少し厭な気はした。

「たちまち今日明日泊まるところがなかったんで、浅ましい真似をしました。でも分かってつかあさい。漫画喫茶泊まりも一週間続くとけっこうきつうて。ほんま、すいません」

また深々と頭を下げた沙希に好感を持った。

（あれから六年余り――）

思い出すと自然に頬が緩んでしまう。

あの日沙希は、魔方陣をモチーフにした黒のパーカー姿やった。一晩、私が手配してあげたビジネスホテルに泊まり、翌々日、ボストンバッグひとつで引っ越してきた。

骸骨が振り返る絵柄の、やはり黒色のパーカーやった。どちらもオカルトゴシックパンクに分類されるファッションらしい。トレードマークの赤いベレー帽が、全体の印象を和らげていた。

　コインロッカーに預けてたボストンバッグから取り出し、届いたばかりのシングルベッドに並べた服も、同じような系列のもんばかりやった。

「もしよかったら、私が若い時に着てたドレスがあるんやけど試しに着てみる？」

　良かれと思うて言うた。

「うちのファッションだめですか？」

　思い詰めた目で問い返された。

「うーん。ダメいうわけやないけど、沙希さん可愛いんやから、お店ではドレスのほうがええかなって思うてな」

　鞄から出した服を、沙希が深刻な顔で鞄に戻し始めた。

「どないしたんよ？」

　無理に笑顔を作って問い掛けた。

「パンクファッションはうちの生き様ですけん。それを否定されたら……」

　目にうっすらと涙まで浮かべていた。

　慌ててそんな沙希を宥めたことも今となっては懐かしい。

　沙希に煽られるだけ煽られて、午後九時を回るころには、すっかり出来上がってしまった黒門市場の勤労青年三人は、これも沙希の勧めで（むしろ命令で）、レンチンの沖縄そばを〆に注文した。沖縄のコンビニ限定販売のレンチン沖縄そばやけど、泡盛を取り寄せている酒造メーカーが現地で調達し、コンビニ価格の三百八十円で送ってくれる。それに紅ショウガを足して『さくら』での売値は五百円や。

誰も文句は言わへん。本場の舌を納得させる沖縄そばは、その値段でも好評や。近所のラーメン屋に行けば、それ以上の値段は間違い無うする。沖縄そばを啜りながら、青年の一人が私に問い掛けてきた。

「前々から気になっていたんやけど、沙希さんとお母さんの首輪ですけど、それお揃いのファッションですの？」

訊かれてぎくりとした。私が取り繕うまえに沙希が激して言葉を返した。

「阿呆か、おのれ！　なにが首輪やねん！　確かにうちのはペットショップで買うた首輪やけど、お母さんのこれはチョーカーやないか。大人の女性のファッションアイテムや。そんなことも分からんのか」

沙希に叱られた客が萎縮した。

しかし違うのだ。

確かに沙希の首に巻かれているのは、ペットショップの首輪かもしれない。すらりと長く、顎に向かって窄まる沙希の首は、西洋人を思わせる優美さがある。その首に犬用の首輪は痛々しいが、実は私のチョーカーこそ、紛れもない首輪なんや。

昔の男に躾(しつ)けられた。

性交時に首を絞めるんが好きな男やった。

私もいつしかその性癖を好むようになった。

そんな私にエンゲージリングの代わりやと、男が買い与えてくれたのが犬用の首輪やった。素直に嬉しかった。自分が男の所有物になったという喜びが湧いた。あのときの喜びが忘れられんで、私は、割烹着に不似合いなチョーカーをいつも身に着けとるんや。沙希の首輪はファッションかもしれんが、私のそれは違う。男に支配されとった季節の名残を今も偲(しの)ぶ、それこそ正真正銘の首輪なんや。

チョーカーにはアクセントとしてリングがあしらわれとる。そやけどそのリングに、鎖を掛けてくれる男はもうおれへん。

沖縄そばを食べ終わって、朝が早い市場勤めの三人が席を立った。お一人様八千円也、合計二万四千円の勘定を支払って店を後にした。

三人と入れ替わりに二人、カップルが来店した。

プレミア泡盛目当ての中年男性のサラリーマンの四人連れ、さらに沙希を応援する女性客の三人連れ、たちまちカウンターだけの『さくら』は満席になった。

私を庇うて、沙希が汗だくになって立ち働く。

沙希は私の左手が上がらんことを知っている。右肩も次第に不自由になっとる。カウンターの上の大皿から、おばんざいを小皿に盛り移すのは右手で足りるんやが、カウンター越しに腕を伸ばして、酌をしたり、氷を追加したりすんのんは右手でもきつい。

「お母さん、そんなんせんでええですけん。氷の追加やこい、客が自分の好みですることですやん」

「酌もええ。うちはクラブやないんですから」

私を叱咤する声に、私の肩が悪いのを知っている客も同調してくれる。

(ほんまにこの子がおってくれてよかった)

私は胸の内で手を合わす。

2

思わぬ客が『さくら』のドアを開けた。

「いらっしゃいま……」

大柄な影に言いかけた声が閊えてしもた。

（まさか！）

目を見開いて男を凝視した。

（そんなわけはない）

自分に言い聞かせた。

目線が合った男が「やあ」と、親しげに右手を挙げた。

（間違いない！）

生唾を吞み込んだ。その客は二十年以上も前に私を棄てた安藤勝（あんどうまさる）に間違いない。

「どうぞこちらに」

おしぼりを手にした沙希が安藤をカウンターの中央に案内した。午後八時四十五分。安藤がその夜の口開けの客やった。

「お飲み物はどうしましょ」

開いたおしぼりを渡しながら、注文を聞く沙希の口調が硬い。安藤が入店したときの私の様子からなにかを感じているようや。

「まずは酒を、もらおうかな」

「うちは泡盛がメインですけど」

「それでいい。ロックでもらえるかな」

「二合で千五百円、二千円、二千五百円、三千円、三千五百円の五種類があります。一合やとその半額です。ほかにお試しで、一時間五千円ぽっきりのセットもあります。セットの泡盛は二合で千五百円の泡盛になります」

「三千五百円のを一合もらおうか」

沙希がアイスペールに氷を入れて、私は一合徳利で甕から汲んだ酒を一合用の片口に移し入れた。それだけで手が震えてしもた。以前安藤と暮らしていたときも、こうやって酒を準備してやったと思い出した。

「どうぞ。お通しはすぐに用意しますけん」

沙希がカウンターに置いた赤色の琉球グラスに、安藤が軽く片口から泡盛を注ぎ入れた。氷バサミを手にした沙希を手で制し、氷も入れずにそのまま口をつけた。一口飲んで、ふうと息を吐いた。グラスを光に翳(かざ)しながら呟くように言うた。

「宮国か」

沙希が驚いた顔をした。宮国は酒造メーカーの名だ。

「お客さん、沖縄の方ですか？」

「ああ、生まれはね。でも、高校を出てからはずっと東京で、島にはほとんど帰っていない」

「それでお酒の銘柄が分かるやなんて凄いですけえ」

「酒は高校生の時からずいぶん飲んだからな」

安藤が苦笑した。

「高校生の時からですか！」

「島じゃそれが当たり前だった。気の早い奴は、中学のころからブーギイ畑に隠れて飲んでたよ」

「ブーギイ畑？」

「サトウキビ畑のことよ。宮古(みやこ)の言葉ね」

二人の会話に割り込んだ。

このまま黙っていると、安藤との関係を打ち明けにくくなると思うた。

「覚えてくれていたのか」

安藤が私に微笑み掛けた。沙希が私に目を向けた。

「お母さんのお知り合いなんですか？」

「昔の男やねん。あっさりと棄てられたけどね」

あえて蓮っ葉(はすっぱ)な口調で言うた。

「なんだよ、まだ根に持っているのか？」

安藤がまた苦笑した。

「まさか。自惚れんといてください。アンタのことは疾うの昔に忘れたわ」

憎まれ口を叩きながら島ラッキョウを皿に盛った。きつめに塩をし、冷蔵庫で三日寝かせた島ラッキョウや。その日の午後、二時間ほど水に晒して塩抜きをした。たまたまやけど、それは安藤の好物やった。黒門市場で見かけて買うた。買うてて良かったと思うた。

「まだ不動産の仕事をしてるん？」

軽く鰹節を振りながら探りを入れた。

「いや、不動産はとっくに辞めた。義理の父親の会社があれから直ぐに倒産してしまってね」

私を棄てた後直ぐということやろか。安藤は、私を棄てて不動産会社の一人娘と結婚した。それまでバイセクシャルとは知らなんだ。

「義理の父さんが倒産とは、シャレにもなれへんわね」

下らないダジャレに安藤も沙希もクスリともしない。座が冷え込んだ。舌を噛みとうなった。

「それで今はなにを？」

気まずさに耐えられずに訊いた。

「いろいろやったが、今じゃＦＸ一本だな」

「エフエックス？」

なんとのう聞いたことはあるが知らない言葉やった。

「投資です」

沙希が口を挟んだ。

「株みたいなもの？」

「株とは違いますけん。お金に投資するんです」

ピンとこない。

「正確には通貨だね」

安藤が補足した。

「どっちにしても、まともな人間がやることやないですけ」

沙希が吐き捨てた。

「おいおい、ずいぶんな言われようだな」

安藤が声に出して笑うてグラスを空にした。氷を入れた。片口から酒を注いだ。

「そりゃ、中には火傷をする素人もいるよ。でもＦＸはそんなもんじゃない。まっとうに国際情勢を読んでだな――」

「お酒の場で仕事のお話はなしにしましょ」

止めに入った。雲行きが怪しい。沙希がいつになく苛立っとる。

「そうだな」

安藤が頷いた。

「久しぶりに桜に会ったんだから積もる話でもするか」

「どこでここのことを知ったの？」

古巣の新宿二丁目に、私の消息を知る人間は少ないはずや。東京を離れるとき、当時のニューハーフ仲間とは縁を切った。郷里に帰って隠遁（いんとん）すると言うて離れた。

「キングのママに聞いたんだ」

「そう」

納得した。『キング』は新宿二丁目の大衆食堂や。夕方店を開けて店を閉めるのは翌朝の八時ごろで、出勤前や退勤後、よう定食を食べに通うた。

同伴、アフターに客と利用するような店やない。鯖（さば）の味噌煮定食、豚の生姜焼き定食、『キング』はそんな定食をメインにする店や。安藤とは何度か行った。それは安藤が客でなくなってからのことやった。

「まだ賀状のやり取りをしているんだって？　ママが懐かしがっていたよ」

八十歳を超えているはずの『キング』のママの顔が浮かんだ。今年の年賀状には、もうそろそろ引退かもしれませんと書いてあった。

「元気にしているのかしら？」

「ばあさん、もう歳が歳だからな。最初はおれのことも忘れていたよ。何度か通ってようやく思い出してくれた」

（何度か通って？　そんなに私の消息が知りたかったんやろか）

体の芯がほんのりと熱うなった。

「でも、どうしたのよ。今更私に会いたくなったわけでもないでしょ」

また探りを入れた。それだけでドキドキした。

「おれも歳を取ったんだよ。来年で還暦だ。思い出すのは昔のことばかり。特に桜のことは忘れられない思い出だ。無性に会いたくなってしまってな」

「まっ、嘘でも嬉しいわ」

脇を締め、両手の握り拳を顎の下に合わせ、精一杯可愛娘ぶって見せた。そんな如何にもニューハーフじみた仕草をするのは何年振りやろう。

「さっき店に入ったときに驚いたよ。桜は全然変わっていないじゃないか」

「そんなことないわよ。もうすっかり、――婆さんになっちゃったわ」

危うく爺さんと言い掛けた。熟練の化粧で誤魔化してはいるが、還暦を迎えるまえから『男』の性が顔を出し始めた。

先祖返り――

（ちょっと意味が違うか）

老人の気配は最初手に現れた。肉が削げてゴツゴツし始めた手は、紛れもなく老いた男の手やった。いずれにしても、店内であればまだしも、『さくら』への行き帰りや、日曜日の食材買い出しのおりには、大判のマスクが欠かせんアイテムになった。

「いやいや、さすがに昔と同じとまでは言わないが、今でも四十で通じるよ。最近のはやりで言えば美魔女といったところだな」

「そんなことを言ったら奥さんに叱られるわよ」

さらに探りを入れた。

「あいつとはずいぶん以前に別れた。不動産事業が破綻して収入の途が途絶えたのに、それまでと変わらない贅沢三昧だ。おれの貯金を食い潰して出て行ったよ」

「そう。そんなことがあったの」

ため息を吐いてみせるが内心では喜んだ。

「いろいろ大変だったのね」

「ああ、ぎりぎり残っていた百万を元手にＦＸで勝負したんだ。それが当たって以後は快進撃だ。億の金を動かす毎日だよ」

「億なの？　すごいじゃない。さぞかしおもてになるんでしょうね」

「女にはもうコリゴリだ」

首を振って苦笑する言葉にわざとらしさを感じた。どこか演技が混じってる気がした。

「だったらおじさん、私が付き合ってあげようか」

沙希がとんでもない横槍を入れてきた。

「いや、ありがたいお申し出だが、若い子でも女は無理なんだ」

安藤が両掌を沙希に向けて拒否の態度を示した。

「サキッチョはお仲間よ」

沙希はその呼び名を嫌う。自分に似合わないと人前で言われることを厭がる。しかし無意識で沙希の嫌がる呼び名を口にした。少し嫉妬が混じっていた。

「なんやったら見せましょか。うちはまだ工事してませんけん」

沙希がショッキングピンクのショートパンツのジッパーを指で摘まんだ。今夜のコンセプトは桃色パンク娘だ。パーカーも同じくショッキングピンクだが、右胸にデザインされている桃が生尻にしか見えない。ご丁寧にウィッグまでピンクだ。

安藤の反応を窺うように、沙希が赤いベレー帽の下の目を光らせた。

「駄目よ沙希ちゃん。お店でエロは厳禁よ」

軽く沙希を睨み付けた。

「テヘ」と沙希が舌を出した。テヘペロや。

「ふむう」

安藤が顎に手をやって沙希の身体に視線を向けている。向けているというより這わしとる。吟味するように凝視して言うた。

「だったら明日にでも同伴するか？」

沙希が誘われた。

私は昔を思い出した。

夜更かしを嫌う安藤は昔からそうやった。

アフターに誘われたことはない。その代わり、寝起きが悪い私に合わせて、何回かに一回は、店前同伴を引き受けてくれる客やった。

同伴であれば、二時間入店が遅れてもペナルティーにはならない。寝坊してしまった日に、安藤の携帯を鳴らした。店前同伴をねだった。ほかの客に店前同伴をねだったことはない。安藤には甘えられた。

「あっ、同伴駄目っす。自分、開店準備しなくちゃならんですけに」

――いいのよ、開店準備は
などと言う気はさらさらない。

そもそも沙希が同伴に誘われたことに腹が立つ。沙希にではなく、誘った安藤に腹を立てるのが筋だと分かっているが、女心は複雑なんや。

どやどやと客が入ってきた。

ジャンパー姿の三人は、いつもの黒門市場の勤労青年三人連れや。

巨漢で背広姿の安藤の威圧感なのか、距離を置いてカウンターの端に座った三人に、沙希がおしぼりを配りながら言うた。安藤の立派な体格と比べたら、三人は中学生にも思える。

「沙希ねえ、このおじ様に同伴誘われちゃったの」

おしぼりで手を拭きながら三人が一斉に安藤を睨んだ。

「FXやっている人なんだよ。すげえ、お金持ちなの。沙希ちゃん、お金に理性奪われるかもしれんけにぃ」

安藤に向けられた三人の視線が沙希に飛んだ。三人が三人、切なげに眉を寄せた。

「沙希ちゃんもお金に弱いの？」

三人のうちの一人がしょげた声を出した。

「阿呆、そんなわけないやろ」

沙希が笑い飛ばした。

「うちの本命はこの三人のうちの――」

言葉を溜めた。

三人が前のめりになって首を伸ばした。生唾の三重奏が聞こえるようや。

「あかん。それを言うたらあんたら喧嘩になるけに」

三人の強張りがみるみる解けた。それでも諦めきれずに左端の一人が言うた。

「せめてヒントだけでも」

真ん中が続いた。

「どんなタイプが好きとか」

右も訊いた。

「芸能人で言えば」

三人三様に食い下がった。

「うーん。芸能人かあ。うち、テレビ見いへんしなあ」

沙希のワンルームにテレビはない。テレビどころか、最初に私が買い与えたシングルベッドだけや。冷蔵庫も洗濯機もない。洗濯はコインランドリーで済ませているらしい。その代わりに、かなりの数のパンクファッションが壁に掛けられ、そしてそれにも勝る古本が、部屋の隅の床に置かれとる。数えたことはないけど千冊は下らんのと違うやろうか。まだ全部は読んでいないらしい。気に入った本は、何度でも読むので、全部読むのがいつになるか分からんと笑うて言うたことがある。

「あえて言えば桃太郎かな」

「桃太郎？」

三人が声を揃えた。互いに顔を見合わせて、誰が桃太郎のイメージか確認した。左端の男は痩せぎす、真ん中の男は色黒、右端の男は団子鼻。どれも桃太郎のイメージやない。

「うち、岡山の子やで。岡山というたら桃太郎やろ。桃太郎言うたら」

沙希が右から順番に三人を指さした。

「サル、イヌ、キジやんか」

少し理解に時間が掛かり、三人ががっくりと項垂れた。

「それよりなんか注文しいな。キビ団子は待っとっても出えへんよ」

三人がいつもの千五百円の泡盛を注文し沙希が対応した。

「小悪魔だね」

安藤がぽつりと小声で口にした。その視線が気に掛かる。

不意に昔のことを思い出した。

確かあれはルルという小娘やった。

私の席のヘルプについた入店したてのニューハーフや。

そのルルを安藤は食ったことがある。店のトップ・キャストやった私に遠慮して、ルルも公にこそせんかったけど、二人が関係したと確信をもって言える。

その後、度々無断欠勤するルルは店をクビになり、千駄木あたりのニューハーフヘルスに落ちたという噂を耳にした。まさか安藤との関係を続けるために、ヘルスに移ったわけではないやろうが、そんな前歴が私の昔の男にはある。

「お酒はいいの?」

私の声に安藤がビクッと身を震わせた。

(沙希に見とれとった!)

「ああ、同じものを」

「食べるものは、なにになさる?」

島ラッキョウを除く今夜のメニューは、ラフテー、鶏卵とツナの人参しりしり、ナスの煮びたし、牡蠣(かき)のオリーブオイル漬けや。冷蔵庫にはスクガラスの瓶詰もある。

「しりしり頂こうか」

一見人参の千切りのように見えるしりしりは、しり器と呼ばれる沖縄独特の卸し金で人参を削り卸し、ツナと鶏卵で炒めた料理や。

(そうそう、これも安藤の好物やった)

菜箸で盛り付けながら懐かしく思い出した。店で出すしりしりは、保存を考えて卵を固めに仕上げてある。家に来てくれれば、柔らかめに仕上げ、温かいうちに食べさせてあげるのに。そんな詮無(せんな)いことをつい考えてしもた。

「はい、お待ちどおさま」

しりしりを小皿に盛って顔を上げると、安藤の目線が、また沙希に向けられていた。オールバックに整髪した頭に、しりしりをぶっかけてやろうかと思いながら、そっと安藤の前に置いた。そんなことをするほど若くはない。若いころやったらやっていた。自分の老いを感じた。

沙希と三人のお供が燥(はしゃ)ぐ声が癇に障った。

「お母さん、今日、変やろ」

沙希が私のことを話題にした。

「変て?」

キジと言われた男が問い返した。

「分からんか。さっきから東京弁、喋っとるやないけ」

「そう言われたらそうやなあ」

サルが納得顔で言うた。

「なんで東京弁なん？」

イヌが訊いた。

「さあ、なんでやろうなあ」

視線を逸らす沙希が憎たらしい。

安藤と私に向けられた沙希の悪意を感じた。


二日後の夕方の四時半過ぎに部屋のチャイムが鳴った。

まだ沙希が来る時間ではない。料理の手を止めて、冷蔵庫の取っ手に吊るしたタオルで手を拭いて、応答ボタンを押した。ドアホンカメラの映像がオンになった。映っているのは安藤やった。カメラに向かって手を挙げて笑うとる。玄関ドアに走った。もどかしくチェーンロックを外してドアを開けた。

「どうしたの？」

「どうもしないさ。一昨日店で言っていたじゃないか。家に来たら、ちゃんとした人参しりしり食べさせてあげるって。このマンションの場所も紙に書いて教えてくれた」

「私が？」

「なんだ覚えていないのかよ。まあ、かなり酔ってはいたがな」

確かに酔うていた。ずいぶん飲んでしもた。

もともと私は酒に強いほうやない。ビールやったらジョッキ一杯で出来上がってしまう。あの夜は何杯飲んだんやろう。しかもビールやない。泡盛のロックや。『さくら』の泡盛は、どれもアルコール度数が三十度を超える古酒(くーす)なんや。

記憶が飛んだ。

翌日沙希に聞くと乱れてはいなかったようやったが、それはたぶん、安藤と飲んでいるという緊張感があったせいやろう。

翌日の昼過ぎに目が覚めたとき、脱ぎ散らかした衣服や下着に頭を抱えとうなった。トイレでは流し忘れた吐しゃ物が異臭を放っとった。それを流し便器に座って考えた。

（あの人はまた来てくれるやろうか）

（もう東京に戻ってしもうたんやろうか）

切ない想いに胸が潰れた。その安藤が目の前にいる。

「でも、急に来られても材料が……」

「材料なら、ほら」

笑顔の安藤が手に持ったレジ袋を自分の胸の高さに挙げた。

安藤の身長は百八十五センチ、私は男としては小柄な百六十センチや。玄関に立つ私と三和土（たたき）に立つ安藤、安藤の胸のあたりがちょうど私の目の高さになる。

「人参にツナ缶、卵にごま油もある。ついでだから木綿豆腐も買ってきた。さすがに島豆腐は見つからなかったがな」

材料としては漏れがない。しかしそういう問題やろうか。今の安藤と私は他人なんや。それも女の一人住まい。いや厳密には女ではないけど。

「どうした、中に入れてもらえないのか？」

安藤が困惑顔で言うた。

「一人暮らしだって言っていたけど、あれは営業トークかな？」

言いながら安藤が手を伸ばし、チョーカーのリングに指を掛けた。お仕置きするように軽く引っ張られ、思わず「あん」と甘い声を出してしもた。それが恥ずかしくて取り繕うた。

「正真正銘の一人暮らしよ。散らかっているけど、どうぞ」

平静を装おらて安藤を部屋に招き入れた。恥ずかしいほどは散らかっていないはずや。

「なんだ料理を作っていたのか」

安藤がダイニングテーブルにレジ袋を置いた。

「ええ、この時間はいつもそう。お店で出すおばんざいを作っているの。そんな大したものは作れないけどね」

「ほう、なにができるんだ」

「今日はゴーヤチャンプル、ヒラヤーチ、ソーメンチャンプル、モズクの天ぷら。簡単なものばかりでしょ」

どれも安藤に教えてもらったものだ。普段はここまで沖縄料理に凝らないのだが、これも安藤が店に立ち寄った影響やろう。

沖縄には一度安藤に連れて行ってもろた。一泊二日の短い旅行やったけど、そのときは、ステーキと魚料理を御馳走になった。グルクンとかミーバイとかアバサーとか、沖縄の魚を大阪で手に入れることは難しい。

「なにかお飲みになる？　と言ってもサンピン茶か泡盛しかないけど」

「だったら泡盛にするか」

「ロック？　サンピン割りもできるよ」

「まだ日が高いからサンピン割りにしておくよ」

「ちょっと、待っててね」

(サンピン茶は冷蔵庫に冷やしてある。うん)

(泡盛は流しの下にある。うん、うん)

当たり前のことを頭の中で確認しながらキッチンに向うた。

すでにその時点で上の空や。頭がグルグルしとる。首に巻いたチョーカーが熱を持っとる気がする。

泡盛のサンピン割りを飲んで、人参しりしりを食べて、それだけで安藤は帰るんやろうか。帰らないとすればなにがあるんやろう。自分の期待に顔を火照らせた。

(いや無理や。無理、無理、無理)

飲み食いだけで帰られたら寂しい気もするけど、それ以上、つまり体の関係は急すぎる。心も体も準備ができてない。そもそも安藤と別れて以来もう二十年以上も、肉体関係は経験していないんや。段取りも忘れてしもた。

(口でなら)

そう考えたりした。

口でするだけやったら記憶を頼りにできなくはない。

（しかしそれで安藤が満足するやろうか）

そんなことを真剣に考えている自分に、ますます顔が熱うなる。

（あの人かてもうすぐ還暦を迎えるんやで。性欲そのものが衰えているかもしれへんがな）

そんなことまで考える。止まらない。

いやいや、性欲が衰えているんやとしたら、沙希を見る目はどうやったんや。あれは明らかに含む目やった。いやいや、それは私が邪心をもって見ていたからそう見えたんやないのか。

実際あの後、安藤と沙希は会話を交わすこともなかった。例の三人組と沙希が盛り上がっている時間に、もう寝る時間だと安藤は帰ったではないか。

実はそれも定かには記憶にない。安藤が三人より先に帰ったというのは、次の日沙希に聞いたことや。とにかくあの夜は、仕事にもならなんだ。幸いと言うか、暇な日やって助かった。

泡盛のサンピン割りを手にダイニングテーブルに戻った。すでに疲労感を覚えてた。あれこれ考えすぎた。妄想疲れや。

「家でも酒を飲んでいるのか。前は飲まなかったじゃないか」

安藤に訊かれた。

「何年前の話をしているのよ。寝酒程度には飲むわよ」

誤魔化した。寝酒と言えば寝酒やけど、それは不安を紛らわす酒や。

（あと何年店を続けられるんやろ）

寝る前に、一人になって自分の年齢を考えると不安になる。

収入源は『さくら』だけや。

月々生活していけるくらいの売り上げはあるが、貯まるほどではない。

店に出られなくなれば、貯金を切り崩して生活するしかない。

年金は掛けていない。掛けておけばよかったと後悔するが、もう遅いやろう。国民年金の支給年齢が上がるという報道に胸を撫で下ろしたりする。やっぱり掛けてのうて正解やったわ、と自分を納得させる。

健康保険は国保や。保険料を滞納したことはない。

貯金は新宿二丁目で働いていたころの蓄えが一千万円ある。ぎりぎり節約して、それで何年持つやろう。三年？　五年？　十年は無理やろう。

自分は何歳まで生きるんやろか。

そんなことを考えるとき、安藤のことを思い出したりする。

あのまま一緒に暮らしとったら、自分の老後の支えになってくれたに違いない。二人で迎える老後はどうやったんやろ。少なくとも、こんなに怯えて暮らす必要はなかったんやないやろか。泡盛を寝酒に飲んで安藤を偲ぶ夜もある。

「どうした、遠い目をして？」

安藤に声を掛けられた。

「昔のことでも思い出したか？」

安藤の目が笑っている。余裕を感じるその笑いに少しイラッとした。

「あなた、老後の心配はないの？」

自分でも予期していなかった質問が口をついて出た。

「老後の心配？　いきなりだな。桜はそんなことを考えているのか？」

「考えているわけじゃないけど、最近テレビでもよく話題になるじゃない。超高齢化社会とか、貧困層の老後が危ないとか」

自分が貧困層だと思うたことはない。

それはホームレスとかのことを言う言葉やと思てた。

そやけど最近、考えが変わってきとる。

確かに今の自分は衣食住に不自由はしてない。けどそれは「今は」という制限付きや。

五年後は、十年後はと考えると、ひょっとして自分は貧困層に分類されるんやないかと思える。貧困層予備軍やないのかと、そんな風に考えてしまう。もしも大病でも患ったらと考えたら、動悸に襲われて眠れんようになる。

「確かにニューハーフのおまえは、そんなことを心配するのかもしれないな」

しみじみとした口調で安藤が言う。

「でもそれを言えばおれだって同じだ。組織に属さないフリーランスという生き方を選んだ時点で、世間一般の、セーフティーネットの恩恵からは外されている。そういう生き方を選んだのだから仕方がないだろう。自己責任だと諦めるしかない」

「ずいぶん醒(さ)めているのね」

「醒めているわけじゃないが考えてもみろよ。ロスジェネと言われる世代がいるだろ」

「聞いたことはあるけど、詳しくは知らないわ」

「直訳すると『失われた世代』ということだな。バブル崩壊後からの十年間くらいの就職氷河期に社会に放り出された連中だよ。フリーター、派遣労働者、今でいう非正規雇用システムに呑み込まれていった連中だ。その後に続くゆとり世代も変わらない。もう日本はずっとそんな状況が続いている」

「なんだかたいへんそうね」

「そう。連中は苦労しているよ。だが社会にそれを救う仕組みがない。救うどころか、自己責任という言葉で簡単に切り捨ててしまう」

自己責任。また安藤がその言葉を口にした。

私もそうや。

ニューハーフの道を選んだのは自己責任や。その道を選んだ時点で、老後の保障を捨てたのも同然や。そやけど選択した若い時分の私に、ううん、私だけやない、あの当時、この道に飛び込んだ誰が、そこまで考えていたやろう。覚悟もなかったはずや。

自分は長生きできないやろう。

綺麗なうちに死んでしまうに違いない。そやから今のうちに――

そんな都合のええ未来をぼんやりと描いていた。誰かてそうやなかったやろうか。ニューハーフの道を選択したのは自己責任、それを指摘されたら反論はでけへん。

「そうよね、自己責任だわね。老後に怯えて暮らすしかないわよね」

「いや、違う。それを受け入れたら駄目なんだ。それじゃあいつらの思うつぼだ」

「あいつら？」

「この国の仕組みを作っている政治家とか資本家だよ」

「だったらどうすればいいの？」

「目覚めることだな。諦めずに、自分で老後を切り拓くんだ」

「どうやって？」

「それは人それぞれだろうが、オレの場合はまず金だな。人間金じゃないって御託を並べる奴は多いけど、金で解決できないことより、解決できることのほうがはるかに多い」

思わず頷いてしもた。私が不安に思う老後も、金さえあれば不安でなくなる。

「それが勝さんの場合はＦＸというわけ？」

勝さん。久しぶりに安藤の名を口にした。それだけで動悸がまた高うなった。

「そうだな。ＦＸは学歴もキャリアも関係ない。ネット環境さえあれば、だれでも参入できる」

「ずいぶん稼いでるの？」

「途中経過を言っても意味はないが、今おれが動かしているのは一億だ」

「一億もあれば……」

もう稼ぐ必要はないやないの。

言いかけた言葉を呑み込んだ。

老後にどれだけの金が必要か、それは人それぞれだろう。それに安藤はまだ還暦前なのだ。老後以外の金も必要なんかもしれん。いずれにしても、それは私が判断することやない。安藤には安藤の、私には私の人生がある。そう考えて少し寂しく思うた。

「なんか肩甲骨の周りが固まっていてね、左肩が回らないの。老いぼれるって厭ねえ」

愚痴を言う心の裏に甘えがあった。

「五十肩かよ」

「いやだ、私、もう六十三よ」

安藤が椅子から立ち上がった。

「ちょっと座れよ。揉んでやるよ」

週に二回のリハビリで、理学療法士から入念なマッサージを受けている。それに勝ることが安藤にできるとは思わないが、私は素直に椅子に腰を下ろした。

案の定、安藤のそれは、ただ肩を揉んでいるだけのマッサージやった。それでも私は、ほのぼのとした気持ちになった。軽く首を右に傾け目を閉じた。

安藤が私の左手首を握った。伸ばしたまま、体側から離すように左腕をゆっくりと持ち上げた。九十度くらい持ち上がったところで痛みに顔を顰めた。これ以上は痛くて持ち上がらない。

「痛むのか?」

肩を揉みながら安藤が囁き掛けてきた。

「うん。これ以上は上がらないの」

左肩を揉む安藤の手が二の腕に移った。二の腕の裏側を親指で揉み始めた。不意に安藤が、左手首を握った手に力を入れて、私の腕を真っ直ぐ天井に向けて持ち上げようとした。

「ギャア」

あまりの激痛に叫び声をあげた。椅子から飛び上がった。自分の左手首を摑んだ安藤の手を、右手の手刀で払い除けた。その場に蹲った。左肩を窄めて右手で庇った。

「おいおい、大丈夫か。ちょっと荒療治が過ぎたかな」

荒療治？

今のが治療のつもりなんか！

週に二度、専門家のリハビリを受けているんやで。素人考えで阿呆なことせんといてよ！

左の肩の痛みが単純な怒りになって胸を突き上げた。荒い息を吐きながら右手でテーブルに縋り体を起こした。

「すまなかった」

安藤が謝るが、左肩の痛みに応える余裕がない。右手で庇いながらキッチンに移動した。

「お店用のおばんざいの用意をするわ。人参しりしりは後でもええでしょ？」

不機嫌さを精一杯隠して安藤に問うた。

人参しりしりは手間の掛かる料理やない。十分もあればできる。

しかしそれを作ってしまい、食べ終わったら安藤は帰ってしまうのではないか。もっと一緒にいたい。それは恋心というのではなく、安藤と行く末の話をしていたら落ち着くのだ。店の客や、ましてや沙希と、こんな話を踏み込んではできない。

作り終えていたゴーヤチャンプルを小皿に盛った。泡盛のボトルと氷を入れたアイスペールと、サンピン茶を安藤が座るテーブルに運んだ。

「ごめん、悪いけど、これでも食べながら一人で飲んでて」

安藤から視線を逸らせたままで言うた。左肩の痛みが酷い。さぞかし自分は不機嫌な顔をしているやろう。そんな顔を安藤に見せとうない。

ダイニングに安藤を残してキッチンに戻った。肩の痛みは痛みとして、心が浮かれていた。自分を毎晩のように悩ませてきた老後の心配が心なしか薄れている。

出来上がった料理をタッパーに入れた。いつもならそれをダイニングテーブルに置き、シャワーを浴びて仮眠するのだが、両手で抱えて二階の沙希の部屋を訪れた。せめて店に出勤する時間まで安藤と過ごしたい。その部屋に沙希が訪れるのはうまくない。

二階に下りて沙希の部屋のチャイムを押した。

「どうしたんスか。こんな時間に」

玄関に現れた寝惚け眼の沙希が首を傾げた。

「ちょっと用事が出来たの。これ、お願いね」

沙希の首に巻かれた首輪が目に障った。真似をするなと思うた。

「沙希ちゃんさあ、あなたきれいな首筋をしているんだから、首輪なんか巻かないほうがいいんじゃないかしら」

沙希がキョトンとした顔をした。少し考えて言うた。

「あの人、来てるんスか」

「な、なによ、藪から棒に。あの人って誰よ。嫌な子ね」

「安藤とかいう、嫌らしい眼つきの男ですよ。お母さん、一昨日の夜、ここまでの地図描いて渡してたやないですか」

「莫迦なことを言わないでよ。あの人は東京の人よ。家にまで来るわけがないでしょ」

「そやったらええんですけど」

「勘繰りすぎよ。どうして安藤さんがうちに来ているなんて思うのかしら」

作り笑いで誤魔化そうとするが、うまく笑えなかった。

「そやかてお母さん、東京弁喋ってますけに」

「これは違うわよ。これは、その……」

「まあ、よろしいわ。ほな、これ預かりますわ」

タッパーを軽く持ち上げて沙希が言うた。

それ以上喋っているとボロが出そうなので、「お願いね」と告げてそそくさと七階に戻った。

いつものようにシャワーを浴びた。バスタオルを巻いてシャワーを出た。それもいつもの習慣やけど、期待がなかったわけやない。

バスルームの出口で待ち構えていた安藤に抱き付かれた。

「人参しりしりが——」

心にもない抗議をする唇を安藤に塞がれた。安藤の舌を受け入れた。

「次の機会に食わせてもらうよ」

次の機会——

安藤の言葉に目を潤ませて、頷いた。

3

老いを意識し始めたんはいつごろやろか。

六十歳で還暦を迎えたときには、まだ余裕があったように思う。いずれにしても「働き方改革」が提唱される今の時代に、六十三歳はまだまだ老いを語れる年齢やないかもしれへん。

「働き方？　違います。あれは『働かせ方改革』ですねん」

沙希はそんなふうに言う。確かにそうかも知れへん。

国民年金の受給年齢を引き上げる！

七十五歳まで元気で働け！

ああ、いやや、いやや。考えるだけ憂鬱になるわ。

そもそもあの人らは、老いというものの本質を理解できてんのやろうか。あの人ら？

誰か知らんけど、いろいろと上で決めている人らや。

シワが増える、シミがでける、肌が弛む、白髪が交じる、先ずは外見の変化やな。そやけどそれは、ただの加齢による変化であって、老いの本質と考えんのはどうやろう。

運動機能の低下？

うん確かに。それはあるな。

そやけど運動機能の低下は、走るのが辛うなったとか、階段の昇降に手すりが必要になったとか、そんなことやない。もっとびっくりさせられることが起きるんや。

私の場合はあの点字ブロックやった。

目の不自由な人らのために歩道に設置されているあの黄色いやつや。

還暦を過ぎたあたりで、あの点字ブロックの出っ張りに足を躓かせるようになった。危うく転倒しそうになったこともある。

同じころ、雨上がりの滑らかな歩道の敷石に足を滑らせて足首を捻挫した。全治するのに一ヵ月以上も掛かってしもた。以来、濡れて艶々しとる歩道を歩くのが怖くなった。どしても歩かなあかんときは、スケートリンクを歩くほど慎重に小股で歩いとる。

筋力の衰えもある。

それからなにを想像するやろう。

重いものが持ち上がらんようになった？

長い距離を歩けんくなった？

阿呆を言うたらあかん（失礼！）。

筋力の衰えからくる老いは、そんな微笑ましいもんやないんや。筋肉が自分の大きな骨を支えられんくなんねん。

これも私の場合やけど、六十二歳も終わるころ、突然左肩が動かんくなった。肩より上に左手を上げると激痛が走る。背中にも回せへん。同じく激痛や。不自由さを覚えて、さすがの医者嫌いの私も整形外科の診断を受けた。

「肩甲骨が開いてますね」

レントゲン写真を見ながらお医者さんが言わはった。意味が理解できひんかった。

肩甲骨が、体のどの部分を意味しているのか、それくらいは、無学な私でも知ってるけど、それが閉じているのか開いているのか、そんなん考えたこともなかった。あたりまえやろ。それを普段から考えとる人間なんかおるはずないやん。

説明によるとや、肩甲骨周りの筋肉の衰えが原因らしい。肩甲骨が抑えきれんくなって開いてるらしいわ。その結果炎症を起こしとる――らしいわ。

軽い運動を勧められた。左手の甲を壁に当て押し離すように力を入れるという運動や。漫才師が突っ込みでやる「なんでやねん」の動きと同じや。

それを朝晩十回ほど繰り返す。ボケてもない壁に「なんでやねん」「なんでやねん」と突っ込みを入れる。ほかに痛うないほうの右手をベッドとかに突いて、直角に腰を曲げて、垂直に垂らした左手に五百ミリリットルのペットボトルに水を入れて、肘を曲げず、肩甲骨を意識して（ここ大事）、上下に三十回持ち上げる運動も指導された。それらお医者さんが言うところの「衰えた筋力回復の自主トレ」を続けたもんの、状態は一向に改善されへんかった。結果、紹介された別の整形外科で、理学療法士によるリハビリを受けることになった。

在籍する理学療法士は三人で、予約はいつも老人で満杯や。

私は週に二回通うてる。

施術を受けると瞬間楽になるし、国保三割負担で街なかのカイロプラクティックよりよっぽど安いんで、週三回か、可能やったら六回でもええと言うてみたんやけど、週三回以上の予約を受け付ける余力がないと断られた。

あのリハビリルームを訪れたら少しは老いの本質を理解できるやろ。

老いとは衰えやのうて衰えからくる痛みなんや。筋力が衰えるだけやったら「ああ、うちも年取ったなあ」で済むけど、それが痛みに繋がるんや。

ただの痛みやない。耐え切れんほどの痛みや。

そこそこ高齢と思えるお婆ちゃんが患者として通うてる。リハビリの間中「痛いよう、痛いよう」と、か弱い声で悲鳴を上げてはる。

「こんな痛い思いをするくらいなら、死んだほうがマシやわ」

泣き声で理学療法士に訴えたりする。

理学療法士は（慣れているんやろな）、慰める言葉もかけんと、泣き言を無視して運動を促す。

「足踏み運動なんやから、もっと足を上げんとあきませんやん。太腿をもっと上げて、足首だけでごまかしたら運動になりませんやん」

無慈悲に号令をかけはる。

「右足左足、右足左足、右足左足、右足左足。はい、あと十回ね」

車椅子に乗ったまま、可哀そうなお婆ちゃんは、痛みに呻いて必死に足上げするんや。ティッシュにして五枚の厚さもないほど足を上げ下げするんや。

「六十八歳なんやからね。まだまだ若いんやから、運動すれば足の機能も回復するから」

慰めとんか激励しとんか、背筋が真っ直ぐした理学療法士が言う。

「今までの運動不足が仇になっているんよ」とも言う。

「そやかて……中学出てからずっと……工場のコンベアの前に座って……毎日、毎日流れてくるプラッチクの部品を……」

痛みにお婆ちゃんの声が途切れる。その間も、右足左足、右足左足、右足左足、しばらくして、またお婆ちゃんが涙声で言う。

「こんな痛い思いするんやったら、うちなんか死んだほうが……」

理学療法士は無視する。

しかしどうやらこれは、まだまだ老いのとば口みたいや。

エントランスに過ぎへんのや。

地獄の一丁目や。

この先どんだけ地獄を潜り抜けなあかんのか、それに脅えんのも老いの本質や。脅えるだけで、具体的に思い描くことはできへん。知りようがない。

筋力の衰えだけでこんな不自由と苦しみがあるんや。激烈な痛みを伴うんや。すでに始まっとるに違いない内臓機能の低下や脳機能の低下が表に出てきたら、どんな阿鼻叫喚が待っとるんやろう。考えるだけで空恐ろしなるわ。

リハビリに通う医院に『十年後も元気で生きるために』と書かれた小冊子があった。

無料やから一冊持ち帰った。

お風呂上りにパラパラと捲ってみて、「高齢者が注意しなくてはいけない病気」というページに目が留まった。

「認知症」「動脈硬化」「骨粗しょう症」「糖尿病」「白内障」「パーキンソン病」「虚血再灌

流障害」

最後の一つは耳にしたこともない病気やけど、それ以外は耳に馴染みの病気やった。けどそのどれも、実態はまるで知らへん。どんな苦しみがあるんか、具体的にはぜんぜん分からへん。いずれにしても十年間のうちに、こんだけの病気を抱える可能性があるんやと、脅えと不安が増しただけやった。

還暦の年に役所からの案内通知で無料の健康診断も受けた。

それまでも通知は来てたけど、別に体の異常も感じんかったから、ほかのダイレクトメールなんかとゴミ箱にポイしとった。そやけどまあ、還暦にもなったこっちゃし、いっぺん行ってやろうかいなと、冷やかしのつもりで行った病院で高血圧と診断された。

月に一度、薬をもらうために通院するようになった。

「最近、お体はいかがですか?」

挨拶代わりに言うて微笑みかけるお医者さんに訴える。早め、早めに伝えたほうがええやろうと、その時点で気になっとることを申告する。老いに対する脅えが言わすんや。

「このごろ寝付きが悪うて」

「胃のむかつきが治まりませんねん」

「朝起きたら頭痛がして」

「なんや動いてもないのに動悸で胸がドキドキしますねん」

それらを訴えると、血圧の薬とは別に、新しい薬を追加で処方してくれはる。その薬の効果なんか、一時的な症状が治まっただけなんか、分からへんけど、ようなったのに服用を中止する勇気がのうて、いつの間にか、毎日の薬は十種を超えた。『お薬手帳』が手放せんくなった。それを確認せんと、どの薬をなんのために飲んでるのか分からんようになった。

老いの本質は苦しみやと思う。

それも激痛を伴う苦しみや。

「若いころのツケ」やと言われても、それは私らにしたら結果論で、そのときに戻って取り返せるはずもない。結局のところ、何年か前から盛んに言われるようになった「自己責任」の一言で諦めるしかないんや。

とりあえずの問題である左肩の痛みは、寒さが増して悪化しとるように思える。左腕を動かせる範囲が徐々に狭うなって不自由なことこの上ない。それを越えて動かすと、骨が軋むような激痛に見舞われる。

（齢なんやから）

そう自分に言い聞かせて割り切るしかない。

還暦を過ぎて早三年が経ってしもた。

六十三歳という年齢の重たさは誤魔化しようもない。

リハビリに通うている人らの多くは後期高齢者で、自分はまだまだ若いという気にもさせられるけど、そうはいうても、若さを口にできる齢やない。

五年先、あるいは十年後の自分をリハビリ室で予見させられる。いいや、ひょっとしたら、それは一年後の自分かもしれへん。

これからは無理をせんと、自分の体を労わりながら生きていかなあかん。

リハビリに通うたびに思わされる。

こんなん言うたら、人生の大先輩の後期高齢者の皆さんには悪いけど、リハビリルームは反面教師だらけや。

このまえ、大半の服をリサイクル屋に引き取ってもろた。

二度と着る機会がない昔の仕事着のドレス類や。なんや未練で残しとったけど、左肩をやってしもうて、さっぱり未練も無うなった。

ほとんどすべてを処分した。

残したんはミンクのコートだけやった。ネオン焼けのまま放置されたミンクのコートは、見るも無残に傷んどる。未練というたら、そのコートこそ未練やったんやけど、それだけは捨てるに捨てられんかった。

売り払った代金はロングダウンを買う足しにした。サイズはメンズの４Ｌを選んだ。

「なんぼなんでも大っき過ぎませんか。スノーマンですよ」

スマホでネット通販の注文を手伝うてくれた沙希が呆れた。

「ええんよ。左肩が動かんよってに、これくらいゆったりしてないと一人で着られへんのよ」

自嘲したが買うて良かった。

そのサイズなら激痛を免れて着ることができた。

年相応に生きていくんやという覚悟めいたものも芽生えた。

ついでにパジャマとしてルームウエアも買うた。もちろんメンズの４Ｌサイズや。五十着を超えて売った古着の代金は、ダウンとルームウエア代の一割分にもならなんだ。

昔の服を処分するとき、引退という言葉も脳裏を過った。

一瞬だけや。

天涯孤独、身寄りもない私にその選択はない。

スノーマンみたいな格好をしながらでも、働いて、生きていくお金を稼がなあかんねん。

衣替えの季節を迎えたら、また同じサイズの服を買うたらええ。

ドレスは要れへん。

もう自分の人生で、そんなものを着る機会はないやろう。着たいとも思わへん。春になったら、メンズの4Lのスプリングコートを買おう。夏にはサマーコート。いずれにしてもメンズの4Lが、これからの私の服選びの標準となる。

なんのために、三十歳になるまえから、食べたいもん我慢して、この歳まで、体型を保ってきたんよと情けのうもなるが、痛みには勝てへん。ワードローブに吊ってあった過去のドレスを処分した日は、私が自分の年齢を割り切って受け入れた日になった。

午前三時。テンカラ。漢字で書けば店空や。店に客がおれへん。

『さくら』を開店した当初、意外に思うたことがある。大阪は夜眠る街やった。新宿は違う。「不夜城」と称された歌舞伎町は言うまでもなく、新宿二丁目も、深夜には深夜の、朝方には朝方の人の流れがあった。そやけど大阪は、終電の時間を境に人通りがパタリと途絶える。ゼロになるわけやもちろんないけど、人の流れと言えるほど人間が歩いとらん。

開店時間をもう少し早め、終電を区切りに『さくら』を終えようかと考えたこともある。けど、大阪に移り住むまでの生活習慣が抜けきれへん。生活習慣だけやない。昼間の時間に体が馴染まへん。太陽の光を避けて暮らしていた夜行動物の習性から抜け切れんのや。

結局そのまま、午後八時から午前五時までの営業時間で続けとる。

「なあ、沙希ちゃん」

カウンターに頬杖をついて語り掛けた。沙希が読んでいた文庫本を閉じて顔を上げた。

「沙希ちゃんは老後のこととか考えたことがある？」

思いつくまま訊いてみた。

二十四歳の子に訊くことやないと思う。私がその歳のころ、日本は好景気やった。あのままそれが続くと思うてた。老後どころか、一年先のことを考えたことさえなかった。

「考えますよ」

意外な答えが返ってきた。

「うちってこんなんやないですか。いつまでパンクやれるのか分からんですけど、パンク婆ちゃんになれたら、それはそれで渋いと思いますよね」

なんかずれている気がする。私が訊いているのは、そういうことやないんや。

「老後の不安とかあれへんの？」

質問を変えてみた。

「不安ですか？　どうやろなあ。なるようにしかならないと思いますけど」

（やはりそういうことか）

それは考えていないということと同じことや。意地悪な気持ちになった。目の前の若い子に現実を突きつけとうなった。

「今は元気やろうけど、いずれ体もガタがくんのよ。いつまでも働けるわけやない。働かないと収入ものうなるわけやんかぁ。そしたらどないなると思う？」

「いきなりシュールッスね」

沙希が戸惑うように苦笑いした。まだ余裕がある苦笑や。少しムッとした。

「大きな病気をするかもしれへん。ううん、大きな病気である必要もないわ。持病を持つかもしれへんやないの。動脈硬化、糖尿病、パーキンソン病」

思いつきで挙げてみた。それぞれがどういう症状に至るのか、具体的な知識はない。ただ並べてみるだけで、空恐ろしい気持ちになった。沙希を脅かすつもりで始めた会話に、自分自身が怯え始めとる。

（藪蛇やんか）

気を取り直して続けた。

「病気だけやないで。骨折もある。若いうちはそんな気にもせえへんやろけど、歳取るとね、骨が弱うなって体が硬うなる。立っている状態から転んだだけで、大腿骨骨折とか――」

大きな骨を思い浮かべようとするが思いつかない。

「鎖骨とか」

とりあえず言い添えた。

「骨折して動けんくなって、そのまま寝たきりになる場合もあるやんで。そうなったら生活費とか医療費はどないなる？　国が全額負担してくれると思うか？　そんな甘うはないよね。寝たきりになって、アパートの部屋に放置されて、待っているのは孤独死や。眠るように死ぬんやない。お腹が空いて、喉が渇いて、それでも食べるものも飲むもんも無うて、飢えと渇き、そうや、おトイレにももちろん行かれへんわな。寝たきりやもん。お蒲団に垂れ流すんや。糞尿塗れになって、飢えて死ぬんや」

すらすらと出る言葉は、いつも私が考えていることや。

「お母さん……」

沙希が心配そうな目で私を見る。

「大丈夫ですか？」

「ごめんなさい。ちょっと興奮したみたいやわ」

「老人性の鬱やないですか？」

不吉なことを言う。そんなんまで考えたことはない。

「うち、中学、高校とメンヘラやりましたけん、そのあたりは普通の人より詳しいんですわ。心療内科に付き合いましょか？」

「なによ。私が精神病んどるとでも言うの」

声を尖らせた。沙希は動じない。

「鬱やなんて、そこらじゅうに転がっている現代病ッス。病院で処方してもろうた薬を飲めば楽になりますけに」

「飲んだことはあるわ」

「安定剤をですか？」

「ハルシオンよ」

「ああ、眠剤ですね」

「お酒と一緒にたくさん飲んだりしたわ」

「いやいや、それは誤用ですけに」

沙希が呆れ顔で否定した。

「お母さん、そんなことしてたことがあるんッスか？」

「ええ、まあ。若いときにね」

大量のハルシオンをアルコールと一緒に飲むと飛んでしまう。やたらと愉快になって、記憶が無うなる。

ニューハーフクラブで踊ってたところ、何度かそんな遊びをした。そのたびにマネージャーからこっぴどく叱られた。ビニール傘をパンツのように穿くんやと、足を入れて何度も転倒し、それでも大笑いしてたらしい。

「OD、オーバードーズはあきません。過剰摂取ですわ。ハルシオンは意識が飛ぶだけやけど、中にはほんとうにビルから飛んでしまう薬もありますけんね」

沙希に説教された。

「ビルから飛んでしまう薬？　なんていう薬なの？」

「いやいや、今のお母さんにそれは教えられんでしょ」

沙希が顔の前で手を振った。

そう言うたら――

ビルから飛んだニューハーフ仲間のことが思い出された。

一人や二人やない。

何人かおる。

どれも綺麗な娘やった。

女優に分類されるニューハーフや。もうひとつの分類はコミックで、おおむねこの二つの分類でニューハーフは語られる。

女優よりもコミックのほうが人気がある。毒舌キャラで姦しいが、そのぶんテーブルが盛り上がる。もう少しマニアックなお店に行けば、コミックの亜流で化け物と呼ばれるカテゴリーのニューハーフもいてる。ドラァグクイーンとも呼ばれる。ど派手な格好、ケバケバのメイク、女を棄てた下ネタ、野太い声、私の経歴にその種のニューハーフと働いた経歴はない。

(あの娘ら……)

(ビルから飛んだ娘ら)

女優で売っていた私には、その理由が痛いほど理解できる。

私以上に、とことん美しくあることを追求する娘らやった。

整形手術はあたりまえ、極端な娘になると、ボディーラインを美しくするために肋骨を抜いたりしてた。下から左右二本ずつ抜いたその娘は、客の車で交通事故に遭い、同乗者は全員打撲傷程度で済んだのに、内臓破裂で呆気のう逝ってしもた。

それほど美に拘った娘らは、目の前に迫る加齢による美貌の衰えが怖かったのやろう。たいていは三十歳あたりでビルから飛んだ。

私も女優カテゴリーやったけど、関西のノリで、少しコミックの交じる女優やった。整形らしいことも、お試しのカチューシャ以外していない。頭皮を筋状に剝いで、顔面の皮を引っ張り上げる施術や。シワ隠し、顔の弛みを矯正するためにやる。

私の場合、安藤の存在も大きかった。安藤と出会ったのはダンサーとしてもっとも脂がのってた時やった。安藤とのことが幸せ過ぎて女優としての衰えを感じることもあれへんかった。

安藤のために性転換手術も考えた。

その時点で私はナシアリやった。

玉は抜いとったけど竿は付いてた。

睾丸を切除すればホルモンバランスが男性でなくなる。体毛が薄くなって自然に胸が膨らむ。個人差もあるけど、巨乳を望まなければチチ入れ手術をする必要もない。

偽チチと自然の乳房では見た目にはっきりとした違いがある。偽チチは重力で形を変えたりせえへん。仰向けで横になっても形は作られたままや。自然の膨らみは腋に流れる。

竿を切り取れば膣も作れる。単純に切り取るだけやない。海綿体を抜いたりして、体内を迂回した亀頭の先を、然るべき位置に少し出して、それをクリトリスにする。

睾丸を抜いても玉袋は残してる。その皺々の袋を加工しておまんこのビラビラも作ってくれる。

そやけどそれには期限がある。人によって違うみたいやけど、玉抜きの残骸ともいえる玉袋は、時間の経過で消失してしまうんや。早い子やったら一年でツルツルになってしまう。私の場合、未だツルツルまではいってへんかったけど、かなり萎み始めとった。

ツルツルになったらどうなるか——

想像してほしい。何も無い場所に穴だけ開くんや。パイパンとは違う。穴だけや。ちょっと見た目が不細工やんか。それらしいおまんこにするためには、ビラビラが必要なんや。ま、見た目はほぼ完ぺきでも、あえて言うたら、奥行きの複雑な構造までは造形でけへんみたいや。カズノコ天井とかミミズ千匹とか言われる構造や。

「大丈夫ですか?」

沙希に肩を叩かれ我に返った。ずいぶん遠くに意識が飛んでた。

「うん、大丈夫。ちょっと考え事しちゃって……ごめんなさい」

「疲れとんですわ。どうです、お母さん。心療内科にも使える医者と使えん医者がおるんです。うち、そのあたりの見極めには自信ありますけん、一度行きましょうよ。鬱なんて大したことはありませんけんど、それでも拗らすと面倒ですけん」

「まあ、行ってもええけど……」

熱心に勧める沙希の真剣な眼差しに引っ張られた。

（この娘はどっちなんやろう）

考えた。

顔立ちだけで評価すれば間違いなく女優や。天性の綺麗な顔をしとる。

綺麗な女の人というのではない。美少女や。

二十四歳という実年齢にも見えへん。高校生と言うても通用しそうや。

ただ可愛いだけやない。愛くるしい。顔は弄ってない。弄る気もないみたいや。私の知る女優にはおれへんタイプや。パンクファッションと毒舌はコミックカテゴリーやが、彼女の愛くるしさがすべてを吸収しとる。

「近所の心療内科調べますね」

沙希がスマホを取り出して検索を始めた。話が違う方向に転がり始めた。

「ちょっと待って、沙希ちゃん」

沙希がスマホを操作する手を止めた。

「そのまえに、さっきの私の質問に答えてよ。老後、年取ってサキッチョが働けへんようになったらどないすんの？」

自分は答えを求めとる。そう感じた。迷うている自分の背中を押してほしいんや。

「そうなったときに必要なのは、なんやろ？」

誘導した。沙希が考え込んだ。

「支えてくれる身内ですかね」

そうかこの娘にはそれがあるんやった。それでは私の満足できる解答は得られない。

「お金はどうやろ？」

露骨に問い掛けてみた。

「お金ッスか？」

「寝たきりになっても、大きな病気をしても、それ以前に働けんくなっても、お金さえあれば安心やない？」

「そらあ、ないよりあったほうがええかなぁ」

沙希が簡単には同意しない。

「そんな軽い問題か？　頼れる身内がいたとしてもやで、お金で迷惑を掛けることになるかも知れへんやん。その負担が原因で、不仲になって見捨てられるかも知れへんやないの」

沙希が考え込んだ。私は焦れた。考え込むほどのことやないやろう。自明の理やんか。なにを考え込む必要があるというのよ。

「お母さん」

ずいぶん考え込んで、ようやく沙希が言葉を発した。

「なんや、結論ありきで質問してませんか？」

図星を突かれた。

「迷いがあるんやったら、具体的に相談してくださいな。そのほうが、うちも遠慮無う答えられますけん。なにか迷っていることがあるんですよね」

図星も図星や。

実は安藤からＦＸ取引を薦められとる。

安藤は三度部屋を訪れた。

初回に抱かれた。強引に押し倒されてベッドに担ぎ込まれた。乱暴にバスタオルを剝かれて全裸にされた。尻を打たれ「突き出せ」と命令された。突き出した尻を開かれ肛門を舐められた。舌を入れられた。

「ダメッ。中まで洗うてないの」

抵抗したが無駄やった。

そのままちんぽを挿入された。

裂肛した。

付き合っていたころのようにローションの用意もなかった。肛門も開いていなかった。

激痛に絶叫した。それが安藤を刺激し、奥の奥まで挿入された。延々と突かれ、肛門の奥に安藤は果てた。

ベッドに大の字になって痛みの余韻に浸った。

「きれいにしてくれ」

胸元に馬乗りになった安藤が、両手で私の髪の毛を摑んで、自分の股間を押し付けた。両肘を突いて上体を浮かせて安藤の股間に密着した。安藤のちんぽは萎えとった。糞便の臭いがした。甘い臭いやった。どこか懐かしい臭いに思えた。

自分の肛門が汚した安藤のちんぽを口いっぱいに含んで舌を使うた。必死でしゃぶった。安藤のちんぽが私の口中で硬度を得た。

（足りへん）

（こんなもんやない）

昔の記憶と、それよりなにより、裂肛した直腸が痛みとともに覚えているちんぽの残像に、安藤が頂点に達していないことを察した。

安藤の右手が私の髪を放した。

（終わりたくない）

肘を突いたまま両手に力を入れて密着を強くした。左肩が痛んだ。右腕に体重を乗せて左肩の痛みを逃がした。顔を小刻みに前後させた。

安藤の右手が側面から私の首を捉えた。

安藤の意思を理解した。

全身が粟立った。

位置を確認した安藤の右手が私の首を摑んだ。親指と四本の指で左右の頸動脈を圧迫された。息が苦しゅうなった。顔面が膨張した。目玉が反転した。酸素を求めて喉が喘いだ。安藤のちんぽが怒張した。ゴボゴボと喉を鳴らした。唾液の泡が口角から溢れ出た。私の口内で安藤が完全な容（かたち）を得た。喉奥を閉塞した。そのまま私は気を失（うしの）うた。

それが初回や。

次の日に『さくら』からの帰り道、遠回りをして二十四時間営業のドラッグストアーに寄った。使い捨ての浣腸器を幾つか求めた。以前付き合うてたころから安藤は気にするほうではなかったけど、私としては、直腸内をきれいにしておきたかった。

久しぶりの交合こそ脱糞はせんかったけど、溜まっていればどうなるか分からへん。直腸下部に異物が入ると、排便信号が脳に送られるんや。

過去に何度か脱糞してしもうた経験からすると、交合中より、むしろ交合後、気持ちが弛緩しているときに、思わぬ脱糞をしてしまうことがある。

それこそ興醒めや。

裂肛に塗る軟膏も買うて、帰宅するなり早速浣腸器を試してみた。数分で便意を催した。トイレで便器に座った。便通があった。

浣腸器は毎日使うものやない。脱糞癖がついてしまう。安藤と交わる時だけ使えばええ。これなら安藤が来てから浣腸しても間に合う。そんな分かり切ったことを再確認し、トイレの戸棚に残りの浣腸器を隠した。安堵し軟膏を塗って就眠した。

それやのに二回目の訪問時に安藤は、人参しりしりを食べただけで帰ってしもた。あたふたと処理した浣腸が無駄になった。

三回目に来たときにＦＸの話が出た。

私の老後資金、虎の子の一千万円を自分に託さないかと言われた。

一千万全部と言われて躊躇(ちゅうちょ)した。せめて百万円くらいならと言うて笑われた。

為替の変動は一銭二銭単位、一円の百分の一の単位で動く。百万円では仮に一銭の変動を捉えたとしても、一万円の儲けにしかならない。そんな金額単位で勝負するのでは意味がない。そう言われた。

さらに安藤は具体的な例を挙げた。

「仮に一千万円で運用していたとすると、一銭の動きで得られる利益は十万円だ。そんなことは一日で起こる。それが積み重なれば、十日で百万円、一ヵ月で三百万円になる」

「値上がりするばかりではないわよね。値下がりすることもあるんでしょ」

「もちろんある。でも、ここからがFX投資と株式投資の違いなんだ。株式は、それ単体での値上がり値下がりの勝負になるが、通貨は違う」

「どう違うの？」

「単体で考える必要がないんだ。ある通貨が下がれば、必ずそれに対応する通貨が上がる。どの通貨が上がるか、それを見極めてさえいれば、必ず通貨は上がるものなんだ」

なんとなく分かった気にさせられた。

「株の話が出たついでに、日本の株の話もしておこう。バブル崩壊でどん底まで落ちた株価が回復しているよね」

「ええ、国の経済政策がうまくいっているんでしょ」

「国民のほとんどがそう思わされている。でも違うんだ。株価は売買によって決まる。バブルが弾けて、日本株が売られた結果、株価は暴落した。今はそうならないよう、買い支えている組織があるんだ」

「組織なの？」

なにかすごい話になってしもた。話についていけるやろうかと思た。株価を買い支えられるほどの組織て、私の知識では想像さえでけへん。

「そう、日銀が買い支えているんだ」

「日銀が！　それって……」

「桜にだって、それがかなりまずい状況だって分かるだろ。そのために投入した金額が、つまり税金がだ、去年一年間で六兆円だ。累計では二十五兆円を超えているという試算もある」

「二十五兆円！　そんなことして大丈夫なの？」

「さあどうだかね。頭のいい奴らが考えてやっていることだ。でもおれは、いずれこの国は沈むと思うね」

「沈んだらどうなるの？」

「それだっていろいろな見方があるだろう。とんでもないインフレになるという専門家もいる。ハイパーインフレだ。聞いたことくらいあるだろう」

恐る恐る頷いた。

「もしそうなれば、日本円なんて紙屑だ」

「紙屑……」

（私の一千万円が）と、胸の内で付け加えた。

ジャガイモ一個を買うために、リュックサックに札束を詰め込んで行列する人たち。いつかテレビで見た映像が蘇った。

「そのリスクから逃れるためにも、ＦＸ投資が必要なんだ。国に頼らず、世界中の通貨を扱うことで、国の運命から自由になれるんだ」

それに続いて安藤は、国の財政が破たんした場合、割を食うのが社会福祉予算だと言うた。貯金を持っていても老後は安泰ではない。国が助けてもくれない。だから金を抱えるなんて、みすみすドブに捨てているようなものだ。そこまで言い切った。

「桜は老後を心配するが、おれから見れば、すでにこの国そのものが、老後を迎えているように思えるね」

しかしそう言われたからというて、虎の子の一千万円を吐き出す気には、やはりなれない。簡単に踏み切れることではない。私にとってそれは、文字通りの命金なのだ。

仕事ができなくなれば、安いアパートに移り住む。郊外でとことん安いのんを探したら、月一万円でもあるやろう。

風呂なしのトイレ共同でもかまへん。食費は一日百円に抑える。お米を買うて、お粥さんを作れば、おかずは塩昆布とかでかまへん。それで計算上は月に一万三千円。ほかに水道光熱費、石鹸やらの雑費、二万円、いや三万円あったらなんとかなるんやないか。それやったら一千万円で三百三十三ヵ月凌げる。二十八年近くや。

もちろんほかに掛かりは要るやろう。そんな計算通りに済むと思うほど阿呆やない。怖い本を見つけてしもうた。『池袋・母子餓死日記』いう本や。実話。というか、働けん子を抱えた老婆が、克明に綴った覚書を本にしたもんやった。

そこに毎日の出費が書かれてあった。体が辛い、辛いと繰り返し書かれてあった。その覚書に記された「生活費」を計算しかけたことがあった。けどできんかった。お婆ちゃんは、毎日欠かさず新聞を読んでた。私が考える老後設計よりも、はるかにゆとりを持って暮らしてた。そんな人でも餓死するんや。

働けなくなるのが七十五歳、そこから十年、毎年百万円ずつ削って生きていけるやろうか。どれくらい苦しい生活になるんやろうか。

そやけど一千万円を手放したら、そんな想像をすることさえできなくなる。すぐそこに、終わりが口を開けてしまうんや。考えただけで心が凍り付くわ。

「もう少しＦＸ取引の仕組みを教えてほしいわ」

安藤にねだった。それは半ば口実やった。

教えるためには私のもとを訪れる必要がある。

定期的に会いたい。その気持ちが言わせた。

安藤は懇切丁寧に教えてくれるやろう。そしていつか自分は、安藤の申し出を断れんくなるやろう。このままずっと迷ったままで、安藤を繋ぎ止められるとは思わへん。

一度目は抱かれた。悲鳴を上げた。よがり声やない。悲鳴や。それほど激しいセックスやった。二十年以上経っても、安藤は変わってなかった。

もともとかなりSっ気の強い安藤やった。

その安藤に躾けられてMっ気が開花した。

久しぶりに抱かれたときも、安藤は遠慮会釈無う私の肛門を責め立てた。ローションなど用意していない。昔のように、アナルプラグで肛門拡張もしてなかった。準備していない肛門に、躊躇なく挿入された。裂肛した。かなりの出血やった。それでも私は満足した。首を絞められて気が遠くなった。失神した。嬉しかった。

二度目、三度目はなかった。

二度目に人参しりしりを食べた安藤は、三度目にジューシーをリクエストした。

沖縄風炊き込みご飯や。干し椎茸（しいたけ）と豚肉と人参を具にしたジューシーをたいそう喜んでくれた。お茶碗に三杯お代わりした。その日のために、デパートで買い求めた男性用の大きなお茶碗に三杯もお代わりしてくれたんや。

そやけど料理で安藤を繋ぎ止められるとは思わへん。

ＦＸ取引をすることで、安藤とは運命共同体になれる。自分はいつか、虎の子の一千万円を差し出すに違いない。命金を安藤に預けるやろう。それは確信になりつつある。その背中を沙希に軽く押してほしかった。

「結論ありきやないわよ。一般論として、そうやないかと思うただけよ」

誤魔化して話題を切り替えた。沙希に安藤の名前を出して相談することは憚(はばか)られる。沙希は安藤にええ印象を持ってない気がする。

「そんなことより、サキッチョの言う心療内科に行ってみるわ。善は急げや。明日でどうやろ。料理は早めに用意するわ。明日の午後四時くらい、近くの心療内科に連れてってや」

沙希に迎合した。納得していない顔で沙希がスマホを操作した。

時計は午前四時を回っている。

今日は早仕舞いしようかしらと考えた。

いやいや、と直ぐに思い直した。

売り上げは三万円にも届いていない。このまま締めたら今日は赤字や。客商売やから赤字の日もあるやろうけど、今の私にとって、たとえ数千円といえども失いとうはない。

誰か来てよと願う気持ちが通じたのか、カランコロンとドアベルが鳴った。

期待したけど、ドアを開けて現れたのは草臥(くたび)れたコート姿の山本伸一やった。太客やないが常連の一人や。無精髭の顔に疲れが浮き出てた。

「いらっしゃいませ」

沙希が満面の笑みで出迎えた。

「どないしたの、こんな時間に?」

私は愛想ができんかった。さっきまでの会話のしこりもあるけど、山本は期待できる客やない。いつもセット料金しか使わん客や。一時間で五千円、山本はいつもそれを利用する。しっかり飲んでしっかり食う。

「さっき夜行バスで着いてね」

「また関東からですか?」

沙希がおしぼりを出しながら問い掛けた。

「ああ、いつものやつや」

気持ち良さそうに顔を拭いた。

山本は関東の少年刑務所を月に一度訪れとる。社会性涵養(かんよう)プログラムたらの講師を担当しているらしい。受刑者の少年の社会復帰の手助けとして詩を教えているんやとか。自身売れない詩人やのに、必要経費ぎりぎりの報酬で大阪と関東を往復しとる。交通手段は夜行バスや。

「なにを飲みます？」

私の勧めに山本が首を振った。

「いや、今さっきＯＣＡＴ（オーキャット）に着いたばっかりやねん、眠とうて、眠とうて。今日はこれを持ってきただけなんや」

汚れたおしぼりを返しながらレジ袋を沙希に渡した。沙希が中を覗き込んだ。

「なんッスか、これ」

「生徒からもろうたんや。昨日が今回のグループの最後の授業でね、彼らが作った石鹼やねん。そやけど馬鹿にはでけへんで。近隣の主婦らに人気絶大なんや」

「へえ。なんかすごいですね」

沙希が感心する声をあげた。

（石鹼やて？　しょうもない）

口には出さないが顔に出たかもしれへん。

「まだ地下鉄もない時間やから、南方（みなみかた）の自宅までタクシーで帰るわ。ちょっと贅沢やけど、ほんまに疲れてててな。ここからやったらなんぼも掛からへんやろ」

「ビール一杯くらい飲んで行きなさいよ」

言うたんは私や。

「それやったら、寝酒に一杯だけもらおうか」

ビアタンブラーを出した沙希が、オリオンのプルトップを開けてお酌した。それを美味そうに山本が飲み干した。飲み終わった山本が席を立った。

「いくら？」

機械的に質問した。

「五千円いただきます」

これも機械的に私は応えた。

「えっ？」

驚いたのは沙希で、山本は困惑の色を浮かべた。なにが不思議なんよ。ビール一缶でも、五分間でも、最初の一時間のセット料金は五千円や。

「参ったなあ、四千円しかないねんな」

「やったらそれで負けとくわ」

山本が皺々の千円札を財布から取り出した。それを無表情で受け取った。たった四千円では愛想笑いもでけへん。

沙希の目が厳しい。支払いを終わらせた山本が店を出た。

「ありがとうございました」

沙希の声が見送った。私は無言で山本の四千円を売り上げ鞄に入れた。ドアが閉まって、しばらくして沙希が言うた。

「これから山本さん、南方まで歩いて帰るんですね」

抗議する声やった。

「あと一時間もせんうちに地下鉄動くわ」

「そうですね」

全く同意してへん。不貞腐れとる。仕方ないやんか。

これでもまだ赤字なんや。

あんたは一日百円の食費で生きる計算したことあるんかいな。四千円いうたら四十日分の食費やねんで。私も沙希に負けずに不貞腐れた。

4

年末に向けて安藤の勧誘がますます激しくなった。

部屋を訪れる頻度が増した。

二日に一度、連日ということもある。

三回に一度は抱かれた。ついには泊まるようになった。

連泊はしない。為替の変動を確認し取引をしなくてはいけないと、『さくら』を終えた私が帰宅するのと入れ違いに部屋を出て行ってしまう。

安藤が待つ部屋に帰るという気持ちの昂ぶりが削がれてしまう。

むしろ仕事の後にこそ、抱いてほしい。その余韻のまま眠りたい。

出勤する前の時間を気にしたセックスではなく、余裕のあるセックスをしたい。

そやけどそうなると困ることが一つある。

沙希や。

あの子は店の片づけが終わった後で、洗ったタッパーを返しに来る。ダイニングと寝室はドアで仕切られてるけど、靴は隠せばええけど、勘の働く子や。安藤の気配を感じるに違いない。

出勤前のことは、どうにかなる。

安藤が来た時だけタッパーを沙希の部屋に届けんのは不自然なので、毎日届けるようにした。とはいえ6Lの大型タッパー四つや。内容物によっては、重くて一度に運べないこともある。左肩のリハビリで少々筋肉に負荷をかけるよう、医師から言われとるのやと苦しい言い訳をした。そんな言い訳をしながらでも、安藤に抱かれることを思うたらなんの苦労も感じんかった。

男から女に変わり性交の昂ぶりも変わった。

大まかに言うたら、男のままのときは射精の一瞬やった。玉を抜いてナシアリになって射精せんようになった。精子の代わりにカウパー液を放つ感覚があったけど、射精ほどの絶頂感でもなかった。「ん？　出た。はい、お疲れさん」みたいな感じや。

ナシナシの性転換手術仲間の言うことには、また感じ方が変わるらしい。一気に昇り詰めるんやのうて、高い位置に昇り、それがいつまでも続くようになるらしい。「自分が女になったんやと自覚できるよ」と、強く勧められたが、その時点では安藤に棄てられとって、手術をする気力が湧かなんだ。いまさら女になってどないするのやと自暴自棄になった。

いや違うか。

そもそも安藤との関係がおかしくなったんは、私が性転換手術を口にしたころからや。

安藤は私の思いを歓迎してくれへんかった。

露骨に反対されたわけやないけど「女になる必要があるのかなあ」と、遠回しに反対しとると思える疑問を口にした。「できたら玉抜きもしてないほうがよかったのに」などと、言われたりもした。

（ひょっとして、この人はゲイかもしれへん）

私は疑うた。

トランスジェンダー。性別越境者の世界は複雑で、業界が長い私自身も区別はよう分からん。男を愛する男がおる。その範疇に含まれるんやろうが、特に女装した男を好む男もおる。安藤はそれかもしれんとも考えた。

そやのに安藤は、バイセクシャルやった。両性愛者や。

私を棄てて女と結婚してしもた。ただしその分類も実はようは分からへん。

客のいない店で、沙希とトランスジェンダーについて語り合うたことがある。話題は性的自認から性的嗜好に及んだ。あれこれ無責任な会話を交わした後で沙希が言うた。

「結局当事者であるうちらにも分からんいうことッスね」

「そんなふうに言うたら身も蓋もあれへんやん」

「けどお母さんフェイスブックってありますやんか」

「うん。なにが面白いのか私らみたいな昭和生まれの人間には分からへんけどな」

「アメリカ版フェイスブックがありますねん」

「そらあるやろな」

「そこに性別選択項目があるんですわ」

「男・女みたいな？」

「そうです。その性別項目が、なんと五十八種類ありますねん」

「五十八種類って……」

「まだまだ増えるみたいですけん。そんなんやけえ、うちらが考えて分からんでも仕方がないんやないですやろか」

「そうやねえ……」

　頷くしかなかった。

「そもそも名前を付けて理解しようというのが間違うてるのかもしれません」

「間違うてんの？」

「植物学者の牧野富太郎って人、知ってますか？」

「ううん。学者の名前なんて知らんわ」

「小学校中退やのに、後に『日本の植物学の父』と言われた偉い先生ですねん」

「小学校中退なん？」

　興味をそそられた。

「その先生が書いてはりました」

「なんて書いてたの?」

性の越境話からどこに話が飛ぶのかと期待して身を乗り出した。

「たとえば山道を歩いてて、道端に咲く小さな花を見つけたとしますわな。それが美しいと思うと同時に、たいがいの人は、その花の名前を知りたがる。名前を知ったことで花を理解したと思い込む。そやけど、それは違う。名前など知らんでも、小さな花に動かされた気持ちを大事にすることが、その花を理解することに繋がる。正確には覚えてませんけど、確かそんなことを書いてましたわ」

「なるほどねえ」

沙希の博識には感心させられる。これもいつもの即席トリビアかもしれへんけど、名前を知ることが理解することではないと納得させられた。なんと無うやが。

「人の数だけ価値観はあるんやねえ」

そんなありきたりな締めしかできへん自分が小そう思えた夜やった。


安藤に二度、三度と抱かれるうちに昔の感触が戻ってきた。感じる感じないは身体のことだけやない。カウパーだけ出て「ん? 出た。はい、お疲れさん」そんな風に思たんは安藤と知り合うまえ、その場の流れで何人かの男とセックスしたときのことや。

身体だけや無うて、女は――ナシアリで女と言えるのかどうかは別として――心でも感じるんや。心が絶頂を迎えてトランスするんや。

その絶頂は、二十年以上ぶりに抱かれた最初から訪れた。二回目、三回目と回を重ねるうちに、トランスの度合いはますます高まった。それだけに、昔は毎日のように求められたもんやがと振り返ってしまう。それが今では三度に一度――

（義理で抱いているんやないやろうか）

そんな疑念を持ちもした。もちろんすぐに振り払うた。安藤も還暦間近なんや。性的な衰えがあっても当然やろう。

ある日情事のあとのベッドで訊ねてみた。

「ずっと来てくれるのは嬉しいけど、自宅はどうしているの？」

「自宅？　そんなものないよ」

「なにそれ。ホームレスということ？」

「FXやっている人間には結構多いパターンだ。新しいライフスタイルさ。ネット環境さえあれば、どこでもできる仕事だからね。一ヵ所に縛られる必要はない。若い奴なんか、世界のリゾートを遊び歩きながらFXやっているよ。毎日、土地の美味い物を食って、酒を飲んで、女と遊んで、プールで泳いで、その合間に荒稼ぎだ。瞬間さえ捉えればいい仕事なんだ。一日中パソコンに張り付いている必要もない」

そんな夢みたいな生活をしている人間もいてるんや。ため息が漏れた。安藤が見ている世界に憧れた。感心した私に安藤が提案した。

「そうだ。まだ沖縄には一度しか連れて行ったことがなかったよな。一ヵ月ほど行くか。リゾートホテルに部屋を取って、食べ歩きなんかもいいんじゃないか」

目を輝かす私に安藤が畳み掛けた。

「おれとしては、沖縄で家を買って一緒に暮らしてもいいんだぜ。高台の、海が見える風が通る家がいいな」

安藤の語る将来に夢見心地になった。

その一方で、私は沙希に連れれて行かれた心療内科にも通うている。安藤が夢見心地にしてくれたあと、途方もない不安感に襲われる。

単純に金目当てではないのかと安藤を疑う気持ちがどうしても拭い切れへん。疑(うたご)うてる自分に嫌悪を覚える。

一千万円を差し出そうとする自分が阿呆に思える。

金目当てでないとしても、もし安藤に一千万円を託して、投資に失敗したらどうなるんや。

その可能性も、もちろん考える。あの一千万円があるからこそ、自分は老後の不安に怯えながらでも、なんとかそれを誤魔化していられる。

安藤と逢瀬を重ねるうちに「老い」というものに対する明確なイメージが生まれた。安藤とは無関係に芽生えた。

それは、近いか遠いかは分からへんけど、将来のどっかで待ち構えるもんやない。待ち構えているんや無うて、追い駆けてくるもんなんや。

「老い」は、自分の背中に迫る黒い影やというイメージが、いつの間にか出来上がってしもた。その黒い影から必死に逃げてんのが、今の自分や。

（もし一千万を失えば……）

自分は黒い影に背中を摑まれてしまう。いったん摑まれてしまえば、二度と逃げることはかなわへん。その瞬間から「老い」にぼろぼろにされてしまうやろ。

そんなことまで考えて、私は、安藤を中心に振幅する気持ちに疲れ果ててしまう。それが不眠に繋がり、イライラを増長し、食欲を減退させ、私の顔から笑顔を殺ぎ取っていく。

このままではあかんと思うんやけど、それやったらどうするという問いに答えは無い。

いや、無いことは無い。

答えは単純や。

一千万を差し出すか、安藤を諦めるか、その二択でしかない。そやけどどっちを選んでも、私の失うものは計り知れへん。

(失うもんだけや無うて、得られるもんも考えたほうがええんと違うやろうか)

自分に言い聞かせる。

もし安藤の誘いを断れば、確実に安藤を失うやろう。残るんは老後を担保するには足りへん一千万だけや。その逆はどうや？　安藤の誘いに乗って命金の一千万円を預けたとしても、それを失うとは限らへん。それどころか、何倍ものリターンを得る可能性もあるんや。

悩みに悩んだ挙句、ある夜、遂に私は決心した。

決心したんやなしに、悩むことに疲れ果ててしもた。このまま悩んどっても「老い」は着実に迫り寄っているんや。追い駆けて来とんや。逃げるだけではなんの解決にもならへんと居直った。居直って決心した。

午前四時半。閉店まで三十分。テンカラ。沙希は今夜も文庫本を開いとる。

「なあ、サキッチョ」

おずおずと私は沙希に声を掛けた。

「ん？」

沙希が文庫本から顔をあげた。遠い目をしている。どうやら本に集中していたみたいや。邪魔して悪いけど、沙希に聞いてもらいたいことがあった。私の大事ごとや。沙希以外に、こんな話を打ち明けられるほど親しい人間が今の私にはいない。そやけど相談というんやない。どちらかといえば報告や。

すでに私は決めとった。明日、安藤に一千万円を差し出そう。それは夕方、安藤に電話で伝えた。戻れない川を渡って初めて、沙希に打ち明ける気になった。

営業中、自分の足元に置いてたトートバッグをカウンターの上に置いた。足元に置いてたというか、ずっと足で挟んでた。

「一千万円、入ってんの」

沙希が目を丸くした。

「今日の昼過ぎ、銀行で下してきたんよ。明日の朝、九時前に安藤に渡すつもりなん」

封函された一万円札の塊を、行員はマチ付封筒に入れてくれた。その封筒とは別に、普通に目にする銀行の封筒も入っている。普通のほうの封筒をトートバッグから取り出して、沙希の手元に置いた。

「元本の一千万円とは別に、利息が七十万円ほどあったの。それに今月分のお給料と、私の気持ちを足して、その封筒に百万円入ってる。あんたの退職金やと思てくれたらええ」

沙希は何も言わない。そやけど目が冷たい。

「あなたは反対するかも知れんけど、あの人は、一億ものお金を運用しているんや。私はその十分の一を預けるだけや。あの人の運用からすれば、微々たるもんやわ」

私は自分の判断の拠り所を口にした。一億の資金を運用している、そのことだけでも安藤を信用できる気がしたんや。それが最後の踏ん切りやった。

「お母さん、FX取引のレバレッジって知ってますか?」

沙希が醒めた声で言うた。

「ううん。あんまり専門的なことは知らへんの。運用は彼に任せるつもりやから」

「専門的というか、FXの入り口ですけどね」

沙希が呆れた。

「レバレッジ。簡単に言えば『テコの原理』です。小さな力で大きな物を動かせる、そんな意味やと思うてください」

なにを言いたいのか分からないまま沙希の言葉を待った。

「日本国内のFX会社の多くの会社が採用しているレバレッジは二十五倍です」

まだ意味が分からない。

「サキッチョがＦＸに詳しいなんて意外やわ」

軽口言うて不安を紛らわせた。

「詳しくないッスよ。お母さんのために勉強したんッス。なんや最近、安藤さんの影響か、お客さんにＦＸの話ばっかりしているんで」

（そうやったかしら？）

私にその意識はないけど確かにそうやったかもしれへん。

しかし『さくら』に訪れる客で、ＦＸに手を出してる客は一人もおれへんかった。「危ないんやないの」「人間、地道が一番やで」ありきたりの一言で終わってしまう連中ばかりやった。安藤に言わせれば負け組の人間や。

「つまり安藤さんが一億の運用をしているとしたら、最小で自己資金は四百万円ということになります。お母さんの一千万円の元手があれば、最大で二億五千万円の運用が可能です」

スウと足元が寒うなった。

（たったの四百万？）

（一億やないの？）

（その人に私は一千万円のお金を差し出そうとしているの？）

安藤が一億円を運用している。それが私の拠り所や。

それがあるから一千万円の拠出を決心したんや。

一億のリスクを背負っている安藤やったら、慎重に運用してくれるやろうと考えたんや。

「もちろん分かりませんよ。実際に一億の資金を投入しているのかもしれへん。その資金で、安藤さんは最大で二十五億円の運用をしているのかもしれません」

そうやね。そうやわね。沙希の言葉に縋り付いた。

「そやけど、どうやろ。うちは四百万円の自己資金やと思いますけどね」

「どうしてよ。どうしてそう決め付けるのよ！」

「あの人、今どこで暮らしてるんですか？」

「ホテルよ。家は整理したって言うてたわ。ＦＸはね、ネット環境があればどこでも取引できるの。だから自宅を持つ必要はないんよ」

「ネット環境があれば……」

沙希がなにかに納得したように頷いた。

「なによ。なにか思い当たることでもあんの？　気持ち悪い言い方せんといてよ」

「いえ、うち見かけたんですわ。先週の日曜日、午後からお母さんと買い物に出た日、午前中、うちアメリカ村に服買いに行って、行く途中で……」

　沙希が言い淀んだ。

「なにを見かけたのよ」

「安藤さん」

　ぽつりと呟くように言うた。

「大阪にいるんやもん、そのあたりをぶらついとってもおかしはないでしょ」

「それがね、安藤さん、心斎橋の漫画喫茶から出てきたんですわ」

「漫画喫茶？」

「うちもネットで調べもんとかあるとき、あの漫画喫茶を使うてますねん。あそこには高速のネット環境がありますけん」

「勝さんが漫画喫茶で取引をしているとでも言いたいわけ？　単純に漫画を読みに入っただけかもしれないやないの」

　そんなわけがないと思いながら反論した。

　沙希が目を細めた。

　さらに冷たい目をした。その目は、私を憐れむような目にも思えた。

「あの漫画喫茶は、完全分煙やし、内装は綺麗でネット環境も悪うないんやけど、ひとつ問題があって、それはコインロッカーがないことですわ。そやから連泊者には向いてませんねん」

「勝さんが、ネット難民の真似ごとをしているわけじゃないというのは認めるわけやね」

沙希が力なく首を振った。

「そこから安藤さんは、なんばウォークに下りましてん」

「あなた勝さんを地下街にまで尾行したん！」

「そのあとお母さんと買い物の約束がありましたけん。地下街を歩いたほうが便利やし……」

沙希が目を伏せた。

私を見ているのが耐えられんようにも思えた。

「安藤さんはそこでコインロッカーを使うてました。コインロッカーの中身は、ランドリーバッグでした。百均で売ってる、よう浮浪者が持ち歩いている……」

「もうええわ！」

私はカウンター席から立ち上がった。カウンターに置いていたトートバッグをひっ掴んだ。

時計はいつの間にか閉店時間を指している。

「もうたくさん。全部アンタの憶測やないの」

「ひとつだけ確認してください。安藤さんが泊まっているホテルの名前を聞いてください。うちがそこに確認を入れます。ほんまにそんな人が長期滞在しているのかどうか――」

「もうたくさんやて言うてるやないの。くどいわ。そんな話を聞くために、アンタにこの話をしたんやないの。私の一千万円は、今日の九時に、彼が取りに来ることになってる。それを渡して、私はいずれ彼と沖縄に移住するの。長寿の島で、穏やかに老後を過ごすの。もちろんこの店は閉める。アンタに悪いと思うたから、この話をしたんやないの。アンタの憶測話を聞くつもりやなかった。アンタさえよければ、別の店、東京でも大阪でも、紹介してあげるつもりやった。けど無理やわ。人を尾行して、あることないこと告げ口するような礼儀知らずのお子ちゃまを、安心して紹介できるわけがないでしょうがな。この店は今日で終わりや。お酒も、冷蔵庫のもんも、全部きれいさっぱり処分したらええ。ええか、それがアンタの最後の仕事や。明日の午前中に今日までのアルバイト代をアンタの郵便受けに入れとくわ。それで全部終わりや。もうアンタと会うこともないやろッ」

言うだけ言うて踵を返してドアに向かった。取っ手に手を掛けた。振り返った。まだ言うことがあった。これだけは言うておかんと気が済まへん。

「まえにアンタ言うたわよね。老後に必要なものはなにかと私が訊ねたときに、支えてくれる身内やって。そんなアンタに私の気持ちが分からへんで当然やわ。アンタは盆や正月に家に帰れる。待ってくれとる家族もいてる。いいや、家族だけやない。同窓会にも顔を出してるやないの。友達もアンタのこと認めてくれてるんやろ。世代が違うねん。うちらの時代はな、男として生まれた人間の内面が女やったやなんて、誰も認めてくれへん時代やったんや。白い目で見られた。親や友達もや。そやから私は故郷を捨てて、家を捨てて、家族を捨てて、そうやって生きるしかほかに選択がなかったんや。そんな私のことがアンタには分からへんわ。お金しかないねん。お金に頼って安心を買うしかあれへんのや」

言いながら体が震えた。

言葉にしてみて、あらためて自分の惨めさを思い知らされた。

目頭が熱うなった。そんな私を沙希が厳しい目で睨んでる。可愛げのない子やと思うた。恵まれているニューハーフ、アンタに私の気持ちが分かってたまるか。私も睨み返した。

「お母さんもそんな風に思う人やったんですか」

沙希の顔に寂しそうな笑みが浮かんだ。絶望に似た感情を全身から漂わせた。私を蔑(さげす)んでさえいるように思えた。

「確かにうちは周囲に認められましたけん」

目ぇを伏せて沙希が言うた。

「よくぞカミングアウトしたと称賛さえされましたけん」

「そうでしょ。アンタと私では、そもそもの出発点が違うんよ」

「認められることが幸せやと思いますのん？」

「白い目で見られて、村八分にされることを思えば天国やないの」

「天国……」

私の言葉を繰り返した沙希が、やれやれと言わんばかりに首を小さく横に振った。

「なんで認められなあきませんの。なんでカミングアウトせなあきませんの。ましてやそれを、なんで称賛しますの？」

沙希がなにをむきになっているのか分からない。半身の姿勢で、ドアの取っ手に掛けていた手を下して沙希に正対した。姿勢を正して耳を傾けなければいけないと思うた。

「普通の女が、女として生まれた人間が、女として認めてもらいたいと願いますか？　私は女ですとカミングアウトしますか？　カミングアウトして称賛されますかッ」

沙希の言葉が次第に熱を帯びた。

「認められようと願うこと、カミングアウトすること、称賛を喜んで受け入れること、どれもこれも差別やないですか。それを喜ぶんは、ニューハーフ自身が、自分で自分を差別する目で見ているからやないですかッ」

「けど仕方がないやないの。私たちは性を間違えて生まれてきたんやから、それをカミングアウトして理解してもらう必要があるんや。そうやないの」

反論するが自分の言葉に強さがない。

「お母さんは知らんのです。理解され認められた後に、どんな世界が待ってんのか」

「どういう意味なん？　そう知らんかもしれん。私は、アンタみたいに理解された経験がありませんからね」

僻み根性丸出しで言うた。そんな自分に嫌悪を覚えた。

「理解されたら、その集団から出ることを許されないんですけん。折角自分らが理解してあげたのにって、恩着せがましく思われてしまいますけん。理解してあげたのにって、マウントされますけん。うちはそれが嫌で家を出ました。この土地に流れ着きました。アメリカ村でブラブラしてたときに、アサミさんを見掛けて声を掛けました。アサミさんは綺麗な人やったけど、一目でニューハーフやと分かりましたわ」

確かにアサミも、自分から東京のクラブに乗り込もうというくらいやから容姿端麗な娘やった。スタイルも抜群で、道頓堀あたりを歩くと、次から次にナンパされた。キャバや風俗やＡＶのスカウトに呼び止められた。モデル事務所に誘われたことも何度かあると言うてた。

「一目でお仲間だと分かりましたけん」

そうなのだ。いくら綺麗で一般人の目は誤魔化せても、同業者には分かってしまう。どこがどうと言うんやない。それこそなんと無う雰囲気で分かってしまう。アサミはナシナシの工事済みで、たとえ全裸になっても、アサミの本性が男だと見破る一般人はいないやろ。それでも同業者には分かってしまうんや。

「そうなのよね、なんと無う雰囲気で分かるのよねえ」

少し砕けた口調で回想した。

「なんと無うやないですよ。私は男ですって、首から看板ぶら下げて歩いてるくらい、はっきり分かりました」

沙希も顔を弛緩して笑顔を見せる。

「そんな露骨やったかしら?」

「女や、女やいう、自意識丸出しでしたけん。女はそんな自意識纏いませんけん」

改めて沙希に目をやった。確かに沙希は違う。実際初めて沙希が面接に来た日、私は沙希の性別を見誤った。安藤もそうや。こちら側の人間を熟知する安藤でさえ沙希を女やと勘違いした。

「沙希ちゃんは意識してへんの?」

試しに訊いてみた。

「するわけないやないですか。うちは、間違うて生まれただけの女ですけに」

あっけらかんと言うた。この娘には敵わへん。そう思うた。

「家を出て、この世界を垣間見るようになって、正直がっかりしました」

「がっかりした？」

「お母さんがニューハーフクラブとかに連れて行ってくれましたよね」

「ええ、義理掛けでね」

そんな付き合いを積極的にはしたくはないのだが、誕生日とか周年記念とか、イベントに誘われることがある。毎度毎度は断りにくい。

東京に比べたら包む祝儀の額が違う。東京で呼ばれれば、それ以前の私の隆盛を知られているだけに、最低でも五万円、場合によっては十万円、それが引退記念とか、新店オープンとか、特別のイベントとなれば、三十万、五十万と包まなあかん。吹き溜まりの座裏のスナックのママでしかない私なら、五千円も包めば相手は口先だけでも感謝してくれる。

さらに店の数が違う。

所詮ニューハーフ界隈のことに関しては、大阪は地方都市やと思う。キタとミナミにしかめぼしいニューハーフの店はあれへん。これが東京ともなれば、新宿だけでも大阪の倍以上、ほかに赤坂、銀座、六本木、渋谷、それぞれに大阪全体に匹敵し、なお勝るほどの店がある。

「ニューハーフのみなさんの、ぶりっこが鼻につきましたけん。可愛娘ぶるだけや無うて、下品ぶったり、淫乱ぶったり、そうやって作った人格に逃げ込んでる。それって女になりきれない自分に自信がないからやないですか。けどお母さんは違うた。無理に女になろうとしてなかった。自然に女やった。そやからうちは、この店を居心地よう感じてたんです」

それは違う。自然に女だったのは沙希のほうや。

毒舌キャラを作るコミック系のニューハーフは少なくないが、沙希の場合は作ったキャラやない。小生意気なパンクおたくの女の子。そして美少女。それ以上でも、それ以下でもないのが沙希やった。

「けど、お母さんは変わった」

「えっ、私が？」

「あの男のせいで変わってしもうた」

あの男。安藤勝——

氷解し掛けていた気持ちが強張った。安藤のことに関して沙希には触れてほしくない。

それは沙希の管轄外や。

「仕方がないやないの。昔の男と縒（よ）りを戻したんよ。女らしゅう振る舞って当然やないの」

「縒りを戻した？」

沙希が余所（よそ）を見て眉根を寄せた。

「それは違うでしょ。いや、縒りを戻したんかも知れませんけど、そんなことよりお母さんは、騙される女というイメージを作って、そこに逃げ込もうとしているように、今のうちには見えますけん」

「どうして私がそんなことをしなくちゃいけないのよ」

あまりに酷い言われように、むきになって言い返した。

「後々傷付かんための予防線ですわ。始める前から逃げ込める場所を用意しているんッス。ニューハーフ界隈の人たちの悪い癖かもしれません。なにかの典型、それも演歌に歌われるような、吉本新喜劇で笑いを取るような、そんな陳腐な典型に逃げ込まな安心できへん、哀れといえば哀れなもんです」

「アンタの知ったことやないでしょ！」

声を荒（あら）らげた。しかし内心ではそうかもしれないと認める気持ちもあった。ただしそれを絶対に認めたくはなかった。絶対にや！

「ええ、余計なお世話かもしれません。けど自分の大切な人が、火中の栗を拾うどころか、火中に飛び込もうとしとるのを、うちは黙って見てることができん性分ですけん」

「それこそ大きなお世話やわ」

振り向いてドアの取っ手に手を掛けた。これ以上、沙希と議論を続けるのに耐えられないものを感じた。

「私のことより、自分のことを心配なさいよ」

背を向けたままで言うた。

「アンタは今日限りでクビよ。明日から無職になるんよ。アンタを理解してくれてる故郷に帰ればどうよ。マウンティング？　それが厭？　贅沢言うんやないわよ。あたしたちは日陰者なんよ。それでも受け入れてもらえればええやないの。贅沢言うてんやないわよ」

「故郷には帰りませんけに」

沙希が寂しげに言うた。

「また『さくら』に戻ってこれる、その思いがあったから、帰省することもできました。押しつけがましい理解に耐えることもできました。高校生になる妹がいます。この子だけは、理解や無うて、私が女やと普通に受け入れてくれてます。その妹が寂しがるから帰省していただけです。妹が大学に進んだら、もう少し広い部屋を借りて一緒に住むつもりです。でもそれまでは、妹のために帰省せなあかん。帰省したら窒息しそうになります。そんなときに『さくら』を思い出します。うちには帰る場所があるんや。そう思えます。この店が無うなると、うちは自分のアイデンティティーを保てんようになります」

沙希の声に半身で振り返った。泣き声やった。大きな目にいっぱいの涙を溜めていた。涙が溢れ出た。壊れた水道管みたいに、次から次へと涙が頬を伝った。形のいい沙希の顎の先で合流し、ポタポタと滴が落ちた。

鼻から透明な鼻汁が流れ出た。涙も鼻水も拭きもせんで流し放題や。

「屁理屈言うてるんやないわよ。もうアンタの帰る場所はないんよ」

自分でも嫌になるほど残酷な言葉を吐き出した。そうでもせんと決心が崩れてしまいそうやった。もう十分悩んだ。これ以上は悩みとうなかった。

体ごとぶつかるようにしてドアを開けた。手摺を頼りに階段を早足で駆け降りた。嗚咽が漏れた。涙がこみ上げた。こんなつもりやなかった。

（かんにん。許して。サキッチョ、あなたが好きやった。自分の娘のように思うてた）

（六年間ありがとう。楽しかった。たくさん笑うた）

（ぜんぶあなたのおかげや。あなたがいたから頑張れたんや）

（ありがとう。許して。ありがとう。かんにんやで。あなたのことは忘れへん）

込み上げる思いから逃れるように階段を駆け下りた。

階段を降り切った。

冬の空はまだ暗い。

ブルッと体を震わせた。

ダウンジャケットを忘れてきたことに気付いた。

あんなことがあった後で、まさか取りには戻られへん。

まだ明けていない、街灯が侘しく照らす座裏の人通りは絶えている。冬空の下を、大声で泣き喚きながら、割烹着姿で駆け抜けた。

出会いがしら、自転車と衝突しそうになった。荷台に大きく膨れたビニール袋を、振り分け荷物に積んでいる空き缶回収のホームレスや。

私を避けて右へ左へ自転車が大きく蛇行した。電柱にぶつかった。派手な音を立てて転倒した。袋が破けて集めた空き缶があたり一面に散乱した。

「ごめんなさあーい」

泣き声で詫びて逃げた。

寒空に響き渡った今の叫びが、沙希に届いたらええのにと、私は詮無いことを考えた。

5

眠れない夜を過ごした。ダイニングテーブルに置いたトートバッグに収めた一千万円。夜が明ければ安藤の手に渡る。持ち運ぶのは危険だと安藤は言うた。振り込んでくれと言われた。けど私は、どうしても、これだけは現金で渡したかった。せめてその重みを、通帳の数字やなしに重さを、安藤に実感してほしかった。このお金が無うなったら、もし安藤が自分を騙しとったら、と考えた。

死のう——

静かな気持ちで思い、間際の自分を空想した。

ビルの屋上。

この部屋のベランダ。

あべのハルカス。

道頓堀の戎橋(えびすばし)。

光景が止めどなく浮かんだが、どれも飛び降りる景色ばかりや。飛び降り自殺はニューハーフの性(さが)なんやろうか。

卓上のスマホが鳴動した。

安藤？

いや、早過ぎる。時計の針は、まだ八時を回ったところや。

沙希やった。手に取って通話ボタンをタップした。

「お母さん」

か細い声。雑音。風の音？

「沙希ちゃん……」

そのまま私は黙ってしもた。なにを言うてええのか分からへん。風の音。あまりに長い沈黙に不安になった。

「どこにいるの？」

問い掛けた。

「おくじょう」

「えっ？　どこ？」

「このマンションの屋上ですけん」

沙希の言葉を咀嚼（そしゃく）して私の世界が傾いた。

「もしもし、沙希ちゃん。どうして屋上なんかにおんの？」

風の音。

「もしもし、もしもし」

「お母さん、ありがとう」

「あなた、まさか――」

マンションの屋上は、住人が洗濯物を干せるよう日中は開放されとる。沙希の背より高い落下防止フェンスはあるけど、その気になれば乗り越えられへん高さやない。身長があって、若い沙希なら造作もないことやろ。さっき自分自身がビルから飛ぶことを空想していただけに、フェンスを乗り越える沙希の姿がリアルに浮かんだ。

「もしもし、沙希ちゃん！」

「もううちの居場所はないんですよね」

「やめなさい、阿呆なことは！」

立ち上がった。叫んだ。

「沙希ちゃん。だめ。やめて！」

風の音。

混じって沙希の粗い息遣いが聞こえる。

「沙希ちゃん、私の部屋に来て。二人でもう一度、お話ししましょ。ねっ、ねっ、ねっ」

必死で宥めた。

風の音。風の音。風の音。風の音——

突然、通話が切れた。

「沙希ちゃん！」

スマホを握りしめて部屋を飛び出した。階段に向こうた。背中でエレベーターのドアが開いた。

安藤。

踵を返して駆け寄った。安藤が両手を広げ、満面の笑みで抱きしめる体勢になった。

その安藤に肩からぶつかった。横に退けた。

倒れこむようにエレベーターに乗った。Rのボタンを押した。閉のボタンを連打した。

ドアが閉まりかけた。安藤の手が差し込まれた。閉じかけたドアが開いた。再び閉のボタンを連打した。安藤が乗り込んできた。ドアが閉まった。エレベーターが上昇を始めた。

「どうしたんだよ。泡食って」

安藤は呆れ顔や。のんびりした口調で言うた。

「沙希よ。サキッチョが屋上にいるのよ」

「それで？」

安藤は事態の深刻さを理解していない。

「飛ぶかもしれないのよ。飛び降り自殺よ」

「えっ!」

安藤が言葉を詰まらせた。しかしまだ、私ほど事態の深刻さを実感できている風やない。

エレベーターが屋上階に到着した。屋上に出るための階段五段を駆け上がった。屋上に出るドアノブを鷲摑みにした。

回そうとしたら手が弾かれた。回らへん。右にも左にも回らへん。

施錠されとる!

ワイヤーが組み込まれた細長い窓に頰を押し付けて外を覗(うかご)うた。狭い窓からは、屋上全体の半分も見えへんかった。住人が取り入れ忘れた衣服が、真横からの北風にはためいとる。動くものはそれだけや。

右手を拳にして鉄扉を力を込めて叩いた。

「沙希ちゃん、おんのぉー。おるんやったら返事してぇー。沙希ちゃぁぁぁん」

声の限りに叫んだ。

安藤の手が肩にかかった。扉から私を引き剝がそうとした。抗(あらご)うた。

「ちょっと変だぞ」

安藤が耳元で言うた。ドアの横の壁を指でコツコツ叩いた。

「これを見てみろ」

言われて安藤が叩く壁に目をやった。貼り紙があった。

『屋上のご利用は午前十時から午後三時までとさせていただきます。管理人』

安藤の顔を見上げた。安藤が腕時計の盤面を私に突き付けた。

「八時四七分だ。まだ空いている時間じゃない。そもそも外から施錠なんてできるはずがないじゃないか。ここにあの娘はいないいんだよ」

やれやれと言わんばかりの顔で笑うた。すぐにその顔が強張った。

「おいっ、一千万はどうした。まさか部屋に置きっぱなしかッ」

目を吊り上げた。

「鍵は、鍵は掛けてきたんだろうな」

肩を握って前後に揺すられた。左肩の痛みに顔を顰めた。けど、興奮している安藤は気付かへん。ほんまに鈍い男や。貼り紙に気付いても、私が痛がっとることには気付かへん。

「このマンションの部屋はオートロックなの」

安藤が全身で弛緩した。

「沙希が合鍵持ってるけどね」

再び安藤の顔が引き攣った。表情の激変に笑いそうになった。

私を突き飛ばして安藤が階段室に駆け込んだ。転がるように階段を駆け降りた。駆け降りるいうか、半分くらい降りて、踊り場に飛んだ。ダーンと音を鳴らして着地して、また階段に取り掛かり、下のほうからダーンと音がした。

私は放心したままやった。エレベーターの表示はまだ屋上階で止まったままや。放心したまま歩み寄った。階段の下のほうからダーンが聞こえた。屋上階は十五階やのに、ご苦労なこっちゃ。

下りボタンを押した。鈴の音がして扉が開いた。乗って7のボタンを押した。七階に戻ってエレベーターのドアが開いた。外廊下に安藤の姿があった。肩で息をしとる。そらそうやわ。あれだけ階段飛びまわったら息も上がるわ。

ドアノブをガチャガチャしている安藤が私に気付いた。顔を真っ赤にして怒鳴った。

「鍵を寄越せッ」

「部屋の中よ。オートロックって言ったでしょ」

「どうすんだ。締め出しかよ」

「一階の管理人室に行けば鍵はあるわ。二十四時間常駐しているから」

安藤が舌打ちをしてエレベーターに足を向けた。

「住民以外が行っても鍵は渡してもらえないわよ」

「それを先に言え、馬鹿野郎」

（馬鹿野郎って……そんなん当たり前やない。あんたこそ馬鹿野郎やわ）

安藤が開ボタンを押して待つエレベーターに乗り込んだ。安藤が1のボタンを押した。

さっき私がやったみたいに閉のボタンを連打した。

エレベーターが一階に到着した。玄関脇にある管理人室を訪れた。鍵を預かってエレベーターに戻った。安藤が開ボタンを押したまま、じりじりとした顔で待っとった。すでに七階のボタンも押してあった。

乗り込んだ私は二階のボタンを押した。安藤が怪訝そうに私の顔を覗き見た。

「どうして二階なんだ？」

「沙希ちゃんの部屋が二階なのよ。契約名義は私だから、合鍵は貸してもらえたわ」

「そ、そうか、そうだな。一応確認するべきだな」

二階で降りて沙希の部屋を確認した。

相変わらず家具はシングルベッドだけや。

これというた電化製品もない。

壁に取り付けられた横長の細い板はもともとあったもので、それに沙希が等間隔に、フック付きのネジ釘を打ちこんどる。針金ハンガーに掛けられたパンク服が並ぶ。部屋の隅の床に積まれた古本も手つかずやった。

安藤が乱暴にシングルベッドの掛布団を跳ね上げた。皺がほどんど目立たないシーツに茶色の蕎麦枕。手がかりになるようなものはなにもない。

けど私は思うた。沙希は死んでない。これだけの服や本を整理せずに、死ぬような子やない。

安藤が掛布団を剝ぎ取ったシングルベッドから溢れ出た沙希の体臭を嗅ぎ取って、身体に芯が通り始めた。沙希は死んでいない。予感や。そんな予感がした。

七階の自分の部屋に行けば確信でける。沙希の部屋を出てエレベーターに急いだ。予感を確信に変えたかった。

安藤が後に続いた。

七階に戻った。

合鍵で解錠して自分の部屋に入った。

ダイニングテーブルの上のトートバッグが――

（無い！　消えとる）

沙希は生きとる！　確信した。安堵のあまりその場にへたり込んでしもた。

「どうなんだ。金は、金は、どこにあるんだ」

切羽詰まった安藤の声にぺたんと床に尻をついたまま、ダイニングテーブルを指さした。

「そこに置いていたの。でも、無くなっているわ」

「なんだと！」

安藤の声が震えている。

「ふふふ」

思わず笑いが喉を震わした。

「なにが可笑しいんだ」

安藤に平手で頭を叩かれた。軽い脳震盪を覚えるほどの手加減のない叩かれようや。笑うているんやない。沙希の無事を確信して弛緩したんや。

沙希は他人の金を盗むような子やない。あの子は預かるつもりなんや。あるいは安藤から一千万円を守るつもりなのかもしれへん。いずれにしても盗まれたわけやない。あの子はいつか必ず返しに来よる。そう確信した。

「糞ッ」

安藤がダイニングの椅子に座りこんだ。頭を抱えて、わけの分からん呻き声を上げ始めた。

テーブルを挟んで私も椅子に腰を落ち着けた。

ふと思いついてスマホを開いた。

沙希に電話した。着信を拒否されてた。ブックマークから沙希のインスタを呼び出した。

直近の写真は沙希の顔やった。タップした。コメントが表示された。

「えっ！」

思わず声が出た。とんでもないことが書かれてた。

『**浄土への旅へ出かけます**』

(どういう意味なんよ！　浄土てあの世やないの)

画面を閉じて電話帳を呼び出した。再度沙希に電話した。やっぱり着信拒否やった。

「繋がらへん……」

落胆を口に出して呟いた。

「どうしたんだ？」

安藤の目が心なしか窪んでる。一千万円の消失がそれほどショックなんやろうか。

(私のお金やのに)

それを沙希が預かってくれてよかったと思えた。安藤の慌てぶりが尋常やない。なんか心配になるような慌てぶりやんか。

そやけどそれより、沙希は、浄土の旅へ出かけると、インスタに書き残しているんや。むしろそっちのほうが心配や。

「どうしたんだよ！」

苛立たしげに怒鳴られた。安藤に張られた頭に痛みを覚えた。力任せの打擲（ちょうちゃく）やった。

「沙希が着信を拒否してるんよ」

「そんなの当たり前だろう。盗人が電話に出るわけがないだろう」

安藤がハッとした。

「そうだ。被害届を出そう。そのうえで携帯会社に依頼して、あの泥棒猫のスマホの現在地を特定してもらうんだ」

「沙希が盗んだと決まったわけじゃないし……」

「あの泥棒猫に決まっているだろう」

（盗んだんやない。預かってくれているんや）

けど、その反論は口にせんかった。安藤が納得するはずがない。またどつかれるだけや。

「これを見て」

安藤にインスタの画面を見せた。ざっと見た。

「これがどうしたんだよ。俺の金を盗んどいて旅行気分かよ」

(俺の金?)

「ちゃんと読みなさいよ。浄土に行くって書いてあるのよ」

「どこにでも行けばいいじゃないか。どこに行こうが必ずとっ捕まえてやる」

「浄土って、極楽浄土の浄土よね」

「そりゃ、ネコババした一千万を持ってりゃ、どこに行こうと極楽だろうさ」

あかん。この人とは話が噛み合えへん。

「とにかく様子を見ましょうよ。警察に訴えるとしても証拠がないし、被害届が受理されなければ、携帯会社も動かないんやないかしら」

自殺の恐れがあると届け出れば、また違った対応もあるかもしれへんけど、現時点でそう決めつけるのは早計やろう。むしろ盗難の証拠はある。インスタにアップされた写真の片隅に、私の白いトートバッグが、これ見よがしに写ってる。それでなおさら、沙希が盗んだんではないと確信した。預かってますよのアピールや。一千万円預かったまま死ぬような子やない。そやけど、浄土が心配や。

気まずい沈黙が流れた。ダイニングテーブルを挟んで向かい合うた安藤は、しきりとなにかを呻いている。気持ちが悪うなって席を立った。

「管理人室に鍵を返してくるわ」

言い残して部屋を出た。安藤は無反応やった。一千万円が手に入らんことがよっぽどのショックやったんやろ、まるで地球最後の日みたいに落ちこんどる。

管理人室で鍵を返して部屋に戻っても出た時のままやった。安藤は虚ろな目で天井を見上げとる。そんな安藤と二人、ダイニングテーブルを挟んで、私も呆けたまま時間を過ごした。どれくらいそうしていたやろ。手持無沙汰な私は、沙希のインスタを確認してみた。管理人室から戻って何度目かの確認やった。

インスタが更新されとった！

『星の町でカキオコ堪能中！　めちゃ美味なり』

画面にお好み焼きがアップされとる。

「沙希のコメントが更新されたわ」

「見せてみろ」

安藤が私の手からスマホを乱暴に奪い取った。しげしげと見た。

「なんだよ、これ。星の町ってどこだ」

私が首を横に振ったら、安藤が舌打ちをして私のスマホをテーブルに滑らした。危うくテーブルから床にジャンプするのを慌てて捕まえた。

（なに、すんのよ！）

抗議する間もなく、安藤がスーツのポケットから自分のスマホを取り出して検索を始めた。

「ロシア――これは違うな。ネブラスカ――これも違う。なんだよ、星の町でヒットするのは海外ばっかりじゃないか」

安藤が再びスマホを操作した。検索ワードを変えたようや。

「阿智村、長野県か。大野市、こっちは福井県だ。津和野町、島根県……」

どうやら安藤が並べているのは、星空の絶景ポイントのようや。

私も自分のスマホで検索した。検索ワードは『カキオコ』や。大阪に住んで長うなるけど、そんなお好み焼きは見たことも聞いたこともない。トップに表示されたのは、岡山県備前市日生(ひなせ)町、その土地の郷土料理らしい。

えっ、日生町？

日生町。日生……、日生……。

「ここやわ！」

小さく叫んだ。

「どこだ！」

安藤がテーブルの上に身を乗り出した。安藤の顔にスマホの画面を突きつけた。

「どうしてここが星の町なんだよ」

「よく漢字を見てよ。日生町。日と生をくっつけると星になるやない」

「あっ！」

「そのうえカキオコは日生町の郷土料理らしいわ。ついでに言うてあげましょうか、あの娘は岡山県出身やねん。備前市にある日生は、あの娘の地元みたいなもんやわ」

ダイニングテーブルを離れ寝室に急いだ。

「どうするんだ」

「追うのよ。当たり前でしょ」

ワードローブでダウンジャケットを探すが見当たらん。

ああーあかん。

昨日『さくら』に忘れてきたんやった。

代わりになるもんは――

春物のコートはまだ買うてない。

ミンクのコートが目に留まった。前に付き合うていたころ安藤が買うてくれたコートや。長い間袖を通してない。かなりくすんでる。コートなしで出歩く季節やない。割り切って袖に腕を通した。黴（かび）の臭いがした。裏地の革がバリバリやった。そんなん構（かも）うている場合やない。

ボストンバッグに下着を詰め込んで寝室を出た。ダイニングテーブルでスマホを操作していた安藤が立ち上がった。スマホ画面に目を落としたまま言うた。

「新大阪だ。こだまで移動するのが一番早い」

移動ルートを調べてたんか。

「ありがとう」

部屋のカギをスラックスのポケットに入れてドアに向こうた。安藤が付いて来た。

「あなたも行くの？」

「当たり前だろう。おれは被害者だぞ」

どういう立場で被害者やと言うてるんやろう。疑問に思うた。そやけどそんなことはどうでもええ。浄土に旅立つと書き残した沙希を捕まえるのが先決や。

マンションの玄関前、元町交差点でタクシーを拾うた。

「新大阪。急いでください」

タクシーが発進した。隣で安藤がスマホを見ながら言うた。

「この時間だと十時二十九分にこだまがある。相生まで四十五分だ。十二分待ちで播州赤穂行に乗り換える。十一分で播州赤穂。待ち時間一分で赤穂線の岡山行。十五分で日生。

目的地に到着するのは十一時五十三分だ」

　経路と時間を読み上げた。

「昼前に到着なんね。そこから探すわけか。日生って広い町やろか」

「海辺の小さな町ですよ」

　タクシーの運転手がハンドルを操作しながら答えた。

「カキオコが有名なんですね」

「ええ、それで町興しやってますね。まあ、それくらいしかあれへん町ですわ。そうそう、だいぶ前やけど、ドラム缶にコンクリ詰めした遺体遺棄事件で有名になりましたわ」

　それ以上の情報は得られない。

（そやけど、どうして沙希は日生を目的地に選んだんやろう）

　出身地の岡山県内の町で土地鑑があったんかもしれんけど、沙希の口から日生の名前を聞いたことはない。まさかドラム缶事件が関係しているとも思えへん。

　新大阪駅に到着した。券売機で切符を求めた。

「立て替えておいてくれないか」

　後ろで安藤が言うた。

「お金ないの？」

「急なことなんで持ってきていないんだ」

（急なこと？　その言い訳、なんかおかしない？）

相生までの運賃は四千七百五十円やった。それを持ってないと言う男に、自分は一千万円を預けようとしたんか。

問い詰めんのが時間の無駄に思え、安藤の切符を買うてやった。改札を抜けてこだまを待った。すぐに来た。相生で在来線に乗り換えた。日生駅までは四百十円。二枚買うて一枚を安藤に渡した。当然のように受け取った。

西相生、坂越（さこし）、播州赤穂、天和（てんわ）、備前福河、寒河（そうご）。

のんびりした景色が続く。ビルもほとんどない。乗客の顔つきもどこと無う都会とは違う。車内の匂いも妙に懐かしい。

そやけど私は、乗客の目が気になった。ジロジロと見られとる気がする。銀行にして行ったマスクは忘れて来た。化粧もしてへん。着ているミンクのコートはボロボロや。セミロングの髪もお団子にしてへん。今の自分は、純朴な乗客たちの目に、変色したミンクのコートで女装した老人と映っているんやろ。そらジロジロ見るわ。そやけど今は沙希や。沙希を捕まえることや。気持ちをそれに集中させて居心地の悪さを紛らわした。

定刻に日生に到着した。駅を出ると眼の前に海が広がってた。

（ドーン。海やでぇー）

そんな海やない。瀬戸内海や。なんや切のうなった。

私は瀬戸内の島で生まれ育った。直接海が見える里ではなかったけど、それでも瀬戸内海という言葉の響きには特別のものを感じる。

思わず『瀬戸の花嫁』を口遊(くちずさ)みたくなる。

（小柳ルミ子ちゃん、可愛かったなあ）

あの年はレコード大賞鉄板やと思うていたのに、秋になってリリースされたちあきなおみさんの『喝采』に攫(さら)われてしもた。あれも名曲やった。しゃあないわ。

「狭い町だな」

　安藤が感想を口にした。

「さてどうやって探すよ。いくら狭い町だと言っても、そう簡単に見つかるもんじゃないぞ」

「カキオコがヒントやないかしら」

「お好み焼きかよ。もう食い終わっているだろう」

「そこから先、どこに行ったか聞けるかもしれないでしょ。どっちにしても、ほかに手掛かりがないいんやから、その店に行くしかないやん」

駅の隣に観光情報センターと表示する建物があった。

「あそこで訊いてみましょ」

建物に足を踏み入れた。閑散としてた。観光協会の窓口を訪ねた。

「カキオコの店を知りたいんですけど」

「こちらをどうぞ」

B5サイズのチラシを渡された。十八店舗あった。

町おこし言うだけあって、さすがに気合が入っとった。近い順に回ることにした。沙希のインスタ画面から、沙希の顔が大写しになってる画像を選び出して「この子、見かけませんでしたか」と訊ね歩いた。五軒目でヒットした。

「このお嬢さんなら、昼前にうちのカキオコ食べていかれたよ」

念のためインスタにアップされたカキオコの画像も見せた。

「そうそう、これうちのカキオコじゃが」

間違いない。沙希はこの店で食べたのだ。

「連れはいませんでしたか？」

「おらんじゃった。若え娘(わけ)さんの一人旅は珍しいけん、それで覚えとるんじゃ」

「荷物は？」

「大けなボストンバッグと、小さなバッグ持っとられたわ」

一千万円が入ったトートバッグか。

「食べた後、どこかに行くようなことは言うてませんでしたか？」

「さあ、そねーなこたぁ言うとらなんだなあ」

「どうもありがとうございました」

礼を言って出ようとしたら安藤に引き留められた。

「おい、どこに行く気だよ」

「どこにって、この辺りを探すしかあれへんやんか」

「いくら狭い町だからって、闇雲に探しても仕方がないだろ」

「やったらどうすんのよ」

「確認してみろよ」

安藤が私のハンドバッグを指差した。

インスタか。

それもそうだと納得して確認してみた。

「更新されてる」

海しか写っていない画面をタップした。

『ご高齢のお二人は星の町の謎に気付いたかな？　たぶん、無理でしょうね。お腹が膨れた私は、星の町の海を見ながらのんびりさせてもらいます。昨日眠ってないので眠りたいし――』

覗き込んでいた安藤がチッと舌を鳴らした。

「ふざけやがって。何がご高齢だ。謎なんかとっくに解けてんだよ」

自分が解いたわけでもないのに、偉そうに吠えた。

「このあたりでのんびりしてるみたいやね。とにかく探しましょ」

店を出ようとしてまた引き留められた。

「せっかくだからなんか食っていかないか。朝抜いてきたんで腹ペコだ」

店の壁時計は二時を過ぎている。店内にはソースの香ばしい香りが漂っている。躊躇する私に安藤が言うた。

「これからどうするつもりだ」

「このあたりのホテルとか旅館を当たってみるしかないん違う？」

「そうなるよな。敵もおおかた、この近くのどこかにげそをつけているだろう。慌てることはない。まずは腹ごしらえだ。お母さん」店員に声を掛けた。「そのカキオコとやらを二人分、特急で頼むわ」

店員がお好み焼きの鉄板に生地を流して広げた。その上に生ガキを無造作に並べた。びっくりするほどの数やった。さらにキャベツの千切りを被せて、つなぎの生地を流し掛けた。香ばしく焼けたのをひっくり返した。

見た目も作り方も、お好み焼きそのものや。違うのは具がカキやというだけや。それもかなりの量のカキや。磯の香りに私の胃も動き出した。

「マヨネーズと青のりはどうされます？」

焼き上がったカキオコにソースを塗りながら店員が訊いた。

「どちらもお願いします」と、私。

「おれは青のりなしで。歯にくっつくから」と、安藤。

予想していたよりはるかに大量の青のりが振り掛けられた。あれくらい掛けんと、カキの香りに負けるんやなと納得した。

鉄板の中央から、それぞれの手元にカキオコが押し出された。手元には小皿とヘラ。私は切り分けた塊をヘラに載せて口に運ぶ。安藤は小皿に移して割り箸で食べる。関東人やなと思うた。生まれは沖縄やけど。

「ねえ、お母さん。このあたりで泊まるところはありますか？」

カキオコをハフハフしながら安藤が店員に質問した。

「旅館なら『鹿久居荘』さんかのう。料理旅館じゃけん、夕食は豪華に楽しめるよ。あたぁ『つり幸』さんは、海の幸の懐石料理が自慢じゃ。貸し切りの屋上露店風呂もある。アベックさんで利用するならそっちかのう」

そう言うた店員が横目でこっちを窺うた。安藤の連れである私が、真正の女でないことを疾うに承知している目や。そのカップルが——店員の言葉ではアベックが——貸し切りの露天風呂でなにをするのか、ローカルの人間の遠慮のない眼差しに耐え切れず、私は言うた。

「そうではなくて、女の子が一人で泊まれるような宿はどうでしょう」

「ホテルじゃろうか、旅館じゃろうか？」

「民宿みたいなのも含めて、要は女の子が一人で泊まれるようなところです。ビジネスホテルのようなものはないのでしょうか？」

「ペンションなら何軒かあるよ。ちぃと待ってなせえ。パンフレットがあるけぇ」

店員がカウンターの中をひっくり返し始めた。しばらく探して「あった、あった」と、私にではなく安藤に手渡したのは、パンフレットというよりチラシやった。乱雑に仕舞い込まれていたんやろう、斜めにくっきりと折り目がついていた。

「民宿も入れると八軒か。あんまりゆっくりはしていられんなあ」

カキオコを咀嚼しながら安藤が言うた。

安藤が先に食べ終わる。私はまだ半分ほど残っとる。猫舌なんやからしょうがない。

「先に行って土地鑑養っておく」

私を残して安藤が店を出た。

（勘定を押し付けよった）

そんな気がした。

ゆっくり味わって店を出た。満足した。美味しかった。沙希と食べたかった。この店で沙希も同じカキオコを食べたんや。そう思うと心がほんのりと温くなる。あの子のことや、美味しい、美味しい言うて笑顔で食べたに違いない。

道の先に立っている安藤に声を掛けた。

「どう？　把握した」

「ああ、だいたいな。しかしちょっと厄介なことがある」

「なにが厄介なん？」

「島だ」

「島？」

目の前の瀬戸内海、間近にいくつかの島が浮かんでいる。夏場であれば、軽々と泳げるほどの距離や。

「そのうちの一つは橋で渡れる。他の三つは、小舟で行かなくちゃならん。どれも十分程度の距離らしいがな」

安藤が両手で広げているチラシは結構大きい。B４サイズやろう。ボールペンの丸で囲われている宿舎が三つ。『ペンション・なぎさ』『民宿・金栄丸』『古代体験の郷・まほろば』どうやらそれが船で渡る必要のある宿泊施設らしい。

「どうすんの？」

「とりあえず徒歩で行ける旅館をあたってみよう。金はあるんだから旅館に泊まる可能性もあるだろう。島はそれからだ」

そう、お金はある。私が上げた百万や。

私のお金で贅沢なところに泊まるような沙希やない。自分のお金やとしても、あの子は始末するやろう。高そうな旅館は最初から除外やと思うたけど、その根拠を説明するのが面倒臭い。

チラシを折り畳んで安藤が歩き始めた。私は小走りに追い駆けて肩を並べた。

「まずは鹿久居荘だ。このあたりではいちばんでかい旅館だ」

安藤がチラシを見せてくれた。折り畳んだままで歩きながらや。優しくない。雑に折り畳んだチラシのトップに、五階建てくらいの旅館が掲載されとる。日生駅から徒歩十分とある。

視線を上げた。

道の向こう、半島の突端にそれらしいもんが見えた。

けど高さが十階建ては優に超えてる。旅館というよりマンションに見える。それに徒歩十分という距離やない。三十分、下手をすれば一時間くらい掛かるかもしれへん距離や。

「あれなの？」

指差して訊いてみた。

「あれは違う。たぶんリゾートマンションだ」

「こんなところに？」

冬やからかもしれんけど、くすんだ景色にリゾートマンションというのが腑に落ちない。

「バブルの忘れものさ。あのころは、日本中にあんなのが建った。有望な投資がありますよと、銀行や不動産屋に唆されて、な。行ってみれば廃墟になっているかもしれん」

「あなたも不動産屋さんだったわよね。やっぱり唆した口なのかしら？」

軽口を叩いてやった。

「それが仕事だ。金持ちだけじゃない、金のない貧乏人まで餌食にしたよ」

私の皮肉を意に介さずに安藤が往時を偲んだ。それが仕事の一言で、唆された人は浮かばれへんなぁと私は思うた。

「お金のない人がリゾートマンションに手を出したん？」

「金はなくても、持ち家とかマンションとかあったら、それを担保に銀行は金を貸す。それが奴らの仕事だからな。ローンが残っていても気にしない。まあのころは、どんな不動産の価格も天井知らずの右肩上がりだった」

「バブルが弾けた後は？」

「とうぜん、リゾートマンションは売れ残る。売れていたリゾートマンションも、管理費の負担に耐え切れずに手放される。予定していた運用費が入らなくなる。それでジ・エンド。日本中に廃墟が並んだ」

「自分の不動産を担保にお金を工面して投資した人はどうなるのよ？」

「まあ、差し押さえで取られるよな。そういう契約だから仕方ない。自己責任だよ」

自己責任という言葉が素直に耳に届かない。

私らがニューハーフの道を選んだんは、それこそ自己責任やけど、この場合は少し違う気がする。それやったら、甘いことを言うて投資を唆した銀行や不動産屋の責任はどうなるんやろ。

阿呆らしくて訊ねる気もせえへん。

大方その連中は、弾の当たらん場所で獲物を物色したのに違いない。嫌悪を覚えた。私の気持ちを知ってか知らずか、安藤が感慨深げに言うた。

「しかしあらためて実物を見ると悲惨なもんだな。こんな場所にリゾートマンションを建てて、未来永劫安泰だと思ったのかよ。金に目が眩んだ奴らの末路だ。憐みさえ覚えるよ」

（あなたのＦＸも同じやないの？）

喉まで出かかった言葉を飲み込んだ。

あぶく銭とは言うけれど、バブル景気もそうやなかったんやろうか。なるほど、バブルを日本語に訳せばあぶくや。

（あぶく景気）

声に出さずに胸の内で呟いてみた。

なんか儚い。浅ましくさえ思える。安藤が運用するＦＸの果てにも、たくさんの廃墟が立ち並んでいる気がした。

午後六時過ぎまで掛かってめぼしい宿泊施設を虱潰し(しらみ)にした。どこにも沙希の痕跡どころか、気配さえなかった。あたりは暗くなっている。海辺の寒さは格別や。

「残るは島だけか」

安藤が言うた。声が疲れとる。私もへとへとやった。

そやからと言うて、「浄土に旅立つ」という言葉を残した沙希を諦めるわけにはいかへん。駅前の港に歩き始めた。

「おい、島に行くのか？」

安藤に引き止められた。

「行くしかないでしょ」

「おまえ、あいつの出身地が岡山だって言っていたよな」

「ええ、岡山よ」

「自宅かもしれないな。いなくても、なんらかの情報が得られる可能性もあるだろう。自宅は知らないのか？」

（島に渡る面倒から逃げとる）

そう感じた。

「知らないわよ。あたしたちの商売なんだと思ってんのよ」

実は知っている。しかし安藤には教えとうない。

自宅を訪れ、沙希の父親が大学の教授で、しかも学部長の要職にあったと知ったら、安藤はどう出るやろう。沙希を探したりせずに、父親に難癖をつけて金を脅し取ろうとするかもしれへん。

さっきのカキオコの店で安藤は「げそをつける」と言うた。あれはやくざが使う言葉や。本来は組に客分として世話になることを意味するが、それを安藤は、宿に泊まるくらいの意味で使うた。用法の正誤はともかく、そんな言葉を使う安藤を、沙希の親に近付けるわけにはいかない。

「ちょっと待って、島に渡る前に確認しておくわ」

話題を変えようとスマホを取り出した。ブックマークから沙希のインスタ画面を呼び出した。

「更新されてる」

思わず声に出してしもた。安藤が反応して歩み寄った。

「なんて書いてあるんだ」

無遠慮に私の手元を覗き込んだ。

「ちょっと待ってよ。画面が見えないでしょ」

安藤の頭を空いている手で押し除けて画像を確認した。街灯に照らし出されたなんでもない道路が写っているだけやった。

画像をタップした。コメントが表示された。

『世界一の海峡を徒歩で渡り終えました！』

また安藤が頭を突っ込んできた。

今度は退けない。必要な情報は得た。沙希の居場所が知れた。沙希はこの町にいない。

「世界一の海峡？　徒歩で渡り終えただと？　瀬戸大橋か」

(阿呆か、コイツ)

「瀬戸内海は海峡じゃないわよ」

「鳴門海峡か！」

「世界一ではないでしょ」

「だったらどこなんだよ！」

安藤がイラついた。

そうやわな、普通の人間に分かるわけがないわな。けど私には分かる。そして私に分かることを沙希は心得ている。

「あそこよ」

安藤の肩越しに駅舎の横、空き地に立てられた看板を指で示した。看板は取り付けられた照明に照らされとる。

『瀬戸内観光汽船』

小豆島行きのフェリーの案内板や。

「あのやろう、小豆島に逃げたのか」

「逃げたんやろか？」

違うと思う。誘われている気がする。

「どうして小豆島だって分かる？」

「小豆島にあるのよ。世界一の海峡がね。土渕海峡。ギネスブックにも載っているわ」

「どふち海峡？　そんなの初耳だぞ」

「でしょうね。なにしろ世界一狭い海峡ですもん。全長は二・五キロくらいやったかしら。海峡の幅は十メートルないわ」

「なんだよそれ、からかいやがって。どうでもいいや。すぐに追いかけようぜ」

安藤がいきりたった。

「無理よ。あれを見て」

案内板には時刻表も記されている。最終便は六時半。ついさっき出たところや。沙希のインスタの更新が六時三十五分。沙希の作為を感じる。

小賢しさに笑いが込み上げそうになるが、また安藤に殴られそうなので我慢した。

「糞っ！」

安藤が吐き捨てた。

「今夜はこの糞田舎に泊まるしかないのか」

諦め口調で肩を落とした。それでもすぐに立ち直って私を誘った。

「だったらほら、さっきカキオコのばあさんが言っていたじゃないか。貸切露天風呂のある宿があるってよ。そこに泊まろうぜ」

また歩いて『つり幸』に至った。

ロビーに自慢の露店風呂からの景観をポスターにしたものが貼られていた。朝焼けなのか夕焼けなのか、穏やかな瀬戸内の海に折り重なって浮かぶ島々に、また『瀬戸の花嫁』を口遊みたくなった。もちろん安藤の手前自粛した。

（私、こればっかりやな。ほんまに昭和が染み付いとるわ）

口遊む代わりに自嘲した。

実は、浮かれていた。安藤とあの露天風呂に入れる。

（二人きりなら『瀬戸の花嫁』唄うてもええか）

浮かれる気持ちの自分を諌めた。思いを打ち消すように沙希に思いを馳せた。

（あの娘は私を誘っているんやろうか）

そうとしか思われへん。

小豆島は私が捨てた故郷や。二度と帰らんと決めたはずの場所なんや。けどそこで沙希が待っているんかと思うと、胸を締め付けられるような郷愁を覚える。切のうなる。

（明日行くからね）

故郷に待つ沙希を思い浮かべて心の中で語り掛けた。

深夜の貸切露天風呂、私は一人お湯に浸かった。安藤は部屋に残してきた。瀬戸内の魚を堪能し、飲み過ぎた酒に酔い潰れてしもうたんや。

広い湯船やった。五、六人は余裕で入れるんと違うやろうか。

屋上テラスにあるが、夜景というほどの夜景は見えへん。月明かりの下、瀬戸内海に点在する島影が重なり合うて浮かんどる。島々にポツリ、ポツリと灯りが灯る。

都会の夜景の灯とは違うて、どれも生活を感じさせる優しい色や。温かみがある。空に浮かんだ月は煌々と明るく眩しい。海面に伸びる光の尾さえ眩しく感じられる。

私はお湯に浸かりながら今日一日のことを思い出す。

座裏を離れて外の世界に出たのは何年振りやろう。買い物に出ることはあるけど、それもごく限られた範囲の外出で、都会の雑踏を離れたのは記憶にもない昔や。

安藤に棄てられ、いろいろあって、最終的に新宿二丁目を離れて座裏に居場所を決めた。古い巣から新しい巣に移り棲んだ。それ以来、住処の近くを離れたことはない。

今日一日の出来事というほどでもない出来事やけど、カキオコの女性店員がこの旅館を勧めてくれた。「アベックさんで利用するなら」と言うた後の店員の微妙な表情は、どんな悍ましい光景を想像したんやろうと疑いとうなるもんやった。

月夜の露店風呂でゴッゴッと抱き合う男と男、伸びかけた髭を擦り合わせベロを絡ませあう接吻、お互いのちんぽを咥え合うオーラルセックス、肛門にちんぽを迎え入れ、月に咆哮する女装の老人、尻を抱えて卑猥な言葉をまき散らす初老の男――

そんなことか。

それで満足なんか。

勝手に想像したらええわ。

発情して今晩のオカズにせんかい。しょぼくれた旦那を喜ばしたらんかい。

私も想像したことがある。

男と女のまぐわいや。想像しただけで吐き気をもよおした。女性器の醜悪さは裏ビデオでしか見たことがないけど、実際私は、その悍ましさにおう吐した。

この旅館のフロントでもそうやった。

チェックインするとき、貸切露天風呂の利用を安藤が申し込んだ。それを売りにしているんやから不自然ではないやろう。午後の早い時間と、深夜に近い時間が空いてると言われた。

「食事の前に汗を流したいな」

安藤が離れて立った私に語り掛けた。私もそれがええと思うて頷いた。

それやのに――

フロントの女が余計な心配をしよった。次に利用する客とのバッティングを気にしながら利用するより、深夜の時間であれば、なんの心配もせずに楽しめますよ、と顔を強張らせて言うた。

なにを心配せなあかんと言うんや。はっきり言うてみ。見られて悪いことをするとでも思うとるんか。それとも男二人が不埒なことをした後の湯を、ほかの客に使わせとうないとでも言いたいんか。

男女の客でも、不埒な所業に及ぶことはあるやろう。女が股間から垂れ流す粘液が、綺麗なもんやとでも言いたいんか。粘液どころか潮を吹く女までおるらしやんか。

そやけどそんなこと、言えるわけがないわな。

フロントの女の頑なとも感じられる勧めに負けて、気の弱い安藤は、深夜の時間帯を予約しよった。夜に弱いくせに。酒が入ったらなおさらや。

案の定、二人で堪能しようと思うていた露店風呂に、私は一人で浸かることになってしもた。

カキオコの店員、フロントの女、だけやない。

こだまはまだよかった。

相生で乗り換えたローカル電車、それほど乗客が多かったわけやないけど、私と安藤が乗り込んだら、なんや気詰まりな沈黙が流れよった。そのあとの停車駅で乗り込んできた乗客も、私らの姿を目にするなり口を噤（つぐ）みよった。

露骨に目を逸らした。

ただな、目は逸らしとるけど、あんたら全員の意識が、こっちに向けられとんはみえみえや。肌を刺す痛みさえ覚えたくらいや。

乗換駅での通行人もそうや。やっぱり口を噤みよった。目を伏せよった。そのうえで、遠慮のない意識を飛ばしてきやがった。歩き回った疲れより、緊張感から覚えた疲れのほうがよっぽど堪（こた）えたわ。

沙希の言うとおりや。

時代が変わって自分たちは理解されるようになったのかもしれへん。あからさまに差別されることも無うなったんかもしれへん。そやけど人間の深層心理に根ざす嫌悪まで、払拭されたわけやないんや。そのことを今日一日で実感した。させられたわ。

あかん、あかん。

今日一日のことを思い出したら、興奮して私、悪い子になっとる。沙希に叱られるわ。いつもの上品なお母さんに戻らなあの子に会わす顔がない。

大きな息を吐いて湯船を出た。

ちょっとのぼせたみたいや。

けど、テラスを吹き抜ける師走の風が気持ちええ。しばらく涼んで身体を乾かした。寒気がして脱衣所に逃げ込んだ。

脱衣所に折り畳んでいたバスタオルを広げた。

安藤のパンツは汚れが酷かった。

蒲団に大の字で酔い潰れた安藤の浴衣の裾からパンツが臭うた。脱がすとさらに強烈な臭いがした。肛門の部分が茶色く汚れてた。

風呂道具と一緒に持ち込んで、備え付けの洗面器で手洗いした。洗剤がないんでシャンプーで代用した。よう洗うて固う絞った。バスタオルに包んで脱衣所に置いた。

手で確かめた。かなり乾いとる。ちょっと湿り気を感じる程度や。

部屋に戻って乾そう。暖房が効いているんで、朝までにはパリッパリッに乾くやろう。安藤のパンツを脱衣籠に入れた。パンツを包んでたバスタオルで身体を拭いた。シャンプーの匂いに混じって安藤の汚物の臭いを鼻が感じた。それがどうというのではないけど、安藤のパンツは尻の部分が擦れて破れとった。かなりの期間穿いたままやったんやなあと思うた。

それと今日の支払いや。結局安藤は、マンションを出て以来、一円も払うてない。考えてみれば『さくら』で再会して以来、外食に連れて行ってもろたこともない。買い与えてくれたんは、初回訪問時の人参しりしりの材料だけや。人参が二本、ツナ缶が一缶、胡麻油の小瓶、木綿豆腐が一丁、総額で千円もせんやろう。

二十数年ぶりに訪れたときの飲み代もそうや。『さくら』は掛け売りお断りの店や。そやのに安藤は、金を下すのを忘れてきたとかでツケと言うた。沙希がコンビニで下してくれと言うたけど、私が今度でええわと言うたらしい。

えらい酔うとったから覚えてへん。ツケた金額は一万七千円やった。沙希に聞いて、それから一週間後くらいに、安藤から振り込みがあったと沙希に言うた。もちろん嘘や。沙希にもバレてた。沙希の目が暗う笑うてた。

（ＦＸで大金を動かしているというのは安藤のペテンやないやろか）

今更ながら私は疑い始めとる。と言うか、ペテンやろうとほとんど決めつけかけとる。ホテルに連泊しているんや無うて、マンガ喫茶を泊まり歩いているのではないかという沙希の疑いも、あのパンツを見たら、俄かに信憑性を持って感じられる。

そやけど安藤に愛想が尽きたわけやない。むしろ逆や。それほど安藤が困窮してるんやったら、養うてあげてもええ。そんなことを考え始めとる。

今日一日で、私は安藤の存在意義を痛感した。

沙希の消息を求めて旅館や民宿を訪ね歩いたときに、対応してくれたのは安藤やった。私は余所見して耳だけを集中してた。もし安藤が一緒やなかったら、それは私の役割になってたやろう。カキオコの店で、この旅館のフロントで、私が覚えた嫌悪感に、私はずっと曝されたやろう。安藤が盾になってくれた。

座裏に戻ったら盾は必要のうなるかもしれへん。そやけどそれは一時のことや。

この先もっと歳を取ったら、否応なく、世間と接する場面が増えるやろう。

病院や役所での煩雑な手続きを、理不尽な差別の目に曝されながら処理せなあかんようになるんや。そんなとき、安藤がどれだけ力になってくれるやろうか。そう考えると、むしろ今の安藤が、金に窮して路頭に迷っているほうが好ましいんやないかとさえ思えてくる。『さくら』の売り上げがあれば、安藤一人を養うことなど造作もない。

そう、安藤を養う。

そのアイデアに私は光明さえ覚える。

安藤は社交的な人間やった。付き合いも広かった。その安藤が、昔の伝手を頼って大阪に現れたというんは、そういうことやないのか。世間を狭うしてしもたんやないんか。

(そやけど慎重にならなあかんで)

心の中で自分自身に囁く声がある。

(分かってる。急いてはことを仕損じるや)

安藤は見栄張りや。いきなり面倒を見てあげると申し出て、ありがとうとはならへんやろう。そこまで持っていくためには、慎重にことを運ばなあかん。浮かれてはあかんのや。

(借金はないんやろうか)

ふとそんな疑念が浮かぶ。借金を抱えていたんでは厄介や。

(そのときはどないするんよ?)

自問する。

(立て替えて支払うんかいな?)

沙希が持ち出した一千万円は、いずれ返ってくると信じてる。

(その全額を叩(はた)いても彼を助けるつもりはあるのんかいな?)

答えが決まっとる自問を繰り返す。

（それで安藤が、私に養われることに同意するんやったら、一千万円は惜しゅうはない）

そう思える。

（お金やない）

改めて世間の風の冷たさを知って考えが変わった。

仮に安藤が金に窮していたとしても、そんな簡単に、私が思うような結末に至るかどうか、その点はそれほど心配はしていない。安藤のヒモ体質を私は付き合うてたころから感じとった。

不動産を扱って景気が良かったころも、何度か安藤に金を都合した。三万、五万、多くても十万までや。当時の私にしてみたら、それほど負担になる金額でもなかった。たいていは交際費の不足を埋めるという口実やった。すぐに返す、絶対返す。その都度頭を下げて懇願されたけど、返してもろたことは一度もない。

その分店で金を使うてくれて、ナンバーワンの地位を保てたんやから、損をしたという意識もない。まあ、安藤の貢献が、どれだけのもんやったかと訊かれたら、答えに困ってしまうけど。

あの時のままの安藤やったら、そしてだれにも頼れんほど困窮しているんやったら、自分の保護を断らないのではないかと私は打算する。

この旅館にチェックインするとき、宿帳を記入したのは安藤やった。

「安藤勝」

自分の本名に並べて「桜」と私の下の名前だけを記入した。

「ご関係もお書きいただけますか」

指を揃えた手のひらを上にして、手の先で、「関係」と書かれた欄を係員が示した。意地悪な女やで。そこに安藤は『兄』と記した。

そうやその手がある。

兄弟になるのは無理かもしれんけど、養子縁組で家族になることはできるんやなかったやろうか。法律のことは調べ直すとしても、その方法で家族になったニューハーフ仲間が何人かいたはずや。

家族になる。

法律どうこうより、その一点だけでも、私は舞い上がる気持ちになる。

バタバタした一日やったけど、それなりに実のある一日やった。

満足して私は安藤の隣に並べられた蒲団に横たわった。

安藤の蒲団に潜り込みたいのを我慢した。

そう、今は我慢のときや。自分に言い聞かせながら、安らかな眠りに落ちた。

6

始発のフェリーで小豆島に渡った。大部(おおべ)港いう港やった。土庄(とのしょう)港、草壁(くさかべ)港は耳に馴染みがあるけど、初めて訪れた港や。

看板の地図から察するに、どうやら島の裏にあたる港のようやった。まあ、裏や表や言うても小豆島自体がそんな大きな島やない。着いてしもうたんやから、後はなんなとなるやろ。

下船するなり安藤が不平を口にした。

「なんだよ、なにもないじゃないか。これが小豆島かよ」

「島の裏側なんよ。表に回れば、土庄とか草壁とか池田とか坂手とか、もっと開けたところもいろいろあるわ」

「ずいぶん詳しいんだな」

「だって私、この島の出身だもの」

「おまえ小豆島の出身かよ。へえ、知らなかった。だったらあれか、有名な二十四の瞳も同級生とかなのか？」

「いつの話しているのよ。さすがにそんな歳じゃないわよ」

安藤の言葉に苦笑させられた。しかし『二十四の瞳』の舞台が小豆島だと知っていただけで安藤としては上出来や。

「腹が空いたな」

安藤が言うた。八時半過ぎやった。始発のフェリーに乗ったんで朝食はまだ食べてない。目の前に『カフェレスト・サンワ』と看板を掲げた喫茶店風の店があった。どうやら飲食ができるのはそこだけのようや。

『カフェレスト・サンワ』に入った。

かなり強いケチャップの匂いがした。なるほどメニューを見ると、ここの売りはナポリタンのようや。私はそれを注文した。安藤は焼きそば定食を注文して、私は待ち時間にインスタを確認した。

「どうだ？」

「まだ更新されていないわ」

「寝坊しているのかよ。おれたちは六時起きだぜ」

文句を言うて不貞腐れた。

ほどなくして注文の品が配膳された。安藤の焼きそば定食は焼きそばにオニギリが二個付いていた。定食やのに汁物はなかった。

「これで定食かよ」

文句を言いながら食べ始めた。私もフォークにナポリタンを巻き付けた。一口頬張って噎せた。ケチャップ強すぎる。そやけど意外に美味しい。安藤が箸を伸ばしてきた。

「味見させてくれ」

左の掌を受け皿代わりにして、かなりの量のナポリタンを箸で摑み上げた。匂いに誘われたようや。音を立てて啜り上げ、口いっぱいに含んだそれを、よく嚙みもせんと飲み込んだ。

「なかなかいけるな」

「ねっ、ビンゴかも」

「焼きそばと替えてくれ」

「なによいきなり。やだよ」

「オニギリ一個やるからさあ」

「炭水化物攻撃？　私、糖質制限しているんでお断りします」

「パスタだって糖質じゃねえかよ」

結局、安藤のオニギリ皿にナポリタンを半分っこすることになった。こんなやりとりも、私には楽しく思える。

（一緒に暮らしたら）

昨夜の一人風呂から続く妄想が広がった。

（毎日をこんな風に、なんでもないことで楽しく過ごせるんと違うやろうか）

それを思い浮かべるだけで緩んでしまう。そのためには早く安藤をその気にさせることや。少なくともこの追跡行が終わるまでにせなあかんと私は決意する。

安藤が食べるのを多くしたぶん、二人がほぼ同時に食べ終わった。

焼きそば定食に添えられた日本茶を啜りながら、安藤が奥に声を掛けた。さっき配膳をした女性が姿を現した。四十歳くらいか。店員というより近所の主婦という印象や。

「これからどこに行くんだっけ？」

安藤が私に問い掛けた。

「とりあえず土庄ね」

「おばさん、土庄行のバスは何時に出るかな」

「お客さんらは、さっきのフェリーで来たんだよね」

「ああ、さっき着いた」

「車はどうしました？」

「いや、車で来たんじゃない。旅客で来たんだ」

「――」

店員が言葉を詰まらせた。

「まさかバスがないのかよ」

安藤がイラついた。

「あるにはあるけど、次のバスは十八時五十一分だがね」

まだ九時前や。十時間近く待つということか。

「それしかないんですか？」

唖然としている安藤に代わって私が問い掛けた。

「その前に逆回りの福田経由があるけんど、それが十七時五十四分だね。でも、到着は十八時五十一分のほうが早いよ」

今度は私が言葉を詰まらせる番だった。呆然と私ら二人は見詰め合うた。気を取り直して私は店員に訊き直した。

「タクシー呼べますか？」

「呼べなくはないけど、結構掛かるよ」

「どれくらいでしょう」

「五千円くらいやないかなぁ」

「いえ、お値段ではなく、どれくらい待てば来てもらえますか？」

「そうやねえ、二十分くらいで来るかなぁ」

自信なさげに答えた。

この人はタクシーなど呼んだことはないのではないかと私は疑うた。

「とりあえず、それでいいですから呼んでください」

いくらなんでも、ここで丸々一日潰すわけにはいかない。

「はい、それじゃ」

納得できない風に首を傾げながら店員が奥に消えた。

「田舎を嘗めていたわね」

むすっとしている安藤に笑い掛けた。

「秘境じゃねえか」

安藤が不機嫌に言うた。

店員がトレイに載せたコーヒーを二つ運んできた。

「いえ、頼んでいませんけど」

戸惑う私に笑顔で答えた。

「三十分くらい掛かる言うてます。まあコーヒーでも飲んでゆっくりしてください。これは店からのサービスですけん」

スティックシュガーとクリームが添えられていた。奥に下がる店員の背中を目で追いながら、私は安藤に微笑み掛けた。重たい場の空気をなんとかしたかった。

「こんなところも田舎ね」

安藤は窓の外に目を向けたまま答えもしない。私も窓の外に目を向けた。窓の外では、冬とは思えないくらい眩しい瀬戸内の海がゆったりと波打っていた。

ほぼ一時間くらい待ってやっと来たタクシーに乗った。土庄までの所要時間は二十分弱やった。やっぱり狭い島やと思うた。十時過ぎに到着した。料金は四千六百円やった。支払いを済ませてタクシーを降りた。安藤は『二十四の瞳』の銅像を見上げていた。

「おれ、この物語、結構好きだったんだよな」

意外なことを言うた。

「小説読んだの?」

「いや、映画で見た」

「田中裕子さんの?」

銅像に目を向けたまま安藤が頷いた。

「あのころは良かったよな」

安藤の言うあのころが映画を見たころなのか、映画に描かれた時代なのか分からない。

「日本中が貧乏だった」

私の疑問を置き去りにして安藤の独白が続いた。

「おれなんか、ガキの頃は冬でもシャツ一枚でさ」

「沖縄だもんね」

「沖縄バカにするな。沖縄だって、冬はそれなりに寒いんだ。まあ、もっともそのころは、まだ沖縄は日本じゃなかったがな」

「そうか、勝が子供のころはアメリカの統治下にあったのよね」

「ビギンのこんな歌知ってるか」

いきなり安藤が唄い始めた。

三ツ星かざして高々と
ビールに託したウチナーの

夢と飲むからおいしいさ
オジー自慢のオリオンビール
オジー自慢のオリオンビール

「オリオンビールの歌やね。唄えないけど知ってるわ」

答えるが安藤の意図が読めない。

安藤がまた唄うた。

戦後復帰を迎えた頃は
みんなおんなじ夢を見た
夢は色々ある方が良い
夢の数だけあっり乾杯

「こんなフレーズだ。意味が分かるか？」

「そんなん急に言われても……」

「おれはこう解釈している。つまりだ、本土復帰までの沖縄の夢は一つだけ、日本への復帰だった。しかし復帰後は違う、これからはそれぞれに、いろんな夢が見られる。みんなの夢の数だけ、さあ、乾杯しよう」

(そう、それで？)

(どうやと言うんやろう？)

まさかこんな場所で、安藤の想い出話を聞かされるとは思わんかった。意外過ぎるやないの。ついていけへん。

「復帰前の沖縄は、この映画に描かれたようだった」

私はその映画を見たことがない。小説も読んでいない。確か『二十四の瞳』は、戦前の小豆島を舞台にした物語やなかったやろうか。銅像の子供たちも、表情は明るいが、ずいぶんと質素ななりをしている。

「本土復帰がなったとき、おれは中学生だった。高校を卒業して東京の町工場に就職した。それから職を転々として、不動産業界に入った」

安藤が初めて語る過去やった。苦労したんやろうな。漠然と思うた。

「本土で就職して、歌のフレーズのとおり、たくさんの夢を見たさ。そしてついにそれを実現する機会を得た。バブル景気のおかげでな」

安藤がため息を吐いた。

「しかしバブルが弾けて、夢はもとの木阿弥になってしまった。そこから紆余曲折あって、いまはＦＸで稼いでいる。一攫千金を追い駆けている」

安藤が遠い目で言うた。視線は二十四の瞳の銅像に向けられたままや。

「しかしなあ、桜。こんな場所まで来て、こんな銅像見てしまうと、考えさせられるよなあ。金はできたが、ほんとうに自分は、あのころより幸せなんだろうかって、な」

（今かもしれへん。今が切り出すチャンスかもしれへん）

（だったらそんなマネーゲームから降りて、私と一緒に静かに暮らそうよ。生活の心配はしなくていい。『さくら』の稼ぎで食べていける。あくせく暮らさずにのんびりしようよ）

言おうとしたが安藤に先を越された。

「確認しなくていいのか？」

「えっ？」

安藤の左手が、なにかを持つ形に広げられている。

「ああ、沙希のインスタね」

スマホを取り出して確認した。

十時二十三分。二分前に更新されていた。森の中の小屋が写っていた。かなり大きい小屋や。その小屋と周りの景色になんとのう見覚えがある。

「どこだ、ここは？」

息急き切る声で安藤が言うた。手が伸びて安藤が画像をタップした。コメントが表示された。

『本日歌舞伎は休演みたい。残念！』

「歌舞伎？　なんのことだ」

安藤が眉根を寄せた。

「行きましょ」

無視して、すぐ近くのタクシー乗り場に駆け出した。安藤が慌てて後をついて来た。四台止まっているタクシーの先頭のタクシーに安藤を急かし乗り込ませて、私も乗った。

行き先を運転手に告げた。

「肥土山（ひとやま）お願いします。急いでください」

沙希がインスタを更新したのが二分前や。肥土山までは二十分掛からん距離やろう。急げば捕まえられるんと違うやろうか。

年老いた運転手が「肥土山ですね」と確認した。ゆっくりとタクシーが動き始めた。

「急いでください」

念を押した。

「さっきの場所が肥土山なのか？　歌舞伎ってなんだよ？」

「あれは肥土山の農村歌舞伎の舞台よ。年に一度、村の人が演者になって歌舞伎を披露するの」

　言葉短く説明した。

「あれだけの情報で、よく分かったな」

　安藤が感心した。

「実家のすぐ近くなの。私も子供のころに出演したことがあるわ」

　六歳のときやった。村娘の役で出た。小柄で可愛い面立ちだというのが選ばれた理由だった。花柄模様の衣装を着せられ坊主頭にかつらを被り、白粉(おしろい)を塗られ紅を差してもろた。手鏡で自分を見たら、今までとは違う自分が鏡の中にいた。

（これが、うち？）

　衝撃を受けた。あれが切っ掛けやった。自分のほんまの性に目覚めた。

　そう言うたら、いつかの夜、その話を沙希にしたことがある。沙希があの場所を訪れるのは不思議でもなんでもない。

　肥土山までは一本道や。すれ違う車も後続車もない。のんびりとした小春日和の空の下をタクシーが走る。安藤が車の揺れに身を任せて居眠りを始めた。

小さな川を渡った。

（こんな小さな川やったっけ？）

記憶の中ではもっと大きな川に思えた。その川を過ぎれば五分と掛からずに到着する。

前方から車が来た。タクシーやった。緊張して目を凝らした。後部座席に人影は見えへん。そやけどメーターが倒れとる。すれ違う。

後部座席で姿勢を低くした乗客の赤いベレー帽。

（沙希や！）

止めてくださいと、喉まで出掛かった言葉を抑えた。

知りたい。沙希はどうしてあの場所に自分を誘ったんやろ？　沙希はあの場所でなにを目にしたんやろ？

いちばん新しいインスタで、私は改めて確信しとった。

沙希は一千万円を持って逃げているんやない。私を誘ってるんや。日生町かてそうや。たまたま訪れたんやない。小豆島行のフェリーが発着する港やと知って、沙希はあの場所を選んだんや。あの沙希が、なんの考えもなしに、思い付きで動いているとは思えへん。

もしここで沙希を確保できなくても、この先のどこかで必ず合流でける。今は沙希が、あの場所に私を誘うた理由を知りたい。

そない思うて私は、野中の一本道で、タクシー同士がすれ違うてしまうという、沙希の致命的な計算ミスを見逃してやった。

「ここでいいです」

五分ほど走ってタクシーを止めた。十時四十分やった。

「農村歌舞伎の舞台はもっと先だよ」

運転手が言うた。安藤との会話を聞いていたんやろう。

「せっかくやから歩きたいんで。それと申し訳ないんですけど、帰りもお願いできますか」

「どれくらい掛かる?」

「一時間もあれば」

「だったらここで待ってるよ。ゆっくりしていらっしゃいな」

タクシーが道路脇の空き地に止まった。

もともとその空き地は、肥土山で二軒しかない商店があった場所やった。商店というても万屋(よろずや)や。万屋など今の若い人には分からへんやろうな。コンビニみたいなものとでも説明すればええんやろうか。――全然違うけど。

タクシーを降りて二人は歩き始めた。

「タクシーで乗り付けた方がよかったんじゃないのか」

安藤が不思議そうに言うた。

「この先の道をタクシーで行くのは無理よ。あっちに回れば」

高い位置にある道を指差した。

「タクシーでも行けるけど、もしあの娘が、タクシーを拾おうと道に出てきたら、この景色よ、歩いている方が見つけられるでしょ」

惚けて安藤に説明した。安藤が納得した。

(ごめんね。もうこの場所に沙希はおれへんの。さっきすれ違うたタクシーで次の場所に向こうてるねん)

心の中で安藤に詫びた。

あたりに目を凝らす安藤の傍らをのんびり歩いた。

歩き始めてすぐに小学校の校舎に行き当たった。廃校になっとった。

「へえ、ここに桜が通ったのか」

「ここじゃないわ。私が通うたんは、反対側の山の方」

振り返った。タクシーに凭(もた)れて運転手がタバコを吸うていた。その煙がゆっくりと流れてた。長閑な光景の向こうに小高い山がある。私が通うたんはその麓の小学校や。

「私が小学校を卒業してすぐに、台風が瀬戸内を直撃したの。めったにないことよ。瀬戸内は四国山地があるから台風から守られているんやけど、あのときはどういう具合か直撃したんよね。雨台風やった。山が崩れて木造校舎が土砂に呑まれてしもうたの」

そして急遽建てられた鉄筋コンクリートの立派な校舎、それが今では廃校になっとる。廃校を過ぎると舗装が途切れて、幼いころに通い慣れた土の道になった。道は雑草で覆われてた。私がいたころはこうやなかった。雑草はあったが覆われてはいなかった。この道の突き当たり、集落の外れに私の実家がある。

貧乏な家やった。自分の田畑を持たない百姓で、他人の田畑を借りて生計を立ててた。ご馳走はカレーライスやった。カレー粉を水で溶いただけの、とろみがまるでないカレーや。具は時々に裏の小さな畠でできる野菜やった。今で言うたら家庭菜園程度の広さで、いろいろと、家族が食べる野菜を育ててた。趣味やない。生活のためや。

とろみのないカレーには、肉の代わりに油揚げが入ってた。ある日母親からお遣いを言いつけられた。小学一年生だった私は、久しぶりのカレーに浮かれ、間違えてコンニャクを買うてしもた。優しい母親は怒りもせずにコンニャクを肉代わりにカレーを作ってくれた。今やったら、さしずめヘルシーカレーということになるんやろうか。

歩を進めながら私は違和感に囚われた。道の両側は青々とした田圃(たんぼ)やが、そこかしこで畔が崩れとる。よう見たら、田圃も雑草に覆われとる。

今は冬や。そもそも田圃が青う見えるんがおかしいんや。

私は自分が覚えた違和感の正体を理解した。この時期に田圃が青いはずがない。

小さいころは、収穫が終わった田圃で凧揚げをして遊んだ。冬は広々とした更地やった。電線もない地区やった。そうやって走り回った田圃が、雑草に覆われ畦道も崩れかけとる。廃校になった小学校、耕作放棄された田圃、万屋も空き地になっとる。私がカレーの具のコンニャクを買うた万屋や。

(この集落は終わってしもうたんやろか……)

自分が捨てた故郷の終焉に私は唖然とさせられた。

「きゃぁ!」

思わず悲鳴を上げた。

「どうした、見つけたか」

安藤が立ち止って周囲を見渡した。

「あ、あれ」

私が指差す向こうに廃屋があった。屋根が半分崩れ落ちとる。

「あれ……私の実家……」

「ひでえなあ。あれじゃ誰も住んでいないか」

　もとより自分の年齢を考えたら、父母が存命してる可能性は低いやろうとは覚悟しとった。ほかに身寄りは五歳年上の兄だけや。その兄も、六十八歳という年齢を考えれば、少し早い気もするけど、鬼籍に入っていたとしても不思議やない。

（糸が切れた）

　思うた。

　この場所を棄てたとき、自分で糸を切ったはずやった。そやけど気持ちのどっかで、細い糸であっても、この場所と繋がっとる気がしてた。それやのに、私が知らんうちに、その細い糸も切れてしもてた。

（沙希が私に見せたかったのはこの景色なんやろうか？）

　そんなことを考える一方で、朽ち果てた実家の景色に堪らない喪失感を覚えた。涙が零れ落ちた。思わず安藤の腕に縋って体を押し付けた。

（この人しかおれへん）

　はっきりと自覚した。

　再び安藤に棄てられたら、私は文字通りの天涯孤独になってしまう。風雨に晒されるままの実家のように、朽ちるだけの未来が待っとる。

安藤にぶら下がる格好で、実家のすぐ裏手の農村歌舞伎の舞台に至った。深閑としてた。高い木々を渡る風の音しか聞こえへん。

私から離れて、安藤が辺りを探索し始めた。

いるはずがない沙希を捜しとる。安藤が捜しているのが沙希ではなく、沙希が持っているはずの一千万円やと心得とるが、それでも自分の男が、必死でほかの女を捜している姿に少しムカついた。寂しさを覚えた。

昔もあった杉の大木に寄り添った。抱きかかえてみた。懐かしさが滲み出た。昔もそうやったけど、今もその大木は、私が腕を回せるほど小さいもんやなかった。木肌の温もりに、初めて故郷に帰ったという感情が湧き起こった。帰ったけど、待っていたのは杉の大木だけやった。

安藤が私を探す声が耳に届いた。

「桜、どこにいるんだ」

身を小さくした。

「おーい、さくらあー」

木立に響き渡る安藤の声が気持ちええ。私の故郷はもうない。頼れるのは安藤だけや。

「さくらあー、大丈夫か。潰れた実家を見て気落ちしているのは分かる。でも、おれがいるじゃないか。出て来いよお」

大木の陰から歩み出た。すぐそこに安藤の背中があった。安藤の背中に体当たりして、思い切り抱きついた。


土庄に戻るタクシーの中で沙希のインスタをチェックした。更新されていた。海の写真。更新時間は十一時二十五分。現在時刻は十一時三十分。海の画像をタップした。

『新岡山港行きのフェリー。船旅サイコー。でも、ちょっと寒いので客席に戻ります。ブルブル』

能天気なメッセージに微笑んだ。

隣で覗いていた安藤が自分のスマホを操作した。

「どうやら十一時発の両備フェリーに乗ったようだな。新岡山港到着が十二時十分か」

少し考え込んで座席に身を乗り出した。

「運転手さん、おれたち急いでんだが、高速艇とかないのかな?」

「新岡山港行ですか?　高松港行ならあるんですけどね」

「高松にいったん渡って十二時十分までに新岡山港まで行けるかな?」

「いや、それはいくらなんでも無理でしょう」

運転手が鼻を鳴らした。

「瀬戸大橋を渡っても無理か？」

安藤がなおも食い下がった。

「無理ですね」

「糞っ。使えねえな」

毒を吐いた。

「そんなにお急ぎでしたら、少々料金が嵩みますが、海上タクシーがありますけど」

「それなら十二時十分前に着けるのか？」

「さあどうでしょう。船足の早い船なら二十分掛からずに行けますけど――」

のんびりと答えた。

「けど、なんだよ」

「予約制ですからね。空いているかどうか」

「すぐに確認しろよ。携帯貸してやろうか」

「いや、携帯くらい持っていますけど」

安藤の乱暴な言葉遣いに運転手がムッとした。

「運転中ですから、携帯は使えませんよ」

対向車も後続車もない野中の一本道だ。あきらかに安藤を莫迦にする運転手の物言いやった。

「構わん、非常事態だ。海上タクシーとやらが確保できたら、チップに一万円払う」

「そういうことでしたら」

運転手がセンターコンソールボックスから携帯を取り出した。やりとりして携帯を耳から遠ざけた。バックミラー越しに言うた。

「ちょうど空いてるのがあるそうです。料金は二万五千円。それでいいですか？」

「構わん。十二時十分までに着いたら一万円余分に払うと言ってやれ」

（この人、お金を持っていないくせに……）

なんでもチップで済まそうとする安藤に、少し不快なものを覚えた。

また運転手が携帯で喋り始めた。私はハンドバッグの中で財布を開いて残金を確認した。五万ほど残っていた。

（まあいいか）

さっき自分が見て見ないふりをしていなければ、今ごろ沙希は捕まえられていたのだ。

小さく息を吐いて諦めた。現在時刻は十一時四十分、どうやら沙希の逃避行も終わりを迎えるようや。なぜだか少し残念に思えた。

タクシーが船会社の駐車場に乗り入れた。

「払っておいてくれ」

シートベルトを外した安藤が、飛び降りるようにタクシーを後にした。表示された金額に一万円を加算して支払うた。

「こらまたどうも、すいませんねえ」

運転手は恵比寿顔や。本日一日分の稼ぎは得たんやないやろか。

領収証をもろうてタクシーを降りた。船着き場で安藤が手招きしている。船に駆け寄った。クルーザーという種類の船やろうか、真っ白い船体はいかにも早そうに思えた。

安藤に助けられて乗船した。

船内は思うたよりも広かった。『定員十二名』のプレートが貼られていた。安藤は最前列に陣取った。少し離れて私は中ほどの席に腰を落ち着けた。ハンドバッグからスマホを取り出した。沙希のインスタ画面を開いた。更新はされていない。コメントを打ち込んだ。

『**チャーター船で土庄港を出ます。新岡山港到着は二十分後の予定**』

自分のやっていることが分からない。

（どうして自分は、こちらの動きを沙希に知らせんのやろ？）

ちょっと考え込んだ。

（沙希の自由意志で戻ってもらいたいから？）

（安藤ともう少しこの旅を続けたいから？）

自身に問い掛けた。

どちらも正解に思える。

その裏側に別の感情もあった。

沙希は自分の行動をこちらに知らせているのに、お金の力で、それも私のお金で、先んじようとする安藤がなんとなくアンフェアーに思えた。ルール違反に感じられた。案外それが正解かもしれへん。沙希に対しては正々堂々としていたい。

「腹、空かないか」

いつの間にか安藤が横に来ていた。スマホに入力しているところを見られんかったやろうか。

「ちょっとね。さすがに船内レストランはないわよね」

「予約しておけば、海鮮弁当とか用意してくれたらしいんだが。まぁ、仕方がない。あいつを捕まえたら、焼き肉でも行こうぜ」

快活に言うた。どうやらバレていないようや。

安藤は、すっかり沙希を確保した気になっとる。

「それよりさあ、勝。これが一段落したら、うちのマンションで一緒に住まない？」

「なんだよ、いきなり。このタイミングで言うことか」

「いや、ホテル暮らしも大変かなと思ってさあ」

実際は漫画喫茶やろ。私はほぼ確信しとる。利用したことがないけど、快適な寝心地を得られる場所やとも思えへん。

「高速のネット環境が必要なんだ。桜のマンション、光ケーブル来ているのか」

「知らない。ネットとか興味なかったから。でもさあ、勝、さっき言ってたじゃない。二十四の瞳の銅像のところで」

「ん？」

「一攫千金追い駆けて幸せになれたんやろうかって」

「言ったか？」

「言ったよ」

「やばいな、おれ。疲れてんのかな」

「そうかもしれない。ねえ、ここらで一休みしない？」

隣に座った安藤が、頭の後ろに手を組んで天井を見上げた。

「一休みねえ」

「そうだよ。働けとか言わないからさあ、うちでブラブラすればいいじゃん」

「生活費はどうするんだよ」

「そんなの心配しなくていいよ。店の売り上げがあれば、二人で生活するくらい楽勝だよ。料理だって毎日店用に作らなくちゃいけないし、ちょっと余分に作れば、勝の分もまかなえるよ」

必死になっている自分にうんざりした。もっと軽い感じの話題にするつもりやった。これでは安藤が引いてしまう。安藤が天井を向いたまま言うた。

「そうだな。それもいいかもしれないな」

安藤の言葉に勢い付いた。

「そうでしょ。そうしようよ」

「でもな、急にはできないな。片付けなくちゃいけないこともいろいろあるし」

「あるの？」

「ともかくだ。今は、あの泥棒猫を捕まえることが最優先だ」

「沙希を捕まえることが最優先なの？　それとも一千万を取り返すことが？」

組んだ手を解いて安藤が前屈みになった。

「どういうことだ？　なんか含みのある言い方するじゃないか」

低い姿勢から睨み上げられた。凶悪な目を向けられた。

「含みなんてないよ。気を回し過ぎよ」

狼狽える私から安藤が目線を切らない。

(やっぱり一千万円がどうしても必要なんや)

確信させられた。

その理由はＦＸではない。「片付けなくちゃいけないこと」安藤はそう言うた。確かに言うた。そのために是が非でも一千万円が必要なんや。それやったらなおさらのこと金を渡すことはできへん。私の理性がそう告げた。

一千万円を渡す気がないと知れたら、安藤は自分のもとを去るやろうか。渡したとしても結果は同じかもしれへんけど。

ほかにも気掛かりなことがある。

安藤が以前より短気になってる気がする。

さっきの運転手への言葉遣いといい、今の怖い目付きといい、それは一千万円を沙希に持ち逃げされて焦っているせいかもしれへんけど、もっと本質的なところで、安藤の人格に変化があったように思える。

約二十年も会うていないんやから、性格が変わっとっても不思議やないけど——

（この人は、あれからどんな人生を送ってきたんやろう）

それを考えずにはいられない。

「着きますよ」

操船する若者が言うた。

知らぬ間に私たちを乗せた船は港に入っていた。

後方の海上に、同じ港を目指す巨大な船体が見えている。沙希が乗るフェリーやろう。

腕時計を確認した。十二時丁度。長針と短針が時計の盤面で重なっていた。


フェリーの後部扉が開き、船体から次々に車が出て来始めた。徒歩で階段を下りて、船を離れる旅客もちらほらいてる。沙希の姿はまだ見えない。

半分くらいの車が下船したあたりで、安藤が苛立ち始めた。

小声で怨嗟の言葉を吐き出し始めた。

「ふざけんなよぉ」「ふざけんなよぉ」「ふざけんなよぉ」

下船する車一台、一台、旅客一人、一人にダメ押しをするように、繰り返し、繰り返し吐き出した。そのうち、安藤のこめかみを汗が流れ始めた。下船はまだ終わってない。しかし終わりかけとる。

先に旅客の流れが絶えた。下船が終わったようや。すこし遅れて最後の車も下船した。

「どういうことなんだよ！」

安藤が怒鳴り声を上げた。あたりを憚らない声だった。

「見ていたよな。おまえも見ていたよなぁ！」

すごい剣幕で詰め寄られた。

「ええ、もちろん見てたわよ」

安藤の迫力に声が震えた。

旅客だけやない。下船する車の助手席も後部座席も、安藤に分からんよう、横目でチェックしてた。沙希らしい影はどの車にも見当たらんかった。

「ちきしょう。あの女、この船に乗らなかったのか」

それはない。沙希は船上からの写真をインスタにアップしたんや。時間的にも、この船以外には考えられへん。

「インスタはどうなんだ。更新を確認してみろ」

目線をフェリーに凍り付かせたままの安藤に命令された。言われた通りにした。

「されてないわ」

答えてすぐに画面を閉じた。海上タクシーから私が沙希に送ったコメントを、今の安藤に見られるわけにはいかない。恐ろしいことになる気がした。

「冷えてきたわ。待合所に移動しましょ」

もう一時間近く寒空の下に立っている。茫然自失の体の安藤を促して待合所に入った。自販機で温かい缶コーヒーを二本買って一本を安藤に差し出した。ありがとうの一言もなく、安藤がプルトップを開けて飲み始めた。

「どうすりゃいいんだよ」

小刻みに膝を震わせながら、缶コーヒーを一口飲んで安藤が言うた。ゾクッとするような絶望的な声やった。目が血走っとった。

「また暫くしたらインスタを更新するんじゃないかしら」

気休めやない。必ずすると確信した。沙希は逃げているんやないんや。

「それじゃあ、遅えんだよ」

安藤が千切り捨てるように言うた。

「FX取引に必要なの？」

「違うよ」

捨て鉢な言い様を聞き咎めた。

（違う？　私の一千万円はそのための資金やないの？）

聞き捨てならんかった。

「ほかに要ることがあるの？」

「うるさいよ。おまえには関係ないことだろ」

「えっ？」

言うてることが理解でけへん。

「私の一千万円なのよ。関係ないはずはないやないの。それとなによ、あの一千万円がFX取引に必要なもんやないて、一体全体どういうことなんよ！」

声を荒らげてしもた。当たり前やろ。私の命金なんや。

「いや、そういう意味じゃなくて……」

自分の失言に気付いた安藤が言い逃れを始めた。

「今朝、為替の面白い動きがあったんだ。それを捉えて……」

「高速のネット環境が要るんやなかったの？」

旅館にも、ナポリタンの店にも、もちろん海上タクシーにも、そんなもんがあったと思えへん。仮にあったとしても、安藤と私はずっと一緒やったんや。安藤がパソコンを操作する場面など、私は一切見なかった。

「スマホだよ。スマホで確認したんだ」

朝は私が安藤を起こした。それからずっと行動を共にした。安藤が沙希のこと以外で、スマホを操作していた記憶はあらへん。

「FX取引に関係ないって言うたやないの」

さらに安藤に問い詰めた。

「いやだから、……取引に関係なくて、これは手続きの問題で、なんて言えばいいのかな……」

誤魔化し笑いを浮かべた。しどろもどろに説明しようとした。

「それと、私には関係ないって言ったわね。あれは私のお金よ。関係ないって、どういうことなの。分かるように説明してちょうだい」

「いや厳密に言えばという意味だよ」

「厳密にもなにも、私のお金には違いないわ」

「そうじゃないだろ。バブルのころに、おれはずいぶんおまえが勤めていた店で散財してやったじゃないか。おかげでおまえはナンバーワンになれて、給料もたくさん得ただろう。その意味では、あれはおれの金でもあるんじゃないか」

阿呆らしくて反論する気にもなれへん。

立ち上がった。

腰に手を当てて足を踏ん張った。

見下ろす格好で安藤に言うてやった。

「やっぱり、アンタとは無理やわ。沙希は私一人で探すわ。アンタとはここでお別れや。お金、少しはあるやろ。手持ちがないんやったら、コンビニとかで下したらええやん」

吐き捨てて踵を返した。大股で歩いて待合所を出た。安藤が追ってくる気配がした。振り向かんかった。涙が出た。その涙を見せとうなかった。黙々と歩いた。

建物を出てすぐにタクシー乗り場の表示が目に留まった。そやけど客待ちのタクシーはおれへんかった。大通りに足を向けた。安藤は置き去りにしようと決めた。二度と会わへん。いや、会うてもええけど、その前に納得できる説明がほしい。

私の命金の一千万円を、私の金やないと言われた。そのうえあろうことか、FX取引に必要な金ではないとも言われた。あれだけ熱心に私の家に通うて、盛んに勧めたFX取引はなんやったんや。人を莫迦にすんのにも程があるわ。

「ちょっと待てよ」

右肩を摑まれた。身を捩って振り払った。両肩を摑まれた。強引に振り向かされた。

「もう、私に構わ――」

いきなり顎を拳骨で殴られた。一瞬気が遠くなった。暗転した視界に星が散った。よろけたところで腹部に蹴りが入った。蹲った。さらに蹴られた。安藤が執拗に腹を蹴り続けた。

「調子こいてんじゃねえぞ」

安藤が獣のように吠えた。肩で荒い息をしてる。

私の手からハンドバッグを捥ぎ取ろうとした。取られまいと必死で抗うた。

痛めている左肩を靴のつま先で蹴られた。激痛に襲われた。同じ場所を踵で踏まれた。

またハンドバッグを取ろうとした。左肩の痛みに抵抗する気力が失せた。ハンドバッグを捥ぎ取られた。

安藤がハンドバッグを物色した。財布を取り出して中身を確認した。海上タクシーに三万五千円支払ったんで、いくらも残っていないはずや。

「しけてやがんな」

毒付いた。残っていた札を自分のズボンのポケットにしもた。財布とバッグが、目の前の地面に投げ棄てられた。四つん這いのまま、それを拾った。

「こいつは預かっておく」

地面から見上げた。安藤の手にキャッシュカードとスマホが握られていた。

「さあ立てよ。追跡劇の再開だ」

安藤が左手を取って強引に引き上げようとした。

「ぎゃっ、ぎゃっ、ぎゃっ、ぎゃっ」

怪鳥(けちょう)の悲鳴を発しながら立ち上がった。左肩が痛いのを知っとって、わざと左手を取って引き上げとんのや。腕が根元から千切れるような痛みに襲われた。

キャッシュカードはともかく、スマホを盗られたんでは逃げられへん。それが沙希と私を結ぶ唯一の手立てや。立ち上がった私の左手首は安藤が強い力で掴んだままや。下手に動いたらどんな痛みに襲われるか想像もつかへん。

「とっとと歩け」

強く掴んだまま前方に押し出された。痛みの直撃を受けてたたらを踏んだ。左腕を背中で捩(ね)じ上げられでもしたら激痛に崩れ落ちてしまうやろう。

それが怯えになって安藤の指示に従うしかなかった。

大通りからタクシーがゆっくりと入って来た。安藤が手を上げて止めた。先に乗り込んで乗れと言わんばかりに私を手招きした。

スマホを確保している限り、私が逃げへんと計算しとる。不承不承乗った。閉じたドアに体を押し付けた。顔も窓ガラスに押し付けた。少しでも安藤との距離をあけようと思うた。

「どちらへ？」

「ホテルお願いします。昼間から休憩で入れるホテル、分かりますよね」

「ええ、まあ。お楽しみですね」

「それと途中でコンビニ寄ってもらえますかね。軍資金が乏しいんで」

「承知しました」

　タクシーが走り出した。

「小豆島からお着きですか？」

　運転手が愛想よく言うた。

「仕事ついでに軽く観光してきました。二十四の瞳のファンでしてね」

　安藤も愛想よく答えた。

「東京の方のようですね。アクセントがこのあたりの人やないです」

「自宅は鎌倉です。仕事は、そうですね、全国飛び歩いています」

（自宅？　鎌倉？　なんやねん、それ！）

「それはいい所にお住まいで」

　百メートルも走らんうちにコンビニの看板が見えてきた。

「あっこでよろしですか」

「ええ、どこでも構いませんよ」

タクシーがコンビニの駐車場に入った。安藤が私のキャッシュカードを上着の胸ポケットから抜き出した。

「これで十万ほど引き出してきてもらえるかな」

小声で言うた。ドアが開いた。降りた私の後ろで運転手の声がした。

「すみません。眠気覚ましのドリンク買うてもええでしょうか。昨日の夕方から夜勤で、あと二時間ほど走らせなあかんのですわ」

「それはきつい お仕事ですね。どうぞこれで。奢らせてもらいます。釣りもいいですよ」

安藤が千円札を運転手に渡している。

「あっ、これはどうも」

運転手がぺこぺこしながら車を降りた。

「早く行けよ」

背後から声が掛かった。コンビニに歩を進めた。左肩を中心に体の節々が痛んだ。あれだけ足蹴にされたんや。いろんなところが痣になっとるやろ。

自動ドアを入ってすぐ右手にＡＴＭがあった。

引き出し操作をした。

備え付けの封筒に十万円を収めて外に出た。

出口横のごみ箱のとこで、腰に手を当てた運転手がドリンクを飲んでた。目が合うた。相手がギョッとした。私が真正の女でないことに気付いたようや。別に構へん。今はそれどころやないんや。軽くお辞儀してタクシーに戻った。当然の顔をして差し出された安藤の手に、キャッシュカードと封筒を置いた。

「鎌倉に自宅があるんやね」

（自宅はないと言うてたはずや。ホテル暮らしやなかったんか）

「ああ、賃貸マンションだ」

悪びれもせんと認めよった。

「奥さんも？」

「いるがどうした？」

「離婚したんじゃなかったん？」

「ありゃ、方便だ」

「お子さんは？」

「息子が二人だ。長男が来年大学受験だ」

運転手が戻った。動作がぎこちない。バックミラーを直すふりをして私を窺うとる。

タクシーが走り出した。先ほどのまでの愛想はない。運転手は固く口を結んだままや。

7

ダブルベッドに胡坐（あぐら）を組んだ安藤は大画面のテレビでVシネマを見とる。暴力シーンと濡れ場が交互する。私はソファーで呆然としている。安藤の豹変ぶりに動揺して考えがまとまれへん。スマホが安藤の手にあるうちは逃げることもできへん。

（安藤が眠ったら）

ラブホに入る前はそう考えとった。

スマホとキャッシュカードを取り戻して逃げようと思とった。

そやけど安藤がランドリーサービスを利用した。申し込んで、二人の着衣、下着に至るまですべてを預けてしもた。ミンクのコートはラブホ側に断られた。それはクローゼットに投げ込んどる。クリーニングが仕上がって戻ってくんのは明日の朝九時や。

「そんな時間まで、こんなとこで悠長に待っとるわけ？　それまでに沙希に動きがあったらどうすんのよ」

私なりに抗議してみた。

沙希を捕まえたいんは安藤も同じはずや。一晩動きが取れん状況を作るのは好ましくないやろ。言うたらいきなりボディーを拳で殴られた。本気の拳やなかったけど、それでも私の膝を床に落とすくらいのダメージはあった。

「あの糞ガキを捕まえる前にやることができたんだよ」

安藤が言うた。

「それに一千万円の期限は今日までだった。もう時間切れだ。それもこれも、もとはと言えばおまえの責任なんだぞ。おまえが今日、現金で手渡すと言ったから、それまでおれは時間延ばししたんだ。それをとんだドジ踏みやがって」

意味の分からないことをいう安藤の言葉を、私は痛む腹部を抱えながら聞いた。言葉の意味を詮索する気持ちは薄れていた。どうせ返ってくんのんは説明やのうて暴力や。

とにかく朝の九時までは動かれへん。私も安藤も備え付けのパジャマ姿や。

誰かと誰かが殺し合い、二人とも死んでVシネマが終わった。安藤がずっと手にしている私のスマホを操作した。

「更新されている」

安藤が呟いた。私はソファーを立ってベッドの横に跪いた。

「見せて」

「待ってろ」

安藤が操作を続けた。

だんだんと表情が硬うなった。

傍らに置いた革張りを模したバインダーに手を伸ばした。食事メニューが挟まれた厚手のバインダーや。部屋に入るなり、それでステーキを注文した。Vシネマを観る前に寿司を追加した。私は一口も食べさせてもらえんかった。

いきなり――

安藤が手にしたバインダーを力任せに私の脳天に打ち下ろした。一瞬目の前が暗うなった。その場に右手を突いて体を支えた。

「てめえだったのかぁ！」

ベッドから飛び降りた安藤が私の顎を鷲摑みにした。

「これを見てみろ」

目の前にスマホの画面が突き付けられた。

安藤がスマホを操作した。私と安藤が海上タクシーに乗ったことを知らせる私のメッセージが拡大された。

「ふざけやがって！」

スマホをベッドに投げ捨てた安藤が仁王立ちで私を見下ろした。

いつも頼もしく思えていた百八十五センチの巨軀が、今は恐怖にしか感じられへん。

「あの糞ガキを捕まえる前にやることができたって、さっきおまえに言ったよな。それは、おまえの躾だ。昼間、港で俺に逆らいやがって、これからのこともあるし、このままじゃいけねえと、今夜ゆっくり躾けてやるつもりだったんだよ」

安藤が私の顔を踏み付けた。

「天国に連れて行ってやるか、地獄に突き落とすか、おまえの躾け方を考えていたが、今ので決まりだな。今夜じっくり地獄を見せてやるよ」

地獄を見せてやる——

さっき安藤が観ていたVシネマの登場人物もそんなセリフを吐いていた。

安藤が私の左手首を両手で摑んだ。そのまま強引に持ち上げた。私の足が床を離れ、自分の全体重が左肩に掛かった。

「ギャアアアアアア」

あまりの痛さに喉が裂けるほどの悲鳴を上げた。

しかし安藤は遠慮せえへん。左手首を両手で摑んだまま、私の体を振り回した。

「ギャアアアアアアアアアア」

私は悲鳴を上げることしかできない。

ブチッ、ブチッ、ブチッ。

私の体の中で、左肩で、なにかが切れる音がした。絶対の痛みに、悲鳴さえ上げられなくなった。安藤が私を床に放り投げた。

ストンピングが始まった。

腹を踵で踏み付けられた。左腕を庇いながら転がって逃げた。腹を守ろうとすると腰骨を踏みつけられた。足をばたつかせて抵抗したら、内股の肉を鷲掴みされた。ぎりぎりと捻り切るように責められた。別種の痛みに再び絶叫した。

「ギャアアアアアアアアアアア」

普通のホテルではないんや。このホテルでいくら絶叫しようがだれも助けには来んやろ。防音もそれなりに施されているはずや。

転がされパジャマを剝かれた。乱暴にパジャマを脱がされるとき、左腕が捻じれて、また悲鳴を上げた。

安藤が部屋の入口に消えた。

いつの間に目を付けていたのか、玄関から長めの靴ベラを手に戻った。裸に剝かれた私の尻を、背中を、腿を、脹脛（ふくらはぎ）を、所構わず力任せに打ち据え始めた。

痛みに耐えかねて床を転がった。

転がる私を安藤が追いながら、靴ベラによる力任せの打擲（ちょうちゃく）が続いた。

転がった拍子に安藤と目が合うた。安藤の、人相が変わるほど引き攣った目が異様に輝いとった。なにかに憑かれとる目やった。舌を垂らし口角から涎の泡を吹いとった。

やがて転がる体力も無うなって私はそのまま気を失のうてしもた。


意識が戻った。床に転がっとった。体中がジンジン痛んだ。

ベッドから安藤の鼾が聞こえた。

立ち上がろうとした。激痛が左肩を襲うた。

動かれへん！

左手首がソファーの足に固定されとる。

（手錠！）

このホテルには、こんなもんまで売っとるんか。

左肩に荷重が掛からんよう注意して、体を捻って、下半身に目をやった。いくつもの傷痕、出血した部分が瘡蓋（かさぶた）になっとった。腿も、おそらく尻も背中も変わらんやろう。もっと酷いかも知れへん。

悪寒を覚えた。単純に寒い。

ソファーのカバーを引き摺り下ろして上半身に巻いた。そんな動作でも、左肩に触ると声を上げそうになった。

我慢した。

せっかく眠っとる安藤を起こしたら厄介なことになるやろう。ソファーのカバーは重たさもなく、ないよりはましという程度や。

喉に渇きを覚えた。テーブルに安藤が飲んだ缶ビールがあった。右手を伸ばし口をつけて逆さにした。滴ほどのビールが口に流れ込んだ。喉まで届く量やなかった。身体を丸くして目蓋を固う閉じた。朝までの辛抱やと自分に言い聞かせた。

安藤に肩を蹴られて目が覚めた。

「メシだ」

手錠が外された。

「お風呂に入りたい。寒いわ」

「ああん？　それが人に物を頼む態度か」

「お願いしますから、お風呂に入らせてください」

土下座して絨毯に額を擦り付けた。左腕がまったく動かず土下座の姿勢が上手くでけへん。左腕は、ただ自重のまま、肩から垂れ下がっているだけや。痛みも酷い。

「いいだろ、入って来い」

安藤の許しが出た。

バスルームに入って湯を張りながら全身を鏡に映した。

惨状やった。

体のいたるところ、顔以外に無傷といえる場所があらへん。怒りに任せた折檻というレベルやない。初めて知る安藤の性癖かもしれへん。

加虐嗜好――

以前もその片鱗はあったが、あくまで遊びの範疇やった。今の安藤は違う。甚振ること に躊躇いが感じられへん。もし沙希を捕まえたら、同じことを沙希にもするんに違いない。

恐る恐る湯に浸かった。

左腕が使えへんので足を滑らせたら体勢を保たれへん。慎重に、慎重に、バスタブに身を沈めた。お湯に触れて、激痛がそこかしこを走った。痛みに顔を歪めながら、体が温まるのをじっと待った。体の芯がゆっくりと解れていった。

「いつまで入っているんだ」

リビングから安藤の怒声がした。

慌ててお湯から出て、右腕だけでなんとかバスタオルを巻いて安藤の元に戻った。

「タオルを取れ」

安藤に言われて全裸になった。

「餌だ」

安藤が足元の皿をつま先で押し出した。白いご飯に半熟の目玉焼き、それがぐちゃぐちゃに混ぜられとる。

(なるほどそういうことなんやな)

私が苦心して風呂に入っとる間に、自分の思い付きに嬉々として作業をしとった男の姿を思いうかべた。阿呆やと思えた。

気持ちを顔に出さんと皿の前に膝を揃え、土下座して言うた。

「いただきます」

四つん這いになって、犬のように皿に顔を埋めて食べ始めた。

「心得ているじゃないか」

満足そうに安藤が言うた。声に下品さが滲み出ていた。

(偉そうに言いくさって、おのれが蚊ぁの脳味噌で、なにを考えとるかくらいお見通し

や）

「ありがとうございます」

服従を装うて喜ばしたった。

「ミルクもあるぞ」

テーブルの上から、ミルクを満たしたスープ皿が床に置かれた。

「ありがとうございます」

また礼を言うて、舌でぴちゃぴちゃ音を立ててミルクを飲んだ。コンソメスープの味が混じるミルクやった。この男、洋風モーニングでも食べたんかいな。

部屋のチャイムが鳴った。

「おっ、来たか」

安藤が立ち上がって玄関に向こうた。

「やあ、ありがとうございます。急な泊まりだったんで助かります」

如才ない安藤の対応が聞こえた。

（もし今、従業員に助けを求めたら）

考えた。

（無理や）

自分が女やったらと思わずにはいられへん。そやけど私は女やない。全裸の私を見て、股間の異物に混乱する従業員の顔が目に浮かんだ。頭を振った。無理や。そもそもなにもない状態でも、相手にとって私はアブノーマル、ヘンタイなんや。少々のことで庇ってもらえるとは思われへん。ヘンタイに、しかも乳のある老人に、助けを求められても逡巡するのが普通やろう。

「あっ、これが例のやつですか。いや、お恥ずかしい。でもこんなところじゃないと、なかなか使えませんものね。まあ大目に見てやってください」

（例のもの？　こんなところでしか使えんもの？）

安藤が戻る気配に、慌てて犬の食事を再開した。平らげて皿を丁寧に嘗め回した。スープ皿のミルクも嘗め取った。

「チンチンしろ」

安藤から指示された。爪先立ちにしゃがみ、脇を締めて右手首から先をぶらぶらさせた。左腕は自由にならない。

「おう、その恰好だ。なかなか様になっているじゃないか」

安藤が褒めてくれた。

「ワンッ」

短く吠えてありもしない尻尾を振る自分を想像した。

そんな趣味はあれへん。前のときも、ここまではせんかった。阿呆らしなるわ。

犬になり切りながら内心で自身に言い聞かせた。

(喜んでいるふりをするんや)

(そのぶん安藤に対する憎悪を滾らせるんや)

(犬やと阿呆にしたらええ。今におまえの喉笛を噛み切ってやる)

「今朝はおまえにご褒美があるんだ」

安藤が、ご機嫌そうな声で右手に持った厚手の黒いビニール袋を差し上げた。左手に持ったランドリーバッグをソファーに投げ置いた。

黒いビニール袋を開けながら安藤が言うた。

「昨夜店員さんに頼んで、専門店で買ってきてもらったんだぞ。わざわざ行ってくれたから、チップを弾んだ。一万円もだ」

また他人の金で一万円のチップか。阿呆の一つ覚えやないか。金でなんでも済まそうとする安藤に、むしろ貧乏臭さを覚えてしまう。

安藤が犬用の首輪と細めの鎖を取り出した。付き合うていたころ、プレーとしてしたことはあったが、今は状況が違い過ぎる。とてもプレーとは思われへん。

「どうだ、着けてほしいだろ」

「ワンッ」

応えて、待ち切れないとでも言わんばかりに舌を出した。ハアハアさせた。

(成り切るんや！　成り切れ！)

内心で絶叫した。そうでもせんとやってられへん。

自分自身に言い聞かせた。

(抵抗しようがしまいが結果は同じじゃ。むしろ抵抗したほうがダメージを喰らうやろう。相手が望む流れに乗るんや)

「そうか、そうか」

満足げに頷いた安藤が私の首からチョーカーを外し、代わりに首輪を装着した。安藤の首がすぐ目の前にある。犬の牙を持たない自分を呪うた。

(今やない)

自分に言い聞かせた。

(必ずチャンスは来る。待つんや。今は耐えて、チャンスを待つんや)

首輪を装着した安藤がホックで鎖をつけた。

「部屋の中を散歩するか」

「ワンッ」

鎖の端を握って立ち上がった安藤の顔が完全に弛緩しとる。

(この男、本気や。本気で狂うとる)

背筋に冷たいもんを覚えた。

鎖を引かれ部屋をぐるぐる回った。四足やない。左腕が使えへんので不細工な歩き方になった。

「次はこっちだ」

バスルームに連れて行かれた。

「さあ、やれ」

虚ろな目で安藤を見上げ、犬をイメージして首を傾げた。なにをやれと言うんやろう?

「小便だよ」

戸惑っていると「ケツを高く上げろ」と指示された。言われたとおりに尻を上げた。

「さあ放て!」

斜め後方から安藤が檄を飛ばした。

「小便をしろ!」

命令された。

「足を上げて放つんだ。早くしろ！　見せてくれ」

震える声で安藤が嗾けた。

左足を上げた。下腹部に力を込めた。尿が迸った。タイルの床を叩いて弾け散った。弾けた尿が安藤のパジャマの裾を濡らした。安藤がパジャマを脱ぎ捨てた。ブリーフは穿いとらん。勃起したちんぽを露わにした。

「今度はおれの番だ。チンチンしろ」

また命令された。しゃがんだ格好で脇を締め右手首の先をブラブラさせた。

「舌を出せ」

出してハアハアさせた。

「ようし、そのままでいろよ」

両手で支えられた安藤のちんぽにロックオンされた。たちまち尿が迸った。目を固く閉じた。眉間で尿が弾けた。安藤が角度を微調整した。尿が唇に弾けた。

「口を開けろ」

言われる前に口を開けた。ジュボジュボと音を立てて安藤の尿が流れ込んだ。

「飲めっ、飲むんだぁ」

安藤が躍るような声で囃し立てた。

ゴクゴクと喉を鳴らした。

そやけど流入量が多過ぎる。飲む速度が間に合わへん。飲み切れない尿が口の端から溢れ落ちる。胸を伝い全身が尿まみれになる。平気や。尿がなんじゃい。どないしたちゅうねん。

私は必死で喉を上下させた。アンモニア臭が充満した。気道が詰まって激しく咳き込んだ。

「ギャハハハハ」

安藤が腹を波打たせてけたたましい声で笑うた。

沙希のインスタが更新された。

私と安藤が嬌態を演じるホテルに連泊した二日目の朝、午前十時五十五分。

気付いたのは当然安藤や。私の手元に私のスマホはあれへん。そやけど前日からの莫迦騒ぎに疲れていた安藤が目ぇを覚ましたんは昼過ぎやった。阿呆が！

幸い、沙希のコメントは急な対応を要するもんやなかった。こんなんやった。

『今夜、二番目に大切な人と会える！　ひさしぶり。一緒にディナー。最後の晩餐です。明日こそ私は浄土へと旅立ちます』

「これの意味が分かるか？」

「意味ですか？」

安藤との会話は敬語になっとる。

パジャマ姿でソファーに座る安藤の隣の床で、私は全裸のままで正座させられとる。後ろ手に手錠で拘束され、首輪に鎖、その一端は安藤の左手に巻かれているんや。さらに安藤の右手には靴ベラ、それを左手に巻き付けた鎖に打ち付けながら安藤が言うた。

「二番目に大切な人というのは誰だ？」

「たぶん妹さんじゃないでしょうか？　以前からそんな話をしていましたから」

「妹は勤め人か？」

「さあ、そこまでは……」

靴ベラが私の左二の腕に打ち据えられた。

「ギャッ」

短く叫んで横倒しになった。沙希の妹が女子高校生だと知っとるが、それを安藤に伝える気はない。

「名前は？　住所は分からないのか！」

安藤が立ち上がった。倒れた私を見下ろして詰問した。

「個人的なことを話す娘ではなかったですから」

答えて固く目を閉じた。

（来る！）

加虐の痛みを覚悟した。

安藤が爪先で私を転がした。

裏返しになった尻に靴ベラが空気を裂いて振り下ろされた。悲鳴を上げた。悲鳴を上げるくらいしか私にできることはない。

二度、三度、四度、五度、六度、七度、八度、九度、耐え切れずに叫んだ。絶叫した。

「本当です。赦（ゆる）してください。本当に知らないんです！」

永遠とも思われた打擲が止んだ。ドスンと安藤がソファーに尻を落とした。

「糞っ、手掛かりなしか」

悔しがった。

「それより私には最後の文章のほうが気になります」

絶え絶えの息で言うた。

「どこが気になるんだ？」

「前にも書いていましたが、浄土に旅立つとあります」

「それがどうした？」

「浄土言うたら、極楽浄土の浄土ですよね。あの娘、死ぬ気やないでしょうか？」

「盗人が極楽なんぞ行けるわけがねえだろう。待っているのは地獄だ」

忌々しげに安藤が言うた。

「だが、おかしいな」

安藤の口調が変わった。自問した。

「どうして死ぬと決めたやつが、金を持ち逃げしたりするんだ」

（それは私とあんたに後を追わせるためや。金が消えて不安定になって、正体を曝すあんたを私に見せつけるためにそうしたんや！）

心中で罵った。

推測やけど、もしそうやとしたら、沙希の狙いは見事に嵌った。私は安藤の本性を厭というほど知らされた。

「ひょっとして、その妹に渡すつもりじゃないか。不治の病の治療に大金が必要だとかよ」

（不治の病やったら治療できへんやろう）

つくづく阿呆な男やと思うた。

「そうかもしれません」

話を合わせて頷いた。

安藤の阿呆さ加減には呆れるが、そんなことはどうでもええ。心配なんは「浄土へと旅立ちます」の一文や。

けど、それ以上に身に染みるメッセージがあった。沙希はインスタに書いた。二番目に大切な人。それは妹やろ。やったら一番大切な人は誰やろか？

（私や！）

その確信がある。自惚れやない。それは私にとっても同じじゃ。一番大切なんは沙希や。そやから分かる。その沙希を私は突き放してしもた。しかも安藤みたいな下衆野郎に目が眩んで、放り出そうとした。

（サキッチョ、かんにんやで。阿呆なお母さんを許してや）

床に転がされたまま、心の中で沙希に詫びた。目尻から涙が零れた。

「そうだ。分かったぞ」

安藤が立ち上がった。ありもせん頭で、なにかを思い付いたようや。

「おい、いつまで寝転んでいるんだ」

安藤に言われノロノロと正座の姿勢に戻った。

尻に重たい痛みがある。体を動かすだけで、その痛みが脊髄を駆け登る。左肩は動かすことができへん。痛みだけがある。単純な痛みやない。なんとも言えん怠さを覚える。怠さの芯に疼痛（とうつう）がある。

安藤が背後に回った。手錠が外された。手が自由になった私にスマホが渡された。安藤がソファーに戻った。スマホを手に、私は安藤を見上げた。

「誘い出せ」

靴ベラを突き出した安藤に命令された。

「おまえからメッセージを入れろ」

靴ベラが右肩の肉に触れる。

「メッセージ？」

問い掛ける声が震えた。靴ベラに怯えた。全身を硬くした。

「そうだなあ」

靴ベラで自分の肩を叩きながら安藤が思案した。

「ディナーに誘ってくれとメッセージを打ち込んでみろ」

そんな文言で沙希が釣れるはずがないやないか。状況を考えてみろや。自分を追う二人から、食事に誘ってくれと言われて、受けるはずなどないやろうが。

しかしそれを口にはできへん。言うたら容赦のない打擲が待っとる。メッセージを打ち込もうが拒否しようが、結果は同じかもしれへん。私のメッセージに沙希が釣られなんだら、激しい折檻が与えられるやろ。結果が同じでも、辛いことは今より後にしたい。

メッセージを入力した。

「送信するまえに、おれに見せるんだぞ」

念を押す安藤の顔を見ず、スマホを操作しながらこくりと頷いた。

『いいな〜。ママも参加したいですぅ。沙希の大切な人を紹介してよ！』

万が一にも沙希が釣られないよう仕掛けを施した。沙希にママと呼ばれたことはない。私が自分自身をそう呼んだこともない。

入力が終わったメッセージを安藤に見せた。安藤は仕掛けに気付かへん。送信ボタンを押して、私は再び後ろ手に手錠で拘束された。

「さて、あとは待つだけか」

一仕事やり遂げた。そんな風情で安藤がウイスキーのボトルに手を伸ばした。ロックグラスに注ぎ、アイスペールの氷を指で摘まんで入れた。

ウイスキーも従業員にチップを渡して買いに行かせたもんや。宿泊代は二十四時間おきに精算しとる。安藤の手持ちは私がコンビニのＡＴＭで引き出した十万円だけや。食事にも贅沢をしとんで、もうそれほど残ってはいないやろ。金が底を突けばこのホテルから出られる。必ずチャンスは訪れる。もう少しの辛抱やと、自分を励ます。安藤に復讐を誓う。

コメントをアップしてから一時間、安藤がスマホをチェックする間隔が次第に短くなる。まだ更新されていないようや。五分間隔。そのたびに靴ベラで打擲される。同じ場所。左の二の腕は赤黒く腫れ上がっとる。打擲による直接の痛みは鈍い。代わりに間断のない疼痛に襲われる。左の肩から二の腕までが疼痛の塊になっとる。肩から先が五倍にも、十倍にも膨張しているように感じられる。

午後五時二十五分。ようやく更新された。

その画像を見せられた。

黒いエナメルロングコートの沙希。前面は黒一色やが沙希のことや、背面にどんな模様が描かれているのか知れたもんやない。ウィッグはない。黒髪。丸みのあるショートボブ。赤いベレー帽。可愛い。

全裸で正座を強いられ、後ろ手に拘束され、左の二の腕を黒紫に腫れ上がらせ、首輪にチェーンを掛けられ、そんな姿でありながら思わず微笑みそうになる。

（サキッチョ）

胸の内で名を呼んだ。

「さて、結果をご覧じるとするか」

安藤がスマホの画面をタップした。眼球が何度か上下した。唇が小さく動いた。

「ちきしょう」

吐き捨てて安藤が立ち上がった。

身体を硬直させた。観念して目を固く閉じた。安藤のスリッパの爪先が腹部に蹴り込まれた。

「グェ」

蛙の声を発して前方に倒れ込んだ。

胃液を吐いた。

安藤が鎖を引いた。

首が絞まった。

後ろ手に手錠をされたまま、鎖が引かれる方向に膝だけでいざった。浴室との境目で爪先に力を入れて立ち上がろうとした。それを察した安藤が鎖をグイッと力任せに引いた。中途半端に腰を浮かせた体勢が崩れ、膝から浴室のタイルに着地した。

「ぎゃあ」

両膝の割れるような痛みに叫び声を上げた。そのまま浴室に倒れ込んだ。右肩を強打した。

「きたねえゲロ吐きやがって」

顔面にシャワーが当てられた。

冷水や。息が詰まる。

身体全体に浴びせられた。芯まで凍えた。動悸が激しくなった。呼吸が浅く早い。沙希はなんとコメントしてきたんやろう。安藤の様子から、釣られなかったことは間違いない。

シャワーが止まった。

息をつく間もなく靴ベラの打擲が始まった。

際限なく背中に、尻に、腿に——

身体は指先まで凍えとる。打たれる箇所だけが火照る。すぐに凍える。タイルに打ち付けた膝と肩がジンジン痛む。

(意識を失うまで我慢したらええんや)

自分に言い聞かせて耐える。

鎖がなにかを擦る音がした。上方に首が絞まった。上半身が持ち上がり始めた。

なにが起こっているのかと、鎖の先を目で追った。カーテンポールの上を通過させた鎖を安藤が引き絞っていた。膝立ちの格好になった。体重の半分は首に掛かっとる。

安藤が鎖を踏み付けて固定した。

靴ベラの打擲が再開された。

胸、腹、腕、背中、腰、尻、腿——

ところ構わずや。いや、顔だけは避けとる。計算が働いとる。

気が遠くなる。冷水のシャワーが顔に浴びせられる。気絶することを許さへんつもりか。

シャワーのヘッドが絞られた。

髪を摑まれた。

拡散しない一本の水が、髪を摑まれた顔に注がれる。口にシャワーヘッドが押し付けられる。口を閉じようとするけど、圧のかかった水が、口に、喉に流れ込む。ゴホ、ゴホと咳き込む。喉が痙攣する。腹も痙攣する。流れ込む水を吐き出そうと身体が抵抗する。水の勢いに溺れそうになる。

派手な音がしてカーテンポールが外れた。支えを失って崩れ落ちた。手錠で後ろ手に拘束されとるから、身体を庇えへん。バスタブで胸を痛打した。後頭部にポールが落ちてきた。

「壊しやがった」

安藤が舌打ちをした。

後頭部のポールが取り除かれた。両手で安藤がそれを振り被る気配がした。天井に閊（つか）えた。安藤が腹を立てた。腰に振り下ろされたが勢いがあれへん。痛みをそれほど感じんかった。

安藤がまた舌打ちをしてポールを投げ捨てた。

靴べラの打擲が再開された。

「止めてぇ。お願いやから、叩かんといてぇ」

バスタブに腹を乗せたまま、浴室の空気を震わせて私は泣き喚いた。

「止めてぇ。許してぇ。お願いやから、もう叩かんといて――」

泣き喚きながら私は気を失しなった。

バスタブに水が満たされとる。冷水や。全開放された蛇口から新しい冷水が怒濤の勢いで補充される。体温で少しばかり温められた水も、補給される新鮮な冷水に押し遣られ、周囲から逃げてしまう。

水中の右手首と右足首が手錠で連携されとる。首輪のチェーンは冷水を放つカランに固く巻きつけられとる。短く調整された鎖に喉を反らせた格好で首を動かすこともできへん。顔は半分が水面下や。完全に水没した耳奥の鼓膜を水音が振るわせる。

ドッドッドッドッドッドッドッドッドッドッドッドッドッドッドッドッド……

単調な連続音に意識が薄れる。

失禁を繰り返す。その温もりさえ冷水は薄め去ってしまう。

脱糞もした。二度した。水中に下痢便を放出した。下痢便は黄色い栞のようになって拡散し、バスタブ全体に浮遊しとる。左腕は存在をなくし、冷水にユラユラしとる。

浴室用の椅子に、股を開いて腰を下ろした安藤が語り掛ける。

「おれは……新しい嫁……鎌倉の……マンション……賃貸……落ちぶれ……あいつ……苦労……申し訳……」

水音に遮られて切れ切れにしか聞こえへん。髪を鷲摑みにして水面から引き上げられた。首輪が咽喉を圧迫して息ができんようになる。

「聞いているのか！　この野郎！」

耳元で怒鳴り散らす。

「ＦＸ？　失敗したよ。僅かな財産も失ってしまったさ」

哄笑する。

汚い物にでも触れたかのように、安藤が、鷲摑みにした髪を手から振り解く。

僅かな落下の勢いで尻がズレ、顔面が鼻先だけを残して水に沈む。吸い込んだ水に鼻奥がキインと痛む。喉輪が咽喉を絞め潰す。必死で、唯一自由になる左足裏をバスタブの底に踏ん張って、顔を水面に上げる。鼻に流れ込んだ水を口から吐き出す。

ドッドッドッドッドッドッドッドッドッドッドッドッド……

「かなり……借金……目糞金……」

安藤が掌で水面を薙ぐように打つ。塊になった水が鼻を襲う。また水面を打つ。何度も、何度も繰り返す。子供が遊んでいるように繰り返す。息を詰まらせて噎せる。

水面を打ちながら安藤が言う。

「家賃……滞納……不動産……管理……追い立て……立ち退き……最終期限……おまえ……ヘマ……清算……」

安藤が手桶で水を掬う。ゆっくり頭頂部から流し掛ける。それを繰り返す。

「バブルの……逃げ遅れ……銀行……貸し剝がし……容赦……FX……そうだ。……欺瞞……自己責任……スマホ……金を……便利……罠……手軽……その罠……」

安藤は愚痴を零しているようや。声も気持ちも届かへん。断片的に聞こえるが届かへん。水音に掻き消されてしまう。意識が閉じようとしている。閉じさせまいと、安藤が手桶の水を顔に叩き付ける。

安藤が自分の顔を右手で鷲摑みした。左右のこめかみに親指と中指を突き立てとる。

（なにをしているんやろ？）
不審な気持ちで眺めていたら、安藤の肩が震え始めた。
目を覆った右の手の下から――
（涙？）
（泣いとんか！）
安藤の口が歪んだ。大口を開けて歯を剝き出している。
（この男、泣いとるやないか！）
涙だけやない。鼻汁も、涎も垂れ放題や。
やがて水音に混じって慟哭する安藤の哭き声が私の耳に届きだした。
「ウオン、ウオン、ウオン、ウオン」
間違いない。安藤は身を捩って泣いとんや。慟哭や。
（あれ？　どしたん？　私、どしたんやろ？）
自分の内心にポッと芽生えた同情心に私は動揺した。
（この人も辛いことがあったんや。根っから悪い人やないんや）
こんな目にあいながら、いったい自分はなにを考えているんやろう。
同情心？

阿呆臭い！

相手は私を騙して命金を奪おうとした人間なんや。それに失敗して、その仕打ちがこの水責めや。なにを同情する必要があるんや。

必死に自分に言い聞かせるんやが、一旦芽生えた同情心は、簡単に消えそうにもない。

もし自分が自由の身であったら、慟哭する安藤の頭を胸に抱き締めて、気の済むまで泣かせてやりたい。そんなことまで考えとる。

（おかしくなっとるんや。壊れとんや）

いくらそう思うても、次から次に湧き出る感情を止められへん。

冷え切った私の頬を熱いもんが伝い始めた。

（涙！）

（まさか。なにを泣いとんぞ！）

自分を叱るが涙が止まらない。安藤を愛おしいとさえ思い始めとる。

安藤が両手でバスタブの水を掬い取った。乱暴に自分の顔を洗って大きく息をした。立ち上がって洗面台に向かった。全裸の尻は年齢相応に垂れている。スマホをチェックしている。何度目かの確認や。

振り返った。股間にぶら下がるちんぽは萎んどる。垂れた尻と言い、萎んだちんぽと言い、安藤の老いが私の心に沁みる。

そんなことを知りようもない安藤が腰を屈ませた。再び髪を鷲摑みにされた。水面から持ち上げられた。

「更新されたぞ」

安藤がコメントを読み上げた。

『ママって誰？　安藤って名前の人かな。ＪＫとの晩餐にお爺さんはお誘いできませんよお』

「これがさっきのコメントだ」

（サキッチョ……気付いてくれたんや）

薄れる意識のなかで思た。

「そして次にアップされたコメントがこれだ」

読み上げた。

『私の行先はＪＫに訊けば分かるよ』

「おまえあの泥棒猫が二番目に大切に思っているのが妹だと言ってたな。ＪＫは女子高生ってことだろ。そいつを捕まえるぞ」

カランに巻きつけた鎖が解かれた。鎖を引いて強引にバスタブから引き摺り出された。

右の手首と足首は連結されたままや。左腕はただの棒や。

安藤に鎖を引かれるまま、バスタブを乗り越え浴室のタイル張りの床に倒れ落ちた。右膝を強打した。構わずに安藤が鎖を引いた。浴室から引き出された。

肘、膝、踝（くるぶし）、浴槽と客室を隔てるドアのサッシのレールに骨が当たる。削られる。その激烈なはずの痛みにさえ、私の憎悪は刺激されへん。慟哭する安藤の姿ばかりが胸に刻まれとる。むしろその姿にこそ痛みを覚える。

「さて、これで糸が繋がったな」

バスローブに腕を通した安藤がソファーに深々と腰を下ろした。その足元で私は全裸のまま床に転がされとる。微かにエアコンの振動音がしとるけど、暖かさは感じない。水の気化熱が体温をどんどん奪う。

「妹は女子高生だったわけだな。どこの女子高か分かるか？」

力なく首を振って打擲を覚悟した。本当に知らない。知っていても教えるわけがないやろ。

「そうか、知らないのか」

簡単に了解した安藤が、ベッドサイドの電話を手に取った。

「温かいコーヒーを二つお願いします」

受話器を下して言うた。

(二つ?)

たったそれだけのことに身体が期待に目覚めた。安藤の優しさが身に沁みた。

「おまえにも飲ませてやるからな。身体を温めたらここを出るぞ」

(出てどこに行くというんやろ? 妹の高校か? そやけど校名さえ知らへんやんか)

部屋のチャイムが鳴った。安藤が対応した。従業員と言葉を交わしとる。耳が莫迦になっているんやろうか、会話が聞き取れへん。ドッドッドッドッドッドッいう水音が、まだ耳の奥で鳴り響いとる。

コーヒーポットを携えた安藤が部屋に戻った。冷蔵庫の上の食器ケースからコーヒーカップを二つ取り出してテーブルに置いた。カップにポットのコーヒーが注がれた。カップの上で湯気が揺れた。右手首の手錠が外された。

「さあ、飲め」

右手でテーブルに這い寄って、コーヒーカップに手を伸ばした。震える右手でカップを摑んだ。温もりがじんわりと伝わる。唇をつけて啜り飲んだ。手が震えて上手く飲めへん。唇の端からコーヒーが零れる。

カップの縁を前歯で強く噛んだ。

一滴も零すまいと、強く嚙んだまま歯の隙間からコーヒーを啜り飲んだ。

全身の骨が蕩けた。カップの縁を嚙んだまま、首を背中に折って飲み干した。飲み干しても、カップに残る温もりに手を離されへん。

「もう一杯飲んでもいいぞ」

安藤の許しが出た。目を向け視線を合わせた。安藤が穏やかに微笑んどる。

私は口を半開きにしたまま、小さく首を縦に揺らした。媚び諂うわけでもなく、ましてや服従でもなく、心に沁みた安藤の優しさに、湧き出た感謝の言葉を口にしたいのだが、凍りついた身体は言葉を発することさえでけへん。小刻みに縦に揺らした首は、せめてもの感謝の表現や。

安藤が頷いたことを確認して、まだ湯気が出ているコーヒーカップに震える右手を伸ばした。同じようにして飲み干した。

一杯のコーヒー、実際は二杯やけど、それで人は和解できるもんかも知れへん。そんなことまで私は考えた。

「これから明泉女子高に行く」

知らない校名を安藤が口にした。沙希の妹が通う女子高か。しかしどうして安藤がそれを知っているんや。訝る私に安藤がスマホの画面を突き付けた。女子高生の半身写真や。

んか。
顔立ちが沙希に似とる。制服姿やった。安藤はそれを見せて従業員から校名を聞き出した

　足首の手錠も外された。首輪も外された。

「着替えろ」

　ランドリーバッグが足元に投げられた。衣服を取り出した。身体の節々の痛みに呻き声を上げるが、寒さから逃れたい一心で着衣を急いだ。右手しか使えないんで手間取った。芋虫のように床を転がりながら、なんとか身に着けた。うっすらと汗さえ掻いた。

　壁に縋って立ち上がって、クローゼットに放り込まれていたミンクのコートを取り出した。袖を通した。温もりに包まれた。臭いも毛抜けも脱色も気になれへん。

　着替えを終えている安藤が苦笑いしながら言うた。

「おい、おい。それを着ていくのかよ。止めろよ。みすぼらしいだろう。相手は花も恥じらう女子高校生だぞ」

「あなたから……頂いた……ものですから。片付いて……大阪に……戻ったら……リフォームに」

　心にもないことを言うた。

　床を転がっているうちに、コーヒーを飲ませてくれた安藤に対する感謝の念など、跡形

も無う消えてしもた。

利那の感謝やった。

本心を言うたら、こんなもの着とうない。物理的な温もりがほしいだけや。安藤との想い出など、草臥れたミンクのコートと一緒に、どこかの焼却炉に放り込んでやりたい。

（壊れかけていたんや）

安藤に同情しかけたさっきの自分のことをそんな風に決めつけた。そやけど——

（ほんまにそやろか？）

自分を疑う自分がおる。自分の本心が分からへん。

人心地がついて安藤に立ち向かう気持ちは回復したが、それが本心なのか疑わしい。再び隷属するかもしれへんという疑念がある。

（あれや、あれがあかんかったんや）

慟哭する安藤の姿が目蓋の裏に焼き付いとる。

それがどうしても忘れられへん。

狡いばっかりの人間やない、自分勝手なだけの人間でもない、安藤は安藤なりに、不安や怯えを感じて生きとんや。心の隅に安藤を理解しようとしとる自分がおる。

暴力かてそうや。あれは私が憎うてやったもんやない。安藤自身の不安と怯えが安藤を狂わしたんや。そんな風に考えてしまう。

「さっきの従業員にコーヒーを飲んだら出ると伝えてある。タクシーも呼んでもらった。もう来ているだろう。急げ」

安藤がソファーの上の靴ベラに視線を落とした。それだけで身体が強張った。

「これはもらって行くか」

手に取ってベルトに差し込んだ。コートで隠した。

部屋を後にする。足元がまだ覚束ない。安藤が左腕を抱える。それだけで痛みが走る。けど激痛やない。身体全体の感覚が麻痺しとる。

精算を終わらせた安藤に抱えられるようにして外に出る。道の反対側にタクシーが停まっとる。安藤が私のボストンバッグとハンドバッグを、後部座席の床に放り込んで先に乗り込んだ。手を引かれた私は安藤の懐に倒れこんだ。安藤の太腿にしな垂れかかった。

「明泉高校までどれくらい掛かるかな？」

安藤が運転手に確認した。起き上がる力がない私は、安藤の太腿にしな垂れかかったままや。あんなホテルから抱きかかえるようにして出てきて、今は脱力して男の太腿に上半身を預けとる。ずいぶん激しいナニをしたんやなと、運転手は思うとるやろうけど、まあええか、今はそれどころやあれへん。

安藤が沙希の妹さんを目指しとんや。万に一つの間違いがあってもあかん。妹さんに指一本触れさせへん。そんなことになったら、暴れ狂うてでも安藤を止めなあかん。そやから今は体力を少しでも回復させなあかん。

自分に言い訳して安藤の太腿で静かに目を閉じた。頬に伝わる安藤の体温が心地ええ。

「十分もあれば着きますよ」

安藤が腕時計に目を落とす。

「二時半到着か。下校時間にはじゅうぶん間に合うな。行ってくれ」

タクシーが発進する。途中のコンビニに寄るよう安藤が指示する。コンビニの駐車場でキャッシュカードを渡される。

「あるだけ引き出して来い」

安藤に言われてのろのろとタクシーを降りる。

(逃げるか！)

考える。

よろけた振りをしてタクシーに視線を送る。

後ろのドアは開いたままや。

安藤が睨み付けとる。

無理やと諦める。走る体力が残されてへん。それにここで逃げたら、沙希の行方が分からんようになる。あの子の自殺を止めなあかん。それだけを考える。

逃亡を諦めてコンビニの店内に入る。入客のチャイムが鳴る。二人いる店員が「いらっしゃいませー」と声を揃える。その声が尻すぼみする。

さっきコートを着たときに、クローゼットの扉の鏡で自分を見た。顔面は死人を思わせるほど真っ白やった。唇だけが、濃い紫色に腫れ上がっとった。髪はザンバラや。原型を留めてさえいないミンクのコート。店員の声が尻すぼみになるのも無理はない。

店内を見渡してＡＴＭを探した。防犯カメラが目に入った。

（これか）

納得した。

防犯カメラに映りとうないから、安藤は私に引き出しを任せたんやろう。用心深い男や。阿呆なくせに悪知恵だけは働きよる。

小憎らしい男や。憎らしいやない。小憎らしいや。そんな安藤を可愛いと思う自分がおる。

（あかん、ほんまにあかん。しっかりせなあかん）

これから沙希の妹さんと接触するんや。まさか安藤が、妹さんを拉致してどうこうするとはさすがに思えんけど、それかて分からへん。

安藤は狂うとんや。普通の状態やないんや。

根はそんなことをするほどの悪人やないけど、人間狂うたら、なにをするか分かったもんやない。安藤にそんなことをさせへんためにも、私がしっかりせなあかん。

(もし安藤が妹さんに手をかけたら——)

暴れ狂うてでも安藤を止めると思うたばっかりやのに、安藤の手助けをしている自分の姿が浮かぶ。

(さすがの安藤も、女子高校生相手に無茶はせんやろ)

自分を納得させようとしてる自分がおる。

(少々の無茶はしても、結果として沙希の行方が分かったら、それが沙希のためやないやろか)

(少々？　あんたなにを考えとんよ！)

(そやけど沙希は浄土に向かう言うて……)

(仮に沙希を助けたとしても、妹さんになんかあったらあの子はあんたを許さへんで)

頭の中がグルグルする。

「お客様、お引き出しですか？」

店員に声をかけられた。

「他のお客様もお待ちですので」

店員も「他のお客様」も、ずいぶん距離を取って私を睨んどる。

「あ、はい、すぐに」

ＡＴＭで残高を確認した。

三十八万円と端数が残っていた。

ＡＴＭの横の小さな看板に、一日の引き出し限度は五十万円、一回の限度が二十万円までと表示されている。

動かない頭で必死に考えた。

十万円引き出した。

続いて十九万円引き出した。

そして九万円。

三回に分けて三十八万円を引き出した。残高は端数の五百七十円や。

操作をしながら最初の十万円をパンティーに押し込んだ。

タクシーに戻って、封筒に入れた二十八万円とキャッシュカード、二回目と三回目の利用明細を安藤に手渡した。

「一回の引き出し限度が二十万円でした」

安藤が頷いた。疑うてない。

(やっぱり阿呆や)

小さく安堵の息を吐いた。

(根っからの悪人やない)

そんな風にも考えた。

端数だけになった利用明細とキャッシュカードが返された。空の財布も返されたけど、スマホは返されへん。財布を足元の床に転がっとったハンドバッグにしもた。

8

明泉高校に到着した。高校の前のバス停でタクシーを降りた。安藤が料金を払うた。

立っておるんが辛うて、バス停近くの歩道の端にしゃがみ込んだ。安藤がコートを撥ね上げて靴ベラに手を掛けた。反射的に立ち上がった。

「なにを反応しているんだ。位置を直すだけだ」

安藤が愉快そうに笑うた。

靴ベラの位置を変えた安藤がガードレールに腰を下ろした。私も再びしゃがみ込んだ。膝を抱えて丸うなった。ミンクの裾が道路に垂れているけど、気にする余裕はあらへん。

高校の校舎でチャイムが鳴った。安藤が腕時計に目をやった。

「二時五十分か。もうすぐ下校時間だろう。見落とすなよ。見落としたら昨日どころの仕置きじゃ済まねえからな」

安藤の言葉に身体が震えた。膝を抱えたまま校門に目を凝らした。

（私は――）

思うた。

（沙希の妹を見つけて安藤に教えるやろうか）

考えた。

（教えんかもしれへん）

どんな折檻を受けてもええと覚悟した。ただそうなると、沙希の行先を知る手立てはなくなる。

（どうするべきやろう）

考えが纏まらへんまま時間だけが過ぎて行く。

やがて女子高校生らの下校が始まった。

立ち上がって目を凝らした。

安藤もガードレールから立ち上がって、一人ひとりを睨み付けとる。

目つきの悪い大柄の男と顔色の悪い女装の男。しかも小汚いミンクのコート。女子高校生らが目を伏せて、肩を窄めて足早に通り過ぎる。

三十分ほど経過した。

一人の女生徒が眼に留まった。沙希と同じショートボブ、小顔、整った顔立ち、すらりと伸びた首筋、軽快に歩く様は少年の躍動感を感じさせる。

(間違いない!)

身長は百七十五センチくらいやろうか。沙希より少し高い。長い手足が沙希を偲ばせる。

(間違いない、間違いない、間違いない)

頭の中で繰り返しながら安藤を横目で窺うた。

まだ彼女に眼を留めている気配はなかった。眼球が左右に動いとる。

(やり過ごそう)

女子高校生を吟味する安藤の好色な目にそう思た。話をするだけでは済まないかもしれへん。目の前の狂犬が、沙希の妹に手出しをしないとは言い切れへん。こんな昼間から、あからさまな凶行に及ぶとは思えへんけど、今の安藤は狂うとる。なにをするか分からへん。

安藤の理性の欠片を信じるか、それとも沙希への思いを大事にするか、天秤に掛けたらやっぱり沙希のほうが重たい。

やり過ごそうと決めて目を伏せた。

安藤が歩み寄って来て囁いた。

「あいつじゃないのか？」

安藤の目線が高身長の女生徒に据えられとる。

「さあ、さっき初めて写真を見ただけなので」

惚けた。

「おまえから声を掛けてみろ。おれは印象を残したくない」

それだけ言うて安藤が離れた。

(印象を残しとうない？)

(どういう意味や！)

犯行に及ぶ可能性もあるということか。ますます声が掛けられんようになった。

「桜さんですか？」

迷っとったら女生徒のほうから声を掛けてきた。

「ええ、サキッチョの妹さんね」

仕方なく認めた。相手がパッと顔を輝かせた。

「いつも姉がお世話になっています。桜さんのことはたくさん聞かされています」

(沙希が妹さんに私のことを――)

沙希に再会したように思えて涙が出そうになった。

「お話をする時間、ありますか?」

「ええ、そのつもりで来ましたから」

「それじゃ、あそこに寄りましょう」

沙希の妹がバーガーショップに目を向けた。離れた安藤にも目線を向けた。バーガーショップは下校途中の女子高校生で半分くらいの入りや。

沙希の妹の先導でバーガーショップに入った。

「高校生が帰りにバーガーショップに寄り道するやなんて、私たちの時代じゃ考えられなかったわ。しかも学校の真ん前でしょ。結構しっかり食べてるし」

店内全員の好奇の目に晒され、紛らわすために妹さんに話しかけた。

妹さんが微笑んだ。

「桜さんが高校生のときって、夕食時間はどうでしたか?」

「だいたい夕方の六時から七時の間やったかしら」

「今は共働きも増えて、遅い子の家は九時くらいになるんですよ」

「そう、それなら軽く食べておかないとお腹も空くわね」

「桜さんもなにか食べますか？」

ここ二日ほどまともに食事をしていない。カウンターの上のメニューを見上げたときに、視界の片隅に入店してきた黒い影があった。安藤や。たちまち食欲が失せた。

「ポタージュスープを頂くわ」

震える声で言うた。妹さんがポタージュスープとホットコーヒーを注文した。二人分の支払いをさっさと済ませてしもた。「私が払う」と言い掛けたが、金はパンティーの中や。安藤の手前もあって取り出すわけにはいかへん。妹さんに奢ってもろた。

「妹さんは食べなくて平気なの」

「うちは父が遅くなるので、母と二人で七時には食事ですから」

トレイを持って店内を進む妹さんに続いた。妹さんが前を向いたまま、唇を動かさずに小声で確認した。

「安藤ですか？」

「そう」

小さく頷いた。

妹さんが壁際のテーブルにトレイを置いた。

両隣のテーブルは女子高生のグループが使うている。これで安藤は隣接するテーブルには着けない。沙希と同じや。妹さんも機転が利く。

壁際のほうの席に妹さんがスープカップを置いた。勧められて席に着いた。これで店内全体を見渡せる。安藤が注文カウンターから憎々しげな視線を向けとった。

「顔色が悪いですね」

「お化粧していないから。爺さんでしょ」

「いえ、そんなんじゃなくて、唇なんか紫色です。どこか加減がお悪いんじゃないですか？」

心配そうな顔で覗き込まれた。

「いろいろあったからね」

妹さんの唇が「ア、ン、ド、ウ」と動いた。目で頷いた。

「そんなことよりサキッチョの行き先が知りたいの。あっ、サキッチョていうのは」

「姉ですよね。知っています。いつも桜さんにそう呼ばれているって姉から聞きました」

姉。自然にその言葉を発する。兄とは言わへん。

「へえ、そうなんや。あの娘、人前でそう呼ぶと嫌がるんやけど」

「人前では呼んでほしくないって言っていました」

朗らかな笑顔を綻ばせた。

「なんとなく分かるなぁ、私。私はフミコって言います。文章の文で文子です。父が文学部の先生なので、こんな昭和チックな名前を付けられました」

小さく舌を出しておどけた。

「小さいころは母や姉からブンチャンて呼ばれていました。でもこの年齢になると、人前でそう呼ばれるのに抵抗があります。それでいて、家にいるときなんか、ブンチャンて呼んでほしいと思います。母や姉にそう呼ばれると、まだ甘えてもいいんだって思えます。姉も同じじゃないでしょうか、人前で呼ばれるのには抵抗がある、でも桜さんにサキッチョって呼ばれると甘えられるような気持ちになるんじゃないでしょうか」

また微笑んだ。

（そうやったんや。沙希もそんな気持ちやったんや）

沙希のことを思い出して、愛おしさがこみ上げた。そやけど和んでいる場合やないと気を引き締めた。あの娘は今、浄土への旅を続けているんや。

「サキッチョはね、浄土に旅立ちますって書き残して消えたの。浄土って極楽浄土の浄土でしょ。私……」

言い淀んだ。

「あの娘がいなくなる前の夜に、とんでもないことを言うてしもたの。出て行けって。あなたとは終わりやって」

「そんなことがあったんですか。それでお姉さん、元気なかったんですね」

「そやから心配なん。あの娘が世を儚んで……」

「まさか……」

ブンチャンが小さく叫んだ。考え込んだ。

「でも、あり得るか。桜さんに出会って、初めて自分の居場所を見つけたって言ってたから」

胸が締め付けられた。

「あの娘はインスタにコメントを残してたわ」

「なんてですか？　三日くらい前から、姉のインスタに閲覧制限が掛かっているんです。たぶん今、姉のインスタを閲覧できるのは桜さんだけだと思います」

そのために必要なスマホは安藤の手にある。

「あなたが行方を知っているってコメントを残したの」

「私が？」

「食事したでしょ」

それが一昨日なのかその前日なのか、水責めにあっていたので曖昧や。

「しましたけど……私が知っている……そうコメントしているんですか。どういう意味だろう」

ブンチャンが頭を抱えた。その様子を見ながら私も考えた。

（なにかが違う。沙希のコメントはそうやなかった）

必死で思い出そうとした。

行方を知っている――あの沙希が、安藤の目に触れる危険を冒してまで残したメッセージなんや。無意味なはずがない。

違う。そんな文面やなかった。なんとか思い出そうとするが、安藤があれを読み上げたとき、私は半ば気を失うていた。そのあとでコーヒーを飲んでなんとか人心地がついたんや。

（コーヒーか）

断りもせずにブンチャンの手元のコーヒーに手を伸ばした。まだ温かい。口に含んだ。一口飲み下した。ホテルの情景が浮かんできた。ソファーに座る安藤、その足元に転がされているのは私や。身体が寒さを思い出した。

（もっと前や）

記憶を遡った。

鎖を引かれてバスルームを出た。

映像を逆回転させた。

サッシレール。骨を削られた。冷水に浸けられた。右手首と右足首を連結する手錠。首輪。カランにぐるぐる巻きにされた鎖。何度も放尿した。脱糞もした。

怒濤の勢いで注がれる冷水の音。

痛みが、凍えが、蘇った、

思わず身を震わせた。安藤の声。沙希のコメントを読み上げる声。

「私の行先はＪＫに訊けば分かるよ」

（そうや！　知っているやない、分かるや！）

「あなたが知っているのではないの。あなたに訊けば分かると沙希はコメントしていたの。食事をしたとき二人はどんな会話をしたの？　思い出して！」

ブンチャンが目を宙に泳がせた。

「思い出話でした。家族旅行の――」

「家族旅行でどこに？」

「ハウステンボスです」

「長崎の？」

「ええ」

その場所が極楽のように思えたということか。違う。そうやない。そんな簡単な話であるはずがない。小刻みに首を振った。

「あっ！」

ブンチャンが指先を唇に押し当てた。漏れ出る言葉を押し止めようとしたように見えた。

「なにか思い当たることがあんの？」

頷きながらブンチャンが、通学カバンからペンケースを取り出した。サインペンを選び出した。紙ナプキンに文字を書いた。

『西　彼　町』と間隔を空けて大きな文字で書かれていた。

「ハウステンボスの近くの町です」

「そこがどうしたの？」

サインペンで『町』に取り消し線を入れた。『の』という文字と『方』という文字で字間を埋めた。『西　彼　町』が『西の彼方』に訂正された。

「西の彼方……」

声に出して読み上げてみたがなにも浮かばない。

「仏教で西方極楽浄土って言いますよね。そういえばハウステンボスに行ったときに、姉とそんなことを話しあった記憶があります。それと――」

テーブルに目を落とした。思い詰めたように言うた。

「西彼町には、名前を忘れましたけど、自殺で有名な橋があります。狭い海峡に架かる、ものすごく高い橋です」

（それや！　それに違いない！　それが解や！）

出口に目をやった。

出口近くのカウンター席で、コーヒーカップを手に浅く腰掛けた安藤が、体重を足に乗せ、全神経を集中させてこっちを注視しとる。

ブンチャンが私の視線に気付いた。

「安藤が邪魔なんですね？」

小声で確認された。小声で「ええ」と応えた。

「逃げたい？」

「できれば」

「私がなんとかします。でもそのまえに、聞いてもらいたいことがあります」

「なんでしょ」

「姉が沙希という名を選んだとき、私は反対しました」

(こんなときになんの話やろうか?)

「いい名前やと思うけど」

とりあえず意見を言うた。

「漢字です。沙希の沙は砂を意味します」

「そう」

私の知らない話や。

「普通の砂ではなく、海辺で洗われているような小さな砂です」

「そやからサンズイなんやね」

「解釈はいろいろできると思いますが、沙希という名前は小さな希望という意味に取れます。だから私はどうせなら、もっと大きな夢があるような名前にしたほうがと姉に言いました。たとえば花が咲くの咲子とか」

いかにも文学部教授の家の子の会話や。

「しかし姉は言いました」

「希望は小さくていい。砂粒よりも小さな希望でも、それが一つあるんだったら、私はその希望を大切に育んで行きたい。そう言ったのです」

「まさか……」

喉が詰まった。目頭が熱うなった。

「そうです、桜さん。あなたは姉が見つけた、砂粒よりも小さいけど、たった一つの確かな希望なんです」

あかん。我慢できるはずがない。涙が溢れ出た。

「姉のことをよろしくお願いします」

頭を下げてブンチャンが立ち上がった。

コーヒーとポタージュのカップ、ペーパーナプキンをトレイに載せた。カウンター横の返却口に足を向けた。二人の会話の終了を予感した安藤が腰を浮かした。その横をブンチャンがすり抜けようとした。刹那――

「キャア」

鋭い悲鳴、カップが砕け散る音、しゃがみ込むブンチャン。

店内の視線が一斉にブンチャンに集まった。何人かの女子高校生が立ち上がった。駆け寄った。

「どうしたの、文子」

一人がブンチャンの肩を抱えた。

「この人に、この人に……」

しゃがんだ姿勢で安藤を指差した。

「胸を……」

安藤が動揺した。言葉にならない言い訳をしながら、その場を離れようとした。立ち上がっていた女子高校生数名が安藤の退路を断った。

「違うんだ。誤解だ」

安藤が両手を前に出して女子高校生らを押し留めようとした。

「なんだよ、おっさん」

髪をピンクアッシュに染めた女子高校生が安藤の手を払い退けた。はずみで横に払われた安藤の手が、別の女子高校生の胸に当たった。

「うちも触られたけに！」

安藤の手が胸に当たった女子高校生が大声で叫んだ。

安藤を囲む女子高校生の輪がさらに縮まった。何人もの足の向こうでしゃがみ込んだブンチャンが、そのままの姿勢でこちらに視線を送ってきた。視線が合うた。ブンチャンが頷き私は立ち上がった。

「おい、おまえ」

近くを通り抜けるとき、安藤が言うて、届くはずがない手を女子高校生らの肩越しに伸ばしてきた。その動作に女子高生らの悲鳴が沸き起こった。

販売カウンターの奥から若い男性店員がフロアーに出てきた。体育会系の体つきをしていた。背丈こそ安藤に負けるが、制服から突き出た腕の太さが尋常やない。

「なんだおまえ」

酷薄な目で安藤に眼を飛ばした。女子高校生の輪が解けて、その間隙を男が進み出た。

「この人が文子の胸を触ったんです」

髪を染めた女子高校生が訴えた。

「おれの店で勝手な真似をされちゃ困るな」

男が安藤の胸ぐらを摑んだ。ブンチャンが顔を覆い、泣き声を上げながら店外に走り出た。

「ブンチャン」

敢えて家族しか呼ばへん文子の愛称を叫んで後を追うた。女子高校生らが私の通り道を開けてくれた。

「おい、ちょっと、待て」

安藤が胸ぐらを摑んだ男の手を振り払おうとした。男の掌底が安藤の顎を捉えた。安藤が崩れ落ちた。女子高校生が歓声を上げげた。男はニヤつきながら仁王立ちしとる。

床に這い蹲(つくば)った安藤をしり目に私は店を飛び出した。道の先でブンチャンがタクシーを止めて待っとった。

「早く、乗ってください」

瞬間、私は逡巡した。

振り返ってバーガーショップに目をやった。店内で人だかりができてるのは見えたけど、中でなにが起こっているのかまでは分からへん。

「早く！　逃げてください！」

ブンチャンの声に背中を押されて開いたままのドアに飛び込んだ。

「岡山駅まで。急いでください」

ドアの上部に手を掛けたブンチャンが言うてタクシーのドアを閉めた。タクシーが発進した。リアウインドウ越しに手を振った。ブンチャンが深々と頭を下げた。

タクシーが岡山駅に着いた。タクシーの運転手に料金を言われてハンドバッグの財布を取り出した。え、空っぽ？

一瞬混乱したが、パンティーの中に十万円を隠してたことを思い出した。運転手に分からんよう、前部座席に身を寄せてパンティーの中に手を突っ込んだ。十万円を鷲摑みにして抜き出した。何本か、陰毛が抜けた。慎重に一万円札一枚を抜き取った。

（大丈夫や。陰毛は着いてへん）

そやけど汗で湿ってた。

（臭いは大丈夫やろうか）

気になったけど、まさか鼻に近付けるわけにもいかへん。そのまま渡して、釣りを受け取った。

グリーンの窓口に急いだ。

岡山駅。グリーンの窓口。

「すみません」

駅員が顔を上げた。露骨にギョッとしよった。凝視したまま凍り付いとる。気にせえへん。気にしとる場合やない。

「西彼町という駅はありますか？」

まだ呆然としている駅員は三十代半ばやろうか。

「長崎の西彼町です。西の彼と書きます。早うしてくれますか」

「あ、は、はい」

駅員がキーボードを叩き始めた。何度も叩いた。首を傾げた。

「そのような駅はないですね」

おずおずと言うた。

「ないわけがないでしょうが！」

声を荒らげた。駅員が怯えた目をした。

「少々お待ちください」

駅員が席を立って持ち場から離れた。

同僚に声を掛けとる。声を掛けられた同僚が首を横に振る。三人目に一番年配の同僚に声を掛けた。六十を過ぎているかもしれへん。ＪＲの定年は知らんけど。

初老の駅員が席を立った。

さっきの駅員に代わって持ち場に座った。温厚そうな顔で微笑みながら言うた。

「西彼町は町村合併で西海市(さいかい)に併合されています。一番近くの駅は早岐駅(はいき)になります」

物怖じする風もない温厚な笑顔やった。

「つかぬ事をお伺いしますが、その近くに自殺の名所と言われる橋がありますか」

「ハ、ハ、ハ」

駅員が快活に笑うた。乾いた笑い声やった。

「確かにつかぬご質問ですね。おそらくそれは海峡橋でしょう」

答えてから言い添えた。

「早まったことはしないで下さいよ」

「私じゃないんです。私の知り合いが、そこに向かっているんです」

駅員が眉間に皺を寄せた。

「自殺の可能性があるんですか？」

「ゼロとは言えません」

顔が真剣になった。

「そりゃ大変だ。すぐに切符をお出ししましょう。一番早い電車でいいですね？」

「ええ、お願いします」

切符が印刷された。駅員が立ち上がって切符を並べながら説明してくれた。説明に合わせて、一枚、一枚、私に確認させながらの丁寧な説明やった。

「十七時九分発、さくら565号鹿児島中央行きです。新鳥栖まで乗ってください。新鳥栖で長崎本線に乗り換えて、同じ列車が肥前山口で佐世保線に入ります。乗り換えは不要です。そのまま乗っていれば終点が早岐です」

「新鳥栖まで、長崎本線に乗り換えて終点まで」

私が復唱すると笑顔で頷いた。料金を支払い、駅員に礼を言うて窓口を後にした。

「ご無事をお祈りします」

背後から聞こえた駅員の声に、歩きながら再度頭を下げた。

さくら565号の入線ホームは二十二番乗り場やった。掲示板で確認してエスカレーターを上がった。プラットホームで待った。

私と同じ名前の新幹線。

沙希がこのルートを選んだのも、それが理由ではないかと考える自分に苦笑した。

ホームの売店で卵サンドとブラックの缶コーヒーを買うた。

食欲はない。ずっと身体が揺れとる。気を緩めたら崩れ落ちてしまいそうや。体力を回復させるため、なにかを胃に入れなあかん。ゆっくりと卵サンドを咀嚼して缶コーヒーで流し込んだ。

プラットホームは閑散としてた。佇んでいると不安が押し寄せてきた。エスカレーターで人が上がってくる度に動悸がした。

バーガーショップから必死で逃げてきて、動いているときはそうでもなかったけど、移動が止まると誰かの視線を感じるような気がする。

大丈夫や。安藤は私の行き先を知れへん。そのうえ、女子高校生が屯（たむろ）するバーガーショップでトラブルに遭（お）うとる。

（来るはずがない。来られるはずがない）

自分に言い聞かせるが、今朝までの責め苦の記憶を頭から消されへん。身体も覚えとる。西にしろ東にしろ、日本海側に向かうにしても、岡山駅は起点となる駅やろう。とりあえず安藤が足を運んだとしても不思議はない。油断したらあかん。せめて岡山駅を出るまでは、気を緩めたらあかん。そう自分に言い聞かせる。

ようやくさくら565号が入線した。待ち時間は一分や。

ドアが開きそそくさと車内に入った。指定席を探して座り身体を丸めた。

安藤が追ってくるという強迫観念に苛まれる。そんなはずはない、そんなはずがあるわけないがな、と繰り返す。

さくらがなかなか発車しない。

停車時間が永遠にも思える。

時計を確認した。特急券も確認した。

（大丈夫や。間違うてない）

発車までは一分もない。何十秒。あるいは何秒かでこの列車は動き始めるんや。そう思うが、その何秒かに押し潰されそうになる。

自由になって安藤が怖くなった。いや、安藤や無うて自分が怖い。信じられんことに、私はあの男を受け入れようとした。

（被虐の心理学や）

ストックホルムシンドローム――

そんな言葉が浮かんだ。

意味は合うてへんかも知らんけど、徹底的に苛められた人間は、苛める人間に情が移ると聞いたことがある。そんな映画が話題になったこともある。

（あれや。私の気の迷いはあれやったんや）

そう思うんやけど割り切れんもんがある。私が安藤に気持ちを傾けたんは、安藤が慟哭する姿を見せられたからや。甚振られたからやない。

（あのときも――）

ブンチャンに急かされてタクシーに飛び乗ったとき、実は後ろ髪を引かれる思いやった。安藤をバーガーショップに置いて消えるのを躊躇した。

自分で自分が分からへん。

瘧に罹ったように身体が小刻みに震え始めた。安藤の足音が聞こえる気さえした。それを待っとる自分が怖い。

(早う出て。発車して)

今の状態で安藤に会うてしもうたら、あの男の胸に飛び込んでしまうかも知れへん。

発車を報せる電子音が鳴り響いた。ドアの閉まる音がした。ゆっくりとさくらが動き出した。窓に手を付いてホームを見送った。いるはずがない安藤を目で探した。そこに――

エスカレーターを駆け上ってきた人影が！

(安藤！)

(あり得へん。見間違いや。幻覚や)

上半身を膝に付けて窓から姿を隠した。恐怖に涙腺が崩壊した。ポタポタと溢れ出る涙が床を濡らした。

(あり得へん。あり得るはずがないやんか)

だが、あれは間違いのう安藤やった。そうとしか思えない。どうして知ったんや。どうやって知り得たんや。私がこの新幹線に乗ってることを。行先も知っとるんか。

さっきの駅員、温厚そうなベテラン駅員に海峡橋のことを訊いてしもた。迂闊やった。

足跡を残すべきやなかった。行先を問うべきやなかった。

足跡――

タクシーの運転手も駅員も、私のことを一目見たら忘れへんやろ。薄汚れたミンクのコートで女装したざんばら髪の爺さん、婆さんや無うて爺さんや。顔色が死人のようや。必ず覚えているんに違いない。私の跡を辿るのは、それほど難しいことではないのかもしれへん。

「どうかされましたか？」

声を掛けられた。ビクッと身を震わせた。恐る恐る顔を上げた。濃紺の制服姿の乗務員が心配そうな顔を向けとる。

「いいえ、なんでもありません」

言うて乗務員の視線から顔を背けた。

「失礼しました。なにかございましたら、ご遠慮なくお声掛けください」

乗務員が立ち去った。昏い気持ちになった。あの乗務員にも顔を見られてしもた。必ず彼の記憶に残るやろう。

（どないしろと言うんや！）

だれかを問い詰めとうなる。その憤りが自身に跳ね返る。だれに回答を求められるもんでもない。今の自分の姿は、自分自身がそれを望んだ結果の姿やないか。

（せめてマスクがあれば）

自身の迂闊さを悔やんだ。

（マスクの一つや二つ、買うチャンスはいくらでもあったやろが。どうしてそれに気付かんかったんや！）

自分の容姿を不満に思うたことなど一度もない。幼いころから可愛い、可愛いと言われて育った。それが私の当たり前やった。女の子みたいやともよう言われた。ニューハーフとして生きると決めてからも、後悔したことなど一度もあらへん。堂々と生きてきた。

（ほんまにそうなんか？）

自身の人生を振り返った。

高校を卒業し家出した。女として生きたいという明確な覚悟はなかった。覚悟どころか意志さえなかった。ただ単純に息苦しさを覚えての家出だった。

大阪の喫茶店のボーイとして働いていたある日、本屋で『薔薇族』という月刊誌を見つけた。文通欄があった。思い切ってペンパルの募集欄に投稿した。すぐに一通の手紙が編集部経由で送られてきた。乗用車をバックに撮った写真を同封してきた初老の男性は、会社を経営していて、達筆で付き合いたいと書いて寄越した。千葉に住む男性だった。

男性同士の性の相手を求めているのではなく、自分は女として生きたいのだと思うと、正直に書いて返信した。丁寧に書かれた手紙に申し訳ないと思ったが、男性は怒りもせずに、また手紙をくれた。

文通が始まった。その男性から東京新宿二丁目のことを教えられた。ほかにも同じ新宿で、女装家が集まるエリアがあることも、丁寧に説明してくれた。浅草の情報もあった。『くぃーん』という雑誌も送ってくれた。

ネットなどない時代やった。

男性が提供してくれる情報は、小豆島の田舎と大阪の片隅しか知らなかった私にとって、本当にありがたく、世の中が変わって見えた。文通を続けるうちに、男性から、東京に来ないかと誘われた。紳士的に振る舞うからと書いてあった。新幹線の切符まで同封されていた。男性を信じて私は東京を訪れた。

確かに男性は紳士的に接してくれた。

その接し方は、私を女と認めてくれているもんやった。

田舎から孫娘が出てきたかのように、毎日、いろいろなところに連れ歩いてくれた。

そのなかで私が興味を持ったのが、シアターレストランと呼ばれる店やった。西新宿の高層ビルで繰り広げられる華やかなショーに心を奪われた。

あのステージに立ちたいと思った。生まれ故郷の肥土山の農村歌舞伎の舞台に立ったときの高揚が甦った。二十二歳のときやった。家出して五年が経っとった。

私は勢いでそのシアターレストランに応募した。そやけどダンスの経験が無うて断られた。しょげてる私を男性が別の店に連れて行ってくれた。歌舞伎町の店やった。ショーパブに分類される店やと教えてくれた。ダンスができんでも雇うてもらえる。ただ普通の女の子の店みたいに、客席でお酒の相手をせなあかんらしい。私は思い切ってその店に入ることにした。

入店が決まって大阪から東京に引っ越した。歌舞伎町には遠かったけど、家賃の安さで綾瀬にアパートを借りた。

入って分かったことやけど、シアターレストランの店は胸を出さんと踊ってたんやけど、ショーパブでは上半身裸で踊る演目もあった。オッパイ丸出しや。

そこでしばらく働くうちにステージに立たないかと誘われた。もちろん否はなかった。最初は数人のグループで踊った。レッスンも、プロの先生がちゃんとしてくれるんで、毎日開店前に汗を流して頑張った。

その店が閉店することになって、二丁目の店に誘われた。玉抜きを勧められた。玉抜きをしたお姉さんたちを徳島まで見舞いに行ったんは、病院の下見も兼ねてのことやった。

二十四歳で睾丸を切除した。胸が膨らむようになった。せっかく膨らんだんやから見したらええと言われた。抵抗はなかった。むしろ積極的に見したかった。そしてピンの演目が振り分けられた。そんな派手に踊らんでもええ。色気を出したらええ。先生に振付してもろた。私を指名する客が増えた。知らん間にナンバーワンになってしもた。

三十三歳のときに勤めていたショーパブが閉店を決めた。ニューハーフとしては、まだ下り坂でもなかったけど、新しい店に移ろうとは思わなんだ。それなりにトップの座を守り続けてきた自分が、新人からやり直すことに抵抗があった。

(ほんとにそうなんか?)

いまさらのように自問する。

そうやない。

そのころにはニューハーフも世間で認知され始めていた。テレビに出る子も何人かいた。かなりの美人もおった。テレビに出とるニューハーフだけやのうて、業界にも、若くて綺麗な娘がたくさん流入してきた。

そんな娘らと張り合う気になれなんだ。

女優路線を降りて、コミック路線で生き残りを図る選択にも躊躇があった。

スナックを開店しようと考えた。資金的にはそれが限界やった。

開店場所として先ず候補に挙げたんは、やっぱり二丁目や。そこでまた躊躇があった。二丁目に開店したら、業界の付き合いから逃れるわけにはいかへん。

東京全体から見れば新宿二丁目はいうても場末や。ゲイやビアンにとって聖地ともいえる街かも知れへんけど、水商売の世界では、やっぱり場末や。

その場末でスナックを開業する自分の姿を思い浮かべると惨めに思えた。そやから逃げた。前に住んでたけど土地鑑が薄れてしもうた大阪を選んだ。土地鑑はないけど、狭い世界で生きてきた私や、座裏という場所があることくらいは知っとった。私の知識として座裏は、男性同性愛者をメインとする界隈で、ニューハーフも主にはコミック系や。その場所にひっそりとスナックを開業しよう、そう決めた。

（結局、私は逃げただけやないんやろうか）

ぼんやりとそう思う。

別にそやからというて、なにをどう悔やむ気もない。その時々で、まっすぐ生きてきたという自負はある。けどこうやって、現実に逃げる身になると、自身が特殊な人間なんやと思い知らされる。二丁目にしろ、座裏にしろ、これほど人目を気にすることはなかった。

（化粧してへんから？）

それもある。あるが、たとえ化粧をしていたとしても、好奇の目から逃れることはできへんやろう。

（それだけやないでしょ）

自分を嘲笑する声が頭の中で聞こえる。そう。それだけやない。

安藤や。

ショーパブの店が閉店した時点で二千万円近い預金があった。二、三年は仕事せんでも大丈夫やと思た。その休養期間中に安藤と旅行に行ったりしたかった。そやけど安藤とは、なかなか連絡が取れへんかった。ショーパブに勤めているときは朝の五時まで仕事して、昼間は眠っとった。同じマンションで暮らしてたとはいうても、ほとんどすれ違いの生活やった。

いや、同じマンションで暮らしてたと思うていたんは私だけかも知れへん。

三日に一度、下手したら五日に一度くらい、安藤は泊まりに来てただけや。遅うなったときの、ホテル代わりに使われとったんかも知れへん。

泊まっても、私が早朝戻ったときには安藤は眠っとる。私が起きるのは昼過ぎで、忙しく働いている安藤に、電話やメールをする機会も少なかった。夜は夜でショーパブの仕事がある。仕事中に連絡をすることはできへん。

店を辞めて自分の時間が自由に使えるようになった。

最初、昼間仕事をしている安藤に遠慮して、私から連絡することを控えた。そやけど夜に電話をしても安藤は出えへん。携帯の電源が切られとる。

どこでなにをしとんやと、やきもきさせられた。メールを送信しても、返事がすぐには返ってけえへん。思い切って昼間の安藤に電話した。

「仕事中なんだ。困るよ」

冷たく言われた。それは仕方がない。以後、昼間の連絡は控えた。

安藤を待つ生活になった。

安藤が好む泡盛を購入し、泡盛に合う食事の材料を買い揃え、いつ帰って来るかも分からへん安藤を毎日毎夜、待った。傷んだ食材を廃棄し買い足した。

辞めてから半年後くらいのときに安藤から旅行に誘われた。

行先は安藤の故郷の沖縄やった。

一週間くらい滞在したかったのに、一泊二日でその旅は終わった。次は海外に行きたいと安藤にねだった。

「二泊三日くらいならいいけど、せいぜいグアムかサイパンくらいだろう」

仕事を理由にそう言われた。

フラストレーションが溜まった。ニューハーフ仲間を誘い、タイやバリ島、スペイン、イタリア、フランスと遊び歩いた。相手によっては旅費の一部を、いや場合によっては全額を持ってやったりもした。

そんな生活をしているうちに預金が半減した。

そろそろ仕事に戻ろうかと考えた時点で、安藤が不動産会社の社長の娘と結婚すると知った。知らせてくれたんはニューハーフ仲間やった。彼女が勤める店に、安藤は足繁く通うてたらしい。

「バイは危ないわよねえ」

安藤と私の仲を知ってるその娘に言われた。

バイセクシャルは浮気者が多い。そんな通説が私らの業界にはある。偏見と言えるかも知れへんけど、図らずもそれを、私は我が身で実証してしもた。

「結婚式に殴り込めばいいじゃん」

そんな風に煽る業界の仲間もいたが、もちろんそれは冗談半分やろうし、たとえ本気で言われていたとしても、ニューハーフの身で、そんなことができるはずがあらへん。

私が安藤に棄てられたというニュースは、狭い業界にたちまち行き渡った。それこそ私が東京を離れざるを得なかった真の理由や。

私の人生は安藤に狂わされた。

あのまま東京に残っとったら、大箱の雇われママとして声が掛かったかもしれへん。そんなことは結果論やと分かっとるけど、スナックのオーナーママとして働いていても、今とはずいぶん違う展開もあったやろう。

その安藤が二十年以上の歳月を経て、再び私の前に現れた。そして懲りもせず、私は安藤に淡い夢を見てしもうた。なんちゅう阿呆な女や！

十七時二十六分。さくら565号が福山に停車した。四分の待ち時間で出発や。次の停車駅が新尾道やと車内放送で知らされた。岡山県を離れる、そう思うだけで少し強張りが和らいだ。

さっき岡山駅でエスカレーターを駆け上がってきた男の人は、ただ単に、乗り遅れただけの乗客やなかったんか。

強張りが解けてくるにしたがってそう思えてきた。

顔は見てへん。姿恰好が、どこと無う安藤に似ていると思うただけや。安藤は焦げ茶のトレンチコートを着てた。身長は百八十五センチ。それほど大柄な人影ではなかったような気もする。私があの人影を、安藤やと決めつけた根拠はなにもない。ただエレベーターを駆け上がってきたということだけで、私は怯えて身を隠したんや。

（疑心暗鬼やったんやないやろか）

考えれば考えるほど、そう思える。ススキがオバケに見えるちゅうやつや。

新尾道、三原、東広島。三つの駅を通過して十七時五十三分、広島駅に到着した。

広島での停車時間も一分やった。

季節がらホームの売店にマスクがあるかもしれへんけど、一分は短過ぎる。忘れたらあかん。自分は沙希を止めるために追っているんや。安藤から逃げているだけやないんや。乗り遅れて時間をロスすることはでけへん。

追うてくる安藤の印象が薄れ、私の想いはただ沙希だけに向けられとる。

スマホがあればと思う。

（沙希のインスタは更新されたんやろうか）

現在の自分と沙希を繋ぐものはなにもない。

『西彼町』も『海峡橋』も、沙希から直接伝えられた情報やない。沙希の妹のブンチャンが、記憶から引きずり出して推理したもんや。見当外れな場所に向かってるのかも知れへんのや。

そやけど私は確信しとる。あの姉にあの妹や。顔立ちも瓜二つやった。過去の記憶だけや無うて、あの二人は、もっと深いところで繋がってる気がする。

新岩国、徳山と通過して十八時二十四分新山口に到着した。いつの間にか外は暗うなっていた。

(この暗闇の向こうで沙希はどうしているんやろう)

想像すると橋の上に立つ沙希の姿しか思い浮かばへん。

必死でそれを打ち消そうとした。

そんな私の脳裏に、別れ際、ブンチャンが口にした言葉が蘇る。

「沙希という名前は小さな希望という意味に取れます。だから私はどうせなら、もっと大きな夢があるような名前にしたほうがと姉に言いました」

そう言うたブンチャンに沙希は言うた。

「希望は小さくていい。砂粒よりも小さな希望でも、それが一つあるんだったら、私はその希望を大切に育んで行きたい」

そう言うたんや。

思い出すだけで目頭が熱うなる。続けてブンチャンは言うた。

「桜さん。あなたは姉が見つけた、砂粒よりも小さいけど、たった一つの確かな希望なんです」

あのときも我慢できんかった。そしてまた今も涙が頬を伝う。嗚咽が喉を震わせる。

沙希が砂粒よりも小そうてもええと言うてくれた希望、それが一つあるんやったら、それを大切に育んで行きたいと言うてくれた希望、その希望は私やった。そしてそれを奪ったんも、地に落として穢したんも、私やないか。

（万にひとつでも）

祈るように考える。考えとうもないことを考える。

（沙希がいなくなれば、私も生きてはいられへん）

身勝手な覚悟やと分かってるけど、ほかに選択肢を思い付けへん。

（そやから沙希、お願い。死なんといて）

車窓を流れる闇に祈る。祈り続ける。

突然闇が重たくなった。青いスパークが走った。轟音もした。車内放送が告げた。

――現在、関門海峡の海底トンネルを通過中です

（九州。いよいよや）

身震いした。

トンネルを抜けて小倉駅に停車した。小倉駅を出て博多駅。そして乗り換えの新鳥栖駅。

到着は十八時五十八分やった。

時刻通りや。

早岐行の出発までは十六分ほどある。

マスクのことが脳裏を過った。

急げば買い求めることも可能やろう。そやけど乗り換えホームに向かう足が止まらへん。気持ちが前へ前へと向こうとる。マスクで自分の顔を隠すことやなんて、もうどうでもええように思える。それより沙希や。もうすぐ会えるんや！

定刻の十九時十四分、長崎本線早岐行が新鳥栖を後にした。こんなときに各駅停車や。特急は終わっている時刻なんや。

列車はゆっくりと夜の底を走った。三分も走らずに停車した。

肥前麓。何人かの乗客を降ろして出発した。数分でまた次の駅や。中原。乗客の乗り降りはなかった。出発した。また数分！　次の駅は吉野ヶ里公園駅やった。

過去に耳にした遺跡の名前を思い出した。佐賀県に入っていることを知った。

それからも列車は数分間隔の停発車を繰り返して、やがて肥前山口に至った。長崎本線を離れて佐世保線に入るというアナウンスがあった。

また数分間隔の停発車が繰り返された。逸る気持ちを必死で抑えながら、間隔の短い停発車に耐えた。時計はもう二十時を回っとる。早岐着は二十時五十七分や。

（もう直ぐ）（もう直ぐ）（もう直ぐ）

呪文のように胸のうちで繰り返しながら耐えた。乗り降りする乗客の何人かが、私を二度見するが気になれへん。沙希の無事を祈りながら一心に繰り返した。

(もう直ぐ)(もう直ぐ)(もう直ぐ)

車内アナウンスが告げた。

——次は早岐、早岐。間もなく終点早岐駅に到着します。

やっとや。

揺れる車内で立ち上がった。

列車の揺れにふらつきながら、ドアに歩み寄って、ドア横の手摺棒を右手で握った。左腕はブランとしたままや。

列車が早岐駅に入線した。

9

早岐駅東口で客待ちをしているタクシーに乗り込んだ。

「海峡橋、お願いします」

「ホテルですか?」

「いえ、海峡橋に行ってください」

「こがん時間に行ってん真っ暗ばい」

白髪の運転手は私と同い年くらいやろうか。年相応にのんびりしとる。

「構いませんから行ってください」

強い口調で言うたが、車を出そうとせえへん。

「構わんけん言われてんねえ、こがん時間になんばしに行くんと？」

ひょっとして警戒しているんやろうか？　なるほど自殺スポットだけのことはある。

「ただの興味本位です。こんな時間に行ってみたいんです」

自分で言っておきながら苦しい言い訳やと思た。

「そうは言うてんねえ」

運転手が車内灯を点灯した。バックミラーでこっちを窺った。ミラー越しに目が合うた。

運転手が目を泳がせた。悪いものでも見たかのような狼狽ぶりやないか。

「早く出してください」

さらに口調を強めて言うた。運転手が返事もせずにアクセルを踏んだ。

「海峡橋は日本三大急潮ん一つと言わるる針尾瀬戸に架かる橋で――」

沈黙に耐えられないように運転手が説明を始めた。

「下では渦ば巻いとおけん――」

言い淀んだ。死体も浮かばないとでも言い掛けたんやろう。

「どのみち、あん高さから落ちたら――」

また言い淀んだ。助からないと言いたいんやろうか。

「そんなに高いんですか？」

「海面まで五十メートルもあるばい」

「そうなんですか。二十階建てくらいのビルの高さなんですね。そら助からんわ」

さらりと言うた私の言葉に、運転手が緊張を新たにしたようで、ちらりとバックミラーに目を遣った。車内灯は消し忘れたままや。運転手の目を強く睨み返してやった。慌てて目を逸らして車内灯を消した。

「お客さんはどっちから？」

「大阪です」

「どちらにお泊まりと？」

「さっき着いたばかりです」

「それにしては荷物も持っとられんごたぁが……」

ボストンバッグはブンチャンが通う高校でタクシーを降りたとき、安藤の手にあった。

そのまま逃げたんで私が持っているのはハンドバッグだけや。

「荷物も持たんで海峡橋に行かるるんか？」

しつこい運転手や。

チッと私は、相手に聞こえるように舌打ちをした。運転手が暫く黙りこんだ。そやけど沈黙に耐え切れへんのか、また話し始めた。

「海峡橋も、一時は自殺ん名所と言われたばってん、そん後自殺防止ガードができて――」

「えっ、だったら今は自殺者がいないんですか？」

思わず声を張り上げてしもた。歓迎する気持ちの表れや。

「いや、激減したばってん、無うなったわけやなかばい」

言ってしまってから運転手が項垂れる。明らかに失言を後悔しとる。

「どちらにしてん自殺はつまらんけん」

混乱しているように感じられた。暑くもないのに制服の袖で額の汗を拭いてる。

「最近、と言うても、ここ数日やけど、自殺とかありました？」

「いや、まあ、そのう……」

運転手が口籠った。どう答えていいのか迷うてるようや。

「あったんですかッ」

運転手の態度に不安になった私は、強い口調で問い詰めた。

「いや、なかばい。あればニュースになっとおやろう」

ホッと胸を撫で下ろした。

「絶対ですね。言い切れますね」

念を押した。

「いや、絶対と言わるると……。乗務ん都合でテレビば見られん日もあるし」

なんとも頼りない返事をした。

やがて闇の向こうに街灯に浮かぶ橋の赤い欄干が見えてきた。

タクシーが速度を緩めた。

「どうする？　渡ると？」

「中ほどで止めてください。そこで降ります」

私が料金を取り出す気配に運転手が言うた。

「橋ん上で降りるんと？」

「ええ、歩道があるから降りても大丈夫なんでしょ？　あっ、次の街灯のところがいいです」

車二台分くらいの突起がある。観光客用の展望台のようなものやろうか。

「みんなあん場所ば選ぶっさなあ」

ため息交じりに運転手が絶望的な声で言うた。みんなとは自殺者ということやろうか。

それやったらなおさら好都合や。タクシーが停まり、料金を精算して下車した。

「帰りはどうすっと？　こん時間に空車は通らんばい」

「とりあえず朝までいますから」

「こん寒か中ば？」

「大阪に比べたら暖かいですよ。さすが九州ですね」

作り笑顔で言うたが、橋の上は風が抜けていた。けっして暖こうはない。

そやけど沙希のことを思うたら一晩でも二晩でも待てる。三日でも四日でも、私はここを離れない覚悟を決める。運転手は断言を避けたが、地元のタクシーの運転手が知らないくらいやから、まだ沙希は飛んでないんやろ。その推測に縋ってここで待とうと思った。

タクシーがUターンして来た道を戻った。橋を渡り終えたところで路肩に寄った。ハザードランプを点けたまま動かへん。

（あの運転手は朝まで自分を監視するつもりなんやろうか？）

もっとはっきり、自殺しに来たんや無うて、自殺する恐れのある知人を止めに来たんやと言うてあげたらよかった。少しだけ後悔した。

じっとしていても仕方がないので欄干に歩み寄って下を覗いてみた。なんも見えへん。右腕で欄干を摑んで飛び上がった。欄干に腹を乗せた。痛みに顔を顰めた。痛みに安藤を思い出した。

そやけど、ここまで来たら大丈夫やろうと思える。ずいぶん長い列車移動やった。こんな時間にこんな場所にいることが、自分でさえ信じられへんくらいや。

足をブラブラさせながら橋の下に目をやった。

漆黒の闇でなにも見えなんだ。

奈落の底という言葉が浮かんだ。運転手は三大急潮と言うてたが、息を止めて耳を澄ませると渦の音が聞こえてくる気もする。定かには分からへん。風の音と区別がつかへん。

橋のすぐ下にワイヤーロープが張られとった。

横に四本、支える支柱がその先で受け手になって、そこにもワイヤーロープが張られとる。すり抜けられる間隔やない。そやけどその気になりさえすれば、乗り越えることは可能やろう。欄干を乗り越え、さらにワイヤーを乗り越える。その二度手間が自殺者を躊躇させるんやろうか。確かに衝動的に自殺しようとする人間には有効なガードかもしれへん。

（沙希はどうやろう？）

身の軽い子や。それに加えて確乎とした意志があったら、これくらいは屁とも思わんのと違うやろうか。浄土へ旅立つとコメントを残した沙希の意志の強さはどれくらいやろ。不自然な姿勢を続け、腹部以外も痛みを覚え始めた。沙希の意志の強さは計れないが、自分の意志の強さは分かる。何日でもここで待つんや。決心して欄干から降りた。

橋の上、街灯の明かりの下に歩く人影がある。

心臓が跳ね上がる。

（沙希！）

右手を挙げる。

人影が踵を返して離れていく。追おうとした人影は、私を送ってきたまま停車しているタクシーの運転席に乗り込んだ。

落胆に肩を落とした。

私のことを心配し残ってくれて、欄干から身を乗り出したことに驚いて、助け寄ろうとした運転手やったんか。その善意には悪いけど、一瞬でも期待しただけに落胆が大きい。紛らわしいので帰ってもらおう。事情を説明すれば分かってもらえるやろう。

そう考えてタクシーに歩み寄ろうとした。歩み寄るタクシーの先にヘッドライトが光った。赤色灯を回しとる。パトカーやないの。それも二台。不安になった。

（沙希になんかあったんやろうか？）

タクシーの運転手が車を降りて手を挙げた。パトカーが停まった。助手席の窓から警官が顔を覗かせた。タクシーの運転手が、私を指差して警官に話し掛けとる。なるほど通報されたわけか。

パトカーが動き出し、数メートル手前で停車して警官が二人降りて来た。

「どうされましたか？」

質問された。

「いえ、別に」

答える言葉を思い付かない。

「通報がありましてね」

「ええ、ご苦労様です」

頭を下げた。

「こんな時間に、こんな場所で……。ちょっと拙いですね。事情を伺えませんか」

こうなったら仕方がない。正直に話すしかあれへん。

「実は知り合いの娘、沙希というんですが、その沙希が、自殺すると書置きをして失踪しまして」

「この橋で？」

「ええ」

「それで止めに来たというわけですか？」

「そうです」

さすが警官や。話が早いわ。

「でも、ここで待つのは拙いなあ。ちょっと待っていてくださいよ」

警官の一人がその場から離れて、後続のパトカーの助手席に向こうた。そこでまたなにか相談しとる。すぐに相談を終えた。歩み寄りながら話し掛けてきた。

「同僚が朝まで橋を監視します。あなたはここから、いったん離れてください」

「けど……」

「ご心配は十分理解できます。ですがこの場は警察に任せてください」

「ずっといらしていただけるんですか？」

「ええ、明るくなるまでおりますから」

「そのあとは？」

警官が困り顔で苦笑する。

「ずっとと言っても、あなたのお知り合いが来るまで、無期限にというわけにはいきません。それ以前に署までご同行いただき保護願いを出してください」

穏やかな口調だが有無を言わせない迫力があった。私は言われるまま、パトカーに乗って早岐警察署に案内された。

早岐署の一室に案内された。

「事情聴取をさせていただきます」

対面して座った若い警察官が固い口調で言うた。隣に座った初老の警察官が補足した。

「取り調べではありませんからね」

こちらは柔らかい声やった。

事情聴取と取り調べの違いが分からへん。おそらく自分は、容疑者として扱われているわけではないのだろうと解釈した。

「コートを脱いでもええでしょうか」

部屋は暖房が効いている。さっきまでいた橋の上とは大違いや。

「どうぞ楽にしてください」

初老の警察官が笑顔で言うてくれた。ミンクのコートを脱いで隣の椅子に置いた。下は緩めのセーターや。メンズの４Ｌなんで胸元がゆったりしとる。若い警察官が目のやり場に困とる。

「ご職業は？」

　事情聴取が始まった。

「スナックを経営しています」

「佐世保で？」

「いえ、大阪の難波です」

「店名は？」

「平仮名でさ、く、ら、です」

「なにか身分を証明できるものをお持ちでしょうか？」

　ハンドバッグを開けて財布から国民健康保険証を抜き出した。保険証の名義は男性名や。若い警察官が困惑した。椅子の背もたれに体を預け、斜め後ろに座る初老の警察官に保険証を見せた。保険証を手に取り、初老の警察官が話し掛けてきた。

「お名前と生年月日を仰っていただけますか」

「岡本徹也、昭和三十年十月五日生まれです」

　久しぶりに口にする本名が苦々しい。

「干支は？」

「ヒツジです」

「失礼しました」

初老の警察官が手を伸ばして保険証を返してくれた。事情聴取を続けるよう若い警察官を目で促した。若い警官は明らかに動揺しとる。

「胸は――詰め物かなにか？」

とんでもない質問をした。初老の警察官が顔を歪め、「バカ」と、声に出さず口を動かせた。

「いえ、なにも詰めてはいません。玉抜きで自然に膨らんでいます」

「はあ、いやあ、なるほど」

若い警察官が顔を真っ赤に染めた。

「照会したいんですけど」

初老の警察官が割り込んだ。

「お知り合いに電話してもよろしいでしょうか。どこか適当な問い合わせ先を教えてください」

「私のお店の向かいに、三富士(みふじ)さんという居酒屋さんがあります。漢数字の三に富士山の富士です。でも、電話番号は――」

三富士は『さくら』が入るビルの向かいで営業しとる。時々、出勤前に食事に寄ることがある店や。酒は飲まないが焼き魚とご飯と汁を出してくれる。店主も店終わりに『さくら』に寄ってくれることがある。

「三富士さんね。電話番号は番号案内で調べますよ。この時間でも営業されていますよね？」

時刻は十時半を回ったところや。

「ええ、大丈夫やと思いますが……」

「なにか、差し障りでも？」

「たぶん、本名をご存じないと思います」

岡本徹也が桜だと分かる人間は大阪にはいない。東京でも『キング』のママくらいやろ。

「なるほど。お店ではなんと？」

「桜と名乗っています」

「桜さんですね」

初老の警察官が微笑混じりに頷いた。「では、ちょっと失礼しますよ」と、部屋を出た。

まだ顔を赤くしている若い警察官と二人きりで残された。

「さきほどは失礼しました。自分……なんて言うか……そのう……女でない男の人と話をするのは初めてなので……」

まだ緊張しとる。「女でない男ってなんやねん」と、ツッコミを入れたくなる。こんな相手が一番苦手や。

確かに今の時代、自分たちに対するあからさまな差別は無うなった。差別はタブーになったと言うてもええ。差別用語を口にしてもあかんらしい。そやけどそんな風に意識して対応されんのには疲れてしまう。

ＬＧＢＴという言い方が普及して、世間の風通しはずいぶん改善されたように思われるけど、ＬもＧもＢもＴも、それぞれが違う性なんや。それを一括りにしていること自体に無理があるんや。そもそも括ることが差別とも思えるんやけど、そのあたりの意識はないみたいや。いずれにしても、この問題に限らず、差別者と被差別者の垣根を取り除くためには、まだまだ時間が必要なんやろう。家族に認知され、友人や周囲の人間に受け容れられた沙希が、息苦しさを覚え、座裏に住み着いた理由もそんなところにあるんやろ。

（それを理解できずに私は――）

沙希のことを思い出すと、また胸が痛うなった。

「その自殺すると書置きを残して家出した方も、やはり……」

「ええ、私と同じです」

「現場からの報告では沙希さんというお名前らしいですが、ご本名は?」

「苗字は藤代さんです。下の名前は――」

知らない。知る必要も無かった。苗字を知っとるんは、最初面接に訪れたとき、沙希が岡山大学に電話をして、父親を呼び出したときに名前を口にしたからや。ファンやった往年のプロレスラーと同じ苗字やったんで記憶に残っとる。

「ごめんなさい。下の名前は分かりません」

「そ、そうですよね。これはまた、失礼なことをお聞きしてしまいました」

若い警察官が恐縮した。別に失礼なことを質問されたとは思わへん。こんなことで頭を下げられたら、こっちが困ってしまう。

初老の警察官が部屋に戻った。若い警察官がホッとした顔をした。ホッとしたのは私も同じや。

「確認が取れました。急用で二、三日店を休みますと貼り紙されているそうですね」

「えっ?」

「なにか?」

「いえ、三富士のご主人がお店に来てくれたんやなと。うちの店、ビルの三階なんで」

そんな貼り紙をした覚えはない。する余裕がなかった。

（沙希なのか。いつ貼り紙をしたんやろう？）

（私と喧嘩した明け方、それとも一千万円を持ち逃げしたその足で貼り紙をしたんやろうか？）

持ち逃げした後とは考えにくい。さすがにそんな余裕は無かったやろ。

明け方、店の仕舞をして帰る前に貼り紙を貼ったんやとしたら、その時点で、沙希は持ち逃げを考えていたことになる。

どっちゃでもええわ。

それより沙希は書き残したんや。「二、三日休みます」と。それは沙希自身が、二、三日で戻ると考えていたからやないのか。少し気持ちが前向きになった。

それから一時間ほど、沙希が自殺しようと考えた経緯や、沙希との関係や、沙希の人相風体や、主に沙希のことを、時々言葉に詰まる若い警察官に訊ねられて事情聴取が終わった。

「ご心配は理解できますが、今夜のところは警察にお任せください。あなたの心労もたいへんなものでしょう。お察ししますが、かなりお疲れのようだ。顔色が紙のようです。ホテルに戻ってゆっくり休んでください。大丈夫ですから」

玄関まで送ってくれた初老の警察官に励まされた。ホテルは近くのビジネスホテルを、彼が予約してくれた。丁寧にお礼を言うて早岐署を後にした。

高熱に魘（うな）された。次から次に悪い夢を見た。

見知らぬ街角——

たぶん早岐駅前あたりやろ。

誰もいない通りを犬と闊歩する大柄の男の後ろ姿。広い肩を左右させているのは安藤や。腕には大きな鉈（なた）を携えとる。

犬は猟犬や。地面に鼻を擦り付けて、猟犬が追うているのは沙希の臭いや。

確実に沙希に迫っとる。

通りの向こうのバス停に女子高校生姿の人影——

白いトートバッグを手に一人佇んどる。私が一千万円を入れた白いトートバッグや。

あのバス停に来るバスはない。いくら待ってもバスは来ない。なぜか私はそれを知っとる。

犬が鼻を上げて空中に漂う臭いの粒子を嗅いだ。

人影から拡散しとんは紛れもなく沙希の臭いや。

「あのパンク娘か？」

立ち止まって問う安藤の声に犬が振り返る。

犬の顔。私や！

犬の私は怯えながら首を横に振る。

安藤が鉈を振り上げる。鉈が靴ベラに変わっとる。肋骨の浮き出る犬の胴体を靴ベラが打擲する。容赦なく、何度も、何度も。

犬の私は伏せの姿勢で泣き喚く。

「沙希、逃げて！　逃げてぇ」

言おうとするのだが、その声は言葉にならない。ただ、キャイン、キャインと憐れみを乞う犬の叫びにしか聞こえへん。

ぐったりとした犬を引き摺りながら安藤がバス停に迫る。歩道の点字ブロックが、繋ぎ目が、マンホールの角が、側溝のコンクリートの蓋が、ゴリゴリと痩せ犬の骨を抉り削る。

安藤が沙希の背後に迫る。沙希は気付かない。来ないバスを待っとる。安藤が手を振り翳す。鉈が握られとる。沙希が気配に振り返る。驚愕に目を丸くする。沙希の脳天めがけて凶悪な鉈が振り下ろされる。

「ガハア」

呻き声を発して飛び起きた。全身が汗に濡れていた。悪寒に体を震わせた。寒さと夢の恐怖で体の震えが止まらへん。

枕元のデジタル時計を確認した。

8時30分。あんまり眠れた気がせえへん。一時間おきくらいに、悪い夢に魘されて飛び起きた。一晩中、それが続いてようやく朝を迎えた。

あの橋に沙希を迎えに行かなあかん。

起き上がろうとした。ひどい眩暈(めまい)に襲われた。それでもサイドテーブルに縋って起き上がった。サイドテーブルの電話が鳴った。受話器を上げた。ホテルの人が外線からだと言うた。

「はい、もしもし」

「やあ、おはようございます」

快活な男性の声がした。

「関口です。昨夜は眠れましたか?」

初老の警察官の顔が浮かんだ。

「ええ、おかげさまで」

体を起こしてベッドに腰掛けた。

「橋の警備をしていた同僚から連絡がありましてね。昨夜は異常なかったようです。これからどうされるおつもりですか」

「橋に行こうと思います」

「やっぱりそうですか。いえ、顔色が相当悪かったので気になりましてね。橋の警備は十時までの予定です。それで勤務交代となります。そのあとですが、さすがに一日中パトカーを張り付けるわけにもいきません」

「ですから私が――」

「いや、そうじゃないんです。そんな意味でお電話を差し上げたのではありません。幸い私は本日が夜勤明けの非番でしてね。今日一日は私がマイカーで張り付きますから、どうです、あなたはもう一日お休みになればいかがです」

「そんな……そこまでしていただくのは申し訳ないです」

「もちろんタダでとは申しませんよ」

「はっ？　どういうことでしょうか？」

「もうすぐ勤務明けでね。朝飯を付き合ってください」

「はい？」

「失礼でなければ、お部屋に伺います。お話ししたいこともありますので」

改まった口調で言う関口の口調に警戒心は湧かない。私は関口の申し出を受け入れた。

九時過ぎに部屋のドアがノックされた。

シャワーで汗を流し、髪を備え付けのドライヤーで乾かし、汗を吸った下着は手洗いした。ホテルのパジャマの下にはなにも着けていない。部屋干ししている下着をクローゼットに隠して関口を部屋に迎え入れた。部屋に入った関口は、ドアを閉める前にU字形のドアガードを倒した。そのうえでドアを閉めると、閉まり切らずにわずかばかりの隙間ができる。

「フロントには断ってきましたが、女性と完全に密室は拙いですからね」

微笑みながら言うた。関口が手にする二つの紙袋から香ばしい香りが立ち上っとる。紙袋の中身を広げながら関口が説明した。

「佐世保バーガーです。このあたりの名物でね。まだ開店前でしたけど、無理を言って作ってもらいました。警察権力の濫用ですな」

声を上げて笑うた。

「佐世保バーガーをお食べになったことは？」

「いえ、聞くのも初めてです」

「なんだ、ＰＲ不足だなあ。市役所の奴らに言っておかないと」

巨大とも思えるハンバーガーを紙皿に置きながら関口が説明を続けた。

「戦後、佐世保港にアメリカの海軍さんが駐留しましてね、その海兵さんを相手に作られたのが発祥です。大きいだけで有名になっていますけど、ほかにもいろいろ認定条件があります。そんなややこしいことは置いておいて、まずは召し上がってみてください」

言いながら関口が、もうひとつの紙袋からペットボトルのオレンジジュースを取り出した。果汁１００％と記されている。私はベッドに、関口は椅子に腰掛けての朝食や。

「いただきます」

頭を下げてバーガーに手を伸ばした。香ばしい肉の香りが空腹を刺激した。一口齧り、パテから迸る肉汁に驚いた。

「美味しい！」

素直な感想が口を衝いて出た。関口が目を細くした。

「あまり能書きは言いたくありませんが、Ａ５等級の長崎和牛で作っているパテです。ステーキにしたって遜色のない肉です」

「美味しいはずですね。お高いんじゃありませんの？」

「値段は言わぬが花ということで」

やっぱり高価なんや。

「あとでお代をお支払いします」

「なにを言っているんですか。男に恥をかかせないでくださいよ。そんなことより、食べて元気をつけてください」

関口に勧められるままバーガーを食べ終わった。最初見たとき、食べきれるかしらと心配になるほど大きいバーガーがすんなりとお腹に収まってしもた。

「お電話をいただいたときに、話したいことがあると仰っておられましたが――」

気になっていたことを訊いてみた。自分の分のペットボトルのオレンジジュースを一口飲んで、関口が神妙に頷いた。

「ええ、だいたいのところは昨夜の事情聴取で伺いましたが、まだ隠されていることがあるようなのが気になりましてね。いえ、必要以上に個人のプライバシーに立ち入るのは、警察といえども許されることではありません。ただね――」

関口が上目遣いで視線を向けてくる。

「ちょっと犯罪の臭いを嗅ぎましてね」

小鼻を人差し指でトントンとした。

「警察官の性かもしれませんが、重大なトラブルに巻き込まれておられるようなら、お聞かせ願えませんか」

小さくコクリとした。この人になら自分の恥も喋ってみようと思うた。それが沙希のためでもあると思えた。

「昔付き合った男がいました」

前日話さなかったことを打ち明け始めた。

「東京で働いているころに付き合いのあった男です。その男が、大阪の私の店を久しぶりに訪れました。それから、なんと無う付き合いが再開するようになって——」

安藤にFX取引を勧められたこと、そのために自分の預金一千万円を投資しないかと持ちかけられたこと、その一千万円を沙希に持ち逃げされたこと、順々に話した。関口は腕組みをし、目を閉じたまま聞いてくれた。

「もう一歩で沙希を捕まえられるというとき、私は沙希に連絡して、沙希を逃がしてしまいました。一千万円が手に入らないと知った男は、私に怒りの矛先を向けました」

新岡山港で殴られ、ホテルに連れ込まれ、左肩の腱を切られ、鎖に繋がれ、犬のように扱われ、靴ベラで執拗な打擲を受け、手錠で拘束され、ホテルの風呂に沈められ——

話しているうちに、その時の痛みと恐怖、水の冷たさが甦って身体が震えた。

「ご覧ください」

パジャマの左袖を捲った。安藤に執拗に打擲された二の腕は、腫れこそだいぶん引いているが、蒼黒い痣はまだくっきりと残っていた。関口の視線が患部に刺さった。

「同じような傷跡が、二の腕だけでなく、顔を除く全身にあります」

関口の視線が身体に向けられた。

「ご覧になりますか?」

全裸になっても構わん覚悟で言うた。

「いえ、今はまだその必要はないでしょう。しかし必要となれば見せていただきます。場合によっては、写真撮影に応じていただくことになるかもしれません」

「いつでも仰ってください」

了解して話を続けた。

「私は岡山の女子高校に通う沙希の妹に会いました。彼女の口から西彼町のことを知りました。沙希の妹の機転で男から逃れることができました。岡山駅で早岐駅のこと、海峡橋のことを知りました。真っ直ぐにここに向かって、タクシーで海峡橋に行って、昨夜の夜、保護していただきました」

そう、まさに保護やった。あのまま橋の上にいたら斃れてしもていたやろ。

「沙希は一千万円を盗んだのではありません」

念のために言い添えた。警察の目が、盗難犯として沙希に向くことを懸念した。

「そうでしょうね」

関口が同意してくれた。

「あなたのお話を伺って、それは理解できます。警戒すべきは、その男ですね」

「安藤勝という名前です。生年月日は昭和三十四年二月二十二日です」

付き合う前も含めて何度か祝った誕生日や。忘れるはずがない。それまで黙って聞いていた関口が、ポロシャツの胸ポケットから手帳を取り出してメモした。

「安心の安に藤の花の藤、まさるは勝ち負けの勝でいいですか？」

問われて頷いた。

「安藤は沙希の妹の話を聞いていません。でも、私はこんなに目立つ風体です。岡山駅に逃げるタクシーの運転手、駅の駅員さん、新鳥栖で乗り換えてからの列車の中の人たち、いろんなところで記憶に残ってしまっているやろうと思います。こんな遠いところまで、安藤が追い掛けてくるとは思いませんが、もし捕まれば、私も沙希も、ただでは済まないと思います」

「そうでしょうね。そちらも気に掛けておきます。でも今は元気を回復することです。顔が紅潮していますよ」

話しながら興奮したせいかもしれない。確かに熱っぽさを覚える。

「ちょっと失礼」

関口が立ち上がって私の額に手を当てた。関口の冷たい掌が心地ええ。

「こりゃ、ひどい熱だ。すぐに横になりなさい。今日一日は外出禁止です。後でホテルの係に薬を持たせます」

関口がテーブルの上を片付けた。手伝おうとしたら早く横になれと叱られた。片付けたゴミをまとめた紙袋を手にした関口がドアノブに手を掛けて言うた。

「いいですね。外出禁止ですよ。夕方また来ますから」

強く言い残して部屋を出た。

暫くしてドアがノックされた。ホテルの制服を着た若い女性従業員やった。

「関口さんに言われました」

差し出したのは解熱剤、二リットルのミネラルウォーターのペットボトル、洗い立てのパジャマが二組。受け取って言うた。

「関口さん、いい方ですね」

「はい。早岐で一番人気があるおまわりさんです」

誇らしげに女性従業員が胸を張った。

夕方まで熟睡した。薬のおかげもあって悪い夢も見んかった。それよりなにより、関口という頼れる存在ができたのが大きい。熱っぽさも感じない。シャワーで汗を流した。もう一枚のパジャマに着替えた。下着も乾いてた。

午後六時半。ベッドサイドの電話が鳴った。期待して受話器を上げた。

「どうですか？　ゆっくり眠れましたか？」

関口の声。耳から全身に安堵が浸み渡る。

「おかげさまでずいぶんよくなりました」

「そう、それはよかった。それから沙希さんだけど――」

受話器を握る手に力が入った。

「残念ながらと言うべきか、幸いと言うべきか、きょうも橋には現れませんでした。ちょっと部屋に行ってもいいですか？」

「はい、どうぞ」

すぐに部屋がノックされた。ドアを開けた。朝と同じようにU字形のドアロックでドアが完全には閉まらないままにして関口が部屋に入った。手には紙袋を持っている。匂いで佐世保バーガーだと知れた。私の目線に関口が苦笑した。

「芸がなくて申し訳ないんだが、佐世保名物なんでね」

紙袋を差し出した。礼を言って受け取った。

「食べながら聞いてほしいんですが」

関口が言いながら胸ポケットから写真を取り出した。

安藤！

「どうして、この写真が――」

「安藤勝ですね」

「はい、そうです」

「前科がありました。詐欺と傷害で逮捕されて七年間。出所したのは二年前です」

「あの人が……」

「もちろん罪を償っている人間に、警察が手出しをできるわけではありません。しかし桜さんが傷害で訴えるというなら受理することもできます」

迷う。関わりたくないという気持ちが強い。安藤に同情する気持ちは薄れとる。関口のおかげで呪縛が解けた。

頼れる人や。それが必要やったんや。沙希に去られ、一人になった不安が私を安藤に傾けたんや。今ならはっきりとそう分かる。

ストックホルムシンドローム？

そんなんと違うわ。私は孤独に負けたんや。心が折れてしもうたんや。

「少し考えさせてください」

　呪縛のことは別にして、曖昧に答えた。

「ええ、考えるのはいいですけど、どちらにしても医師の診断書をもらったほうがいいですね。協力していただけるなら、この時間でも開いている病院を紹介します」

「関口さんのお考えをお聞かせください」

「自分としては取り調べたいです。桜さんの話だけで、逮捕・監禁罪、強盗罪、傷害罪に問えます。最高十年はぶち込めるでしょう。いや、再犯だから十年以上の判決が下されるかもしれません。桜さんの今後の安寧のためにも、そんな奴は社会から隔離したほうがいいと思います。桜さんだけじゃない。沙希さんのためでもあります」

　そうかもしれない。沙希の名前を出されると被害届を出したほうがいいように思える。そやけど、と私は躊躇する。安藤と関わり合いになりたくないという理由以外に、私を躊躇させるものがある。自分がすっぴんであること。そんなしょうもない理由やけど、関口が相手であれば、いまさらすっぴんを臆するものやないが、訴えるとなれば、関口以外の人間と接する機会も当然あるやろう。

　しかも事件が起こった現場はラブホテルなんや。自分のような人間が、男とラブホテルに入ったという状況を、世間はどう受け止めるやろう。

そんなことを気にせんと、胸を張って堂々とすればええ。

それは分かる。そやけどそのためには防御がほしい。

ニューハーフの自分が世間から自身を防御する手立てはメイクや。メイクで顔を作れば自分は堂々とでける。そんなしょうもないことでと笑われるかも知れへんけど、ニューハーフの内心は複雑なんや。真正の女以上に複雑かも知れへん。誰にも理解してもらえんやろうけど、そういうことなんやとしか言い様がないわ。

「分かりました。被害届は必ず出します。けど、明日にさせてください。明日署に伺います」

「そう。まあ、まだ疲れが取れていないかもしれないし、強制はしませんけど、明日は自分も朝から署にいますから、訪ねてくれるとうれしいです」

関口が手帳になにかを書き付けた。書き付けたページを破いて差し出した。病院名と携帯の電話番号が記されていた。

「その病院に行ってみてください。話は通しておきます。温厚な女医さんです。それと電話番号は自分の携帯番号です。なにかあったら、時間とか気にせずに鳴らしてくれたらいいです」

「なにからなにまですみません」

「今夜もパトカーが橋を巡回しますから、沙希さんのことは警察に任せてゆっくり休んでください。ただ私見を言わせてもらうと、沙希さんは橋には来ないと思います」

関口が断定口調で言うた。

「どうしてでしょう？」

「うちの署員が目撃情報を聞きつけましてね」

「えっ、沙希のですか？」

「ええ、昨夜、事情聴取をした若い警察官、覚えているでしょ」

「はい、杉本さんとかいう」

「彼のカミさんが、ハウステンボスで勤めていましてね。キャストっていうんですか？　園内の接客係なんですよ。自分が今日、橋を監視していたら、夕方前にね、その杉本から携帯に連絡があって、彼も今日は非番明けで帰宅して、カミさんは遅番シフトで、朝食を一緒に食べたらしいんですけど、彼が言うことには、沙希さんの話を家でしたらしいんですよ。まあ、公務員としての守秘義務の問題はあるんでしょうけど、事情聴取からすると、とても目立つ格好をした女の子なので、ひょっとしてと思ったらしいんです。なにしろ県外から早岐を訪れる人の大半がハウステンボス目当てですから」

関口の歯切れが悪うなったように感じるのは、守秘義務を気にしているからなのか。

「守秘義務はいいですから。それで奥さんは沙希を見かけたんですか」

「それらしい女の子を、二日前と昨日、カミさんが園内で見かけたらしいんです。それで今日も注意していたら、また来たらしいんですよ。それで自分に電話がありましてね」

「来たって、沙希がですか！」

「いや、それらしい女の子がね。きょうは、ピンク色の桃のデザインの服だったらしいです。髪も、たぶんカツラだろうけど、ど派手なピンクだったそうです」

（沙希や！　間違いない）

「呼び止めて話をしたら、ツレが間もなく来るはずなので、連絡を待っているんだとか」

「連絡を待っている……」

「携帯は安藤に盗られたんですよね」

「ええ」

「沙希さんの携帯の番号は？」

「携帯のアドレス帳を開かないと分かりません」

「そうか。杉本のカミさんの話だと、明日もハウステンボスに来るみたいです。家出人保護ということで、自分が付き合いますから、明日、ハウステンボスに行ってみませんか」

「ぜひ、お願いします」

希望が湧いてくる。そうや。冷静に考えたら、沙希は自殺するようなキャラやない。自分の暴言に対する罪悪感から、そんなこともあり得ると思い込んどった。ブンチャンは、思い出の場所としてハウステンボスを語っていたやないか。

「だったら明日は午前中に診断を受けて、昼からくればいい。もしそれ以前に、杉本のカミさんが沙希さんを見かけたら、すぐに連絡がきて、こちらで保護するよう手配してありますから」

「分かりました」

力強く頷いた。既に私は、明日、沙希に会える気になっていた。

「それじゃあ、そういうことで」

関口が立ち上がった。帰ろうとする気配やった。

「お帰りになるんですか？」

少し寂しい気持ちになった。

「いや、非番の日に家を空けたからね。せめて晩飯に間に合うように帰らないと」

「奥様がいらっしゃるんですね」

そんなん当たり前やないか！

「加えてガキが五人の賑やかな所帯ですよ」

関口が恥ずかしげな笑顔を見せた。

「貧乏人の子だくさんでね」

「すみません。そんなことも知らないで甘えてしまって」

「気にしなくていいですから。しっかり食べて眠ってください」

「でも、どうして……」

「どうして？」

「私みたいな者にここまでして頂けるなんて……警察官のお仕事以上のことをされているみたいで……」

変な勘繰りをしたわけやない。相手は奥さんどころかお子さんまでいる警察官や。ましてや私は化粧もしてないボロボロの男女（おとこおんな）や。

関口が困った顔で頭をボリボリした。

「実はね――」

真剣な顔で語り始めた。

「うちの三人目の息子がね、まだ中学二年生なんですけど、性同一障害というんですか、どうも自分の性別に不自由さを感じているようで」

「息子さんが？」

「ええ、嫁さんの口紅とかをね……」

口籠った。そやけどそれ以上聞く必要はなかった。中学二年生というたら、性に目覚める年頃や。友達同士、異性の話に盛り上がったりする。同じクラスや芸能人や。その会話の輪に、上手く入っていけない息子さんの気持ちはよう分かる。

「だから桜さんのことが、他人のことに思えなくてね」

「息子さんをどうしようと？」

「いや、本人もどうしていいのか分からないみたいだし、正直、親父としてもどうしていいのやら……。ただそういう生き方もあるんだと、理解はしているんですが……」

頭ではね、と目線を落として付け足した。

「私たちの時代は、夜の世界くらいしか働く場所はありませんでした。でも、今の時代なら、昼間の世界にも、活躍する場所はたくさんあります。性同一障害で悩んでいる人の就労支援をするＮＰＯもあります。そのあたりは私より、沙希のほうが詳しいと思います」

そう。沙希は私と違いカミングアウトしているニューハーフなのだ。家族にも友達にも、それを受け入れてもらっている。ただその結果、もともとの集団に息苦しさを感じていたようやけど、沙希がカミングアウトしてから、さらに時代は進んでいるのだ。故郷や家族を棄てた私には、想像もできなかったような、社会が拓けているのだ。

「私でも沙希でも、関口さんや、関口さんのお子さんのお力になれることなら、なんなりとさせてもらいますから、いつでも頼ってください」

私の言葉に関口が目線を上げた。心なしか目が潤んでるように思えた。

「心強か。頼りにさせてもらうばい」

明るい声で言うた言葉が土地の言葉になってた。私は思わずクスリと笑た。

「いや、つい――」

照れ笑いを浮かべて言うた。

「そんなことより、今は元気になることです。遠慮せずにしっかり食べてください」

「はい、頂きます」

「それじゃ、明日。沙希さんに会えるといいですね」

関口をドアまで送った。しっかり食べろと言われたが、胸がいっぱいで食欲が湧かない。パジャマを脱いで着替えた。下着を着けてジーンズとセーターを着た。

ミンクのコート――

何年か前に安藤にプレゼントされて未練たらしく持っとった。ろくに手入れもせんと保管してた。このサイズのミンクをクリーニングに出すと、料金は三万円を超える。着るつもりも無く、ただ吊るしていたんで型崩れも酷い。ネオン焼けもしとる。硬うもなってる。

（この場に捨てて行こう）

そう決めた。

頭に海峡橋が浮かんだ。棄てる場所としては最適にも思えるけど、それは迷惑というもんやろ。そんなものが渦に巻かれてたら、一騒動起こってしまうかも知れへん。

ホテルの従業員に頼んで棄ててもらうことにした。少ない金額でも気持ちだけ、包んでお願いすればええやろう。

ミンクのコートをホテルのランドリーバッグに入れてフロントを訪れた。部屋に薬と水を持って来てくれた女性従業員さんやった。

先に延泊分の料金を支払うてミンクのコートの処分を依頼した。ホテルの封筒に五千円を入れて差し出した。

「大丈夫です。粗大ごみの日に出しますから」

柔和な笑顔で五千円の受け取りは断られた。

「お言葉に甘えて、お願いします」

（粗大ごみかっ）

安藤との思い出をそう言われた。いっそう心地いい。

近所の化粧品店への道順を教えてもろてホテルを出た。寒さは感じへん。暖かいというほどではないけど、風が大阪ほどは冷とうない。沙希と会えるという気持ちの高揚が身体を温めているのかも知れへん。

ホテルから歩いて二十分ほどの化粧品店で最低限の化粧品を求めた。トイレを借りて化粧した。もともと厚く塗るほうやない。むしろナチュラルメイクと言うてええ。ただしその方が技術もいるし手間も掛かるんや。ナチュラルと手抜きは違う。世間はもちろん、女の子でもこのあたりを勘違いしとる。

化粧をしながらようやく生き返った気持ちになった。体中を血液がめぐり始めた。肌の表面に塗っているのに内側から顔が輝き始めた。

化粧を終えてトイレを出た。

「まあ」

見違えた私に店員が目を丸くして驚いた。

「すごくお上手なんですね」

微妙や。褒められた気がせえへん。

上手だけやのうて、ほかに褒め言葉はないんかいな。

私はニューハーフなんや。それも半世紀近いキャリアがある。そんじょそこらの美容部員に負けへんだけの技量もある。しかし私としては、メイクの技量より、その結果を褒めてほしかった。

「お世話様でした」

不満を顔に出さないよう礼を言うて外に出た。

町は夜やった。足取りも軽かった。空腹を覚えた。ホテルに帰れば、関口が買うてくれた佐世保バーガーがある。

長崎ちゃんぽんの看板を横目で見ながら、我慢しようと思うた。明日病院に行って、と思いを巡らせた。生まれ変わったような私を見て、関口はなんと言うやろう。想像した。笑みが零れた。若い杉本は目を丸くするやろうか。

想像が膨らんで止まらへん。

沙希と会うた後のことも考えた。二人で美味しいものを食べに行こう。土地のおいしい店は、関口が教えてくれるやろ。海辺にいるんやから魚がええ。ハウステンボスにも行ってみたい。園内のホテルに泊まって、沙希と二人でたくさん写真を撮ろう。

歩道を歩く私の隣に車が停まった。

何気無う目をやると岡山ナンバーや。しかも「わ」ナンバーのレンタカーや。嫌な予感に、浮ついた気分がサアッと冷めた。歩道側の窓が開いた。

「ずいぶん探したぞ」

安藤！

駆け出しそうになった。周りには通行人もいてる。

「沙希ってガキが待ってるぞ」

足が止まった。

「まあ、乗れよ」

後部座席を顎で示した。ドアを開けて乗り込んだ。

「沙希をどうしたの！」

問い詰めた。

それには答えず安藤が車を出した。町並みを離れて山に向かった。県道222号線の表示を過ぎたところで安藤がヘッドライトを点灯した。たちまち辺りが暗く感じられた。ヘッドライトが照らす土手に、細かいピッチで有刺鉄線のようなものが張られてる。

「佐世保刑務所だ」

安藤が言うた。

「ここに入っていたんかいな？」

負けずに言い返した。

「おれが入っていたのはもう少し北のほうだ。どうせなら沖縄の刑務所にしてくれりゃよかったのによお。冬の寒さには往生したぜ」

懲役の経験があったことを隠そうともせえへん。

「沙希をどうしたのよ！」

苛立ちを抑えきれずに問い糺した。

「岡山でレンタカーを借りてここまで来た。走りっぱなしで七時間の長旅だった。着いたのは昨日の深夜だ。車で仮眠して、今日一日町を流して、ようやく見つけた」

「ひょっとして岡山駅には行かんかったんか？」

「駅まで行っても仕方がないだろう」

嘲笑うように安藤が言うた。けど、それやとしたらどうしてここが分かったんや。

「沙希からコメントが入ったんやね」

それしか考えられない。

「ああ、一件だけ入ったな。『森の家で待ってます』ってよ。意味が分からねえコメントだった。背景に写っているのは海と山だけだ」

「だったらどうして……」

安藤が含み笑いをしながらスーツの胸ポケットから紙片を取り出した。

「あのとき、床に転がされて拾ったのよ」

丸められた紙片を開いた。

『西の彼方』

ブンチャンが書いた文字や。思い出す。

バーガーショップの店員の掌底で床に転がされた安藤、床にはブンチャンが落としたトレイに載っていたグラスが散乱していた。そして紙片も。

「おれに冤罪を被せやがって、とんでもない女だったが、その場から消えてしまってよお。お蔭でおれは強気に出られた。被害者がいないんだから、むしろ殴られたおれこそ被害者だよな。そのうえこんなメモまで残してくれてよ。西彼町。スマホで検索したら、この町がすぐに出たよ」

安藤が高笑いした。たったそれだけの材料で、深夜レンタカーを走らせて、ここに至った男の執念に背筋が冷とうなるもんを感じた。

「沙希をどうしたのよ！」

「おっ、あれだな」

質問に答えず安藤が車を横道に入れた。車が向かう先の夜空に、煌々と光を放つラブホテルが現れた。首輪で繋がれ、浴槽に沈められた沙希の姿が目に浮かんだ。

いや、違う。

『さくら』の店内で、好色を剝き出しにした目線を沙希に送っていた安藤や。この男が、あの沙希をホテルの一室に連れ込んだら、打擲と水責めだけで終わらせるはずがないやろ。沙希はもっと辛い目に遭うているに違いない。沙希はまだアリアリや。玉も竿も処理してへんけど腐れバイの安藤が、そんなことを気にするはずがない。

バイにも二通りある。純真と腐れの二通りや。

男女を問わず肉欲だけを求めるのがバイやない。男女は問わんでも相手は選ぶ。普通に恋に落ちて肉体関係を結ぶ。それが純真なバイや。しかし安藤は違う。腐れバイや。男女を問わず肉欲だけを求める。しかもドS。筋金入りの変態や。

ホテルに入った安藤がパネルで部屋を選んだ。疑問に思うた。沙希を部屋に確保しているのなら、その部屋に行けばええんやないか。

(ひょっとして――)

安藤に腕を組まれた。エレベーターに連れ込まれた。ドアが閉まると同時に鳩尾に強烈なパンチを喰ろた。息が止まった。崩れかかった身体を安藤が腕に抱えた。ドアが開く。そのまま引き摺られ、部屋番号が点滅しているホテルの一室に連れ込まれた。

(嵌められた!)

阿呆の私は後悔することしかでけへんかった。

10

全裸に後ろ手錠で床に転がされ首輪には鎖も連結されとる。

デジタル時計の表示は20時37分。

連れ込まれてから二度犯された。靴ベラで背中を打擲されながらバックで、大開きにした足を高く持ち上げられ前からも肛門を掘られた。

安藤は潤滑ジェルなど使ってくれない。肛門を破壊する勢いで自分の欲望をぶつけてきよる。痛みを覚えんのは、やられるほうだけやない。やってる安藤のちんぽも痛みを覚えているはずや。その痛みと引き換えにしてでも、相手の苦悶を愉しもうとする安藤の狂気に私は怯える。

沙希は安藤の手に堕ちていんかった。

恰（あたか）も沙希を確保したかのように安藤が言うたんは、まったくの騙（かた）りやった。そのことだけを幸運と思うて、私は安藤の責めに耐えた。実際沙希はハウステンボスで目撃されているんや。その至近距離の早岐まで安藤が至り、なお出会わんかったんは僥倖（ぎょうこう）以外のなにもんでもない。

二度精を放った安藤は、全裸のままソファーに凭れ大股を広げてぐったりしている。半ば勃起したままのちんぽの擦過傷から血が滲んどる。

「沙希はまだ見つかっていないのか？」

気怠げな口調で安藤が言うた。無視した。

「あのホテルにもいなかったということは、まだ見つかっていないんだな」

「私が泊まっているホテルを調べたんか？」

「ああ、昨日の深夜に、おまえがホテルに入るのを見かけた」

それからずっと見張っていたんか。

「まあ、この辺りにあの女がいるのであれば、捕まえたも同然だがな」

「どういう意味やねん？」

余裕のある安藤の口ぶりが気に掛かった。

「忘れたのか、こっちにはこれがあるんだ」

安藤がソファーの背凭れに掛けたスーツから私のスマホを取り出した。

「今度は失敗しない」

安藤がソファーから立ち上がった。今度は失敗しないというのは、前回、ブンチャンとの会食に同席を希望して見破られたことを言うているのやろう。

全裸で床に転がされた私の傍らに仁王立ちした安藤が、なにかを吟味するように私の裸体を見下ろした。

「これじゃ画的にまだ弱いな」

意味不明なことを呟いてソファーに戻り靴ベラを手にした。再び歩み寄って仮借のない打擲が始まった。

「ギャ、ギャ、ギャ、ギャ、ギャ、ギャ、ギャ、ギャ、ギャ、ギャ、ギャ、ギャ」

私は泣き喚きながら床を転がった。

そやけどなんか違う。

熱のようなものがあれへん。

安藤が私を打擲するとき、安藤の目に燃え盛る炎の熱がないんや。醒めとる。吟味するように私の身体を丹念に甚振っとる。やからと言うて痛うないわけやない。むしろ振り下ろされる一撃一撃は入念で、耐えがたい痛みが弾ける。

「こんなところでいいか」

小一時間も続いたかと思う安藤の責めが漸く終わった。私は虫の息や。

うつ伏せに倒れた私の背中でシャッター音がした。足でひっくり返された。私を跨いで立った安藤がスマホのカメラを向けとる。何枚か撮ってソファーに戻った。

「この写真をＤＭであいつに送ってやる」

それで沙希をこの部屋におびき寄せようと言うのか。ずる賢い。安藤の目論見は十中八九成功するやろう。

「沙希が警察に駆け込んだらどうするつもりなんや？」

微かな抵抗を試みた。

「沙希はハウステンボスにおるんやで」

安藤の気を引こうとした。

「ハウステンボス？」

安藤が考え込んだ。少し間があって、なにかを思い出したように自分のスマホを取り出した。操作した。安藤の顔に笑みが広がった。爽やかな笑顔やない。邪悪な笑顔や。

「やっぱりそうだ」

なにかに得心している。

「いいか、読み上げてやるからよく聞け」

スマホの画面を読み上げ始めた。どうやら安藤が開いているのはウィキペディアのようや。

「ハウステンボスはオランダ語で森の家。オランダのベアトリクス王女が住む宮殿の一つ、ハウステンボス宮殿を再現したことから名付けられた」

安藤がスマホから私に目線を移した。

「あいつが『森の家で待ってます』とコメントを残したのは、このことだったんだな」

安藤がハウステンボスの園内で沙希を探せば、かなりの確率で見つけ出すやろう。しかしそれを念頭に入れずに沙希がハウステンボスにいると言うたわけやない。

「ハウステンボスでの沙希の目撃情報は、警察にも知られとるわ。早岐署の杉本さんという警察官の奥さんがハウステンボスのキャストなんや。その奥さんの目撃証言から、警察は明日にでも、家出人保護という名目で沙希の保護に着手する予定や。ついでに教えたろうか。警察はな、オノレの顔写真も持っとんじゃ。のこのこハウステンボスなんぞに行ってみ、飛んで火にいる夏の虫や。すぐにお縄になって塀の中や」

安藤の動揺を誘うつもりで言うた。もうおまえはケツに火が付いとんじゃ、こんなとこでのんびりせんと早う逃げろと、それは安藤の逃走を助けるためやなく、安藤をこの町から追い出したいという心理で言うたことや。

「そうか、そうなると悠長なことはやってられねぇな」

安藤が再び歩み寄って首輪に繋がれた鎖を自分の右手にぐるぐる巻きにした。両足を踏ん張って、そのまま持ち上げた。後ろ手に手錠をされている私は、首を吊られる格好になった。苦しむ私を、安藤が左手のスマホで撮影した。さっきハウステンボスを検索していた自分のスマホではなく、私のスマホで撮影した。

「これをＤＭで送ってやろう。警察にタレこんだら、桜の命はないぞとコメントをつけてな」

安藤が右手を下に垂らした。鎖がテンションを失って私の上半身も床に落ちた。自重で安藤の手に巻かれた鎖が解け、目の前に小さな山を作った。ソファーに戻った安藤が、私のスマホを操作して沙希のインスタにＤＭを送信しとる。

（この男は、どこまで追い詰められているんやろう）

私は思う。

病院に行って診断書をもらうまでもなく、安藤は、沙希のスマホに重大な証拠を残そうとしとる。そんな判断能力も失われているほどおかしくなっとんか。後先など考えられへんほど追い詰められとんか。

しばらく待って私の携帯が鳴動した。

「あいつからだ」

安藤が口角を上げた。

「おまえも参加できるようスピーカーに切り替えてやる」

安藤が携帯画面をタップした。

——もしもし。お母さん。大丈夫なの！

沙希の声や。

「心配するな、まだ生きてるよ」

安藤が応えてソファーを立ち上がった。手には靴ベラが握られている。

——ちばけんなよ。おめぇ、お母さんになにをした！

安藤が手にした靴ベラを大きく振りかぶって私の脇腹に振り下ろした。

「ギャァァ」

激痛に、私は鋭い悲鳴を上げた。

応接テーブルに置かれたままのスマホから沙希の叫び声がする。

——安藤ぉぉ！　おのれ殺しちゃるけん。絶対殺しちゃるけんな！

「行儀の悪い娘さんだ」

言うなり安藤の靴ベラが私の内股にヒットする。我慢できずにまた悲鳴を上げる。安藤が同じ箇所を短い間隔で連打する。そのたびに私は悲鳴で部屋の空気を震わせる。

——止めろ。止めてくれ。頼むから止めてくれぇー

私の悲鳴に沙希の絶叫が重なる。テーブルのスマホに顔を向けて安藤が言う。

「とても人に頼みごとをしている人間の言葉遣いだとは思えんな」

それだけ言うて、また打擲が始まった。内股の同じ場所を執拗に責められた。上げ続ける私の悲鳴が嗄れ声になる。咳き込む。

――すみません。私が悪かったですけに、それ以上お母さんを苛めんでつかぁせぇ
沙希が涙声で言う。安藤の打擲が止んだ。

「分かればいいんだ。それじゃ、この部屋にお母さんを迎えに来てもらおうか」

来ちゃダメ！　そのまま警察に駆け込んで！　早岐署の関口さんという――

叫ぼうとするが、喉が嗄れて声が出ない。

――どこに行けばいいんでしょう。

安藤がホテルの名前と客室番号を告げる。

「今日はどんな格好をしているんだ」

沙希に問うた。

――黒のパーカーに白の短いパンツです
「黒のパーカーに白のパンツだな」

安藤が復唱した。

「すぐに来い。おまえが来るまでお母さんの災難は続くぞ」

言ってスマホを切った。

安藤が冷蔵庫に歩み寄った。缶ビールを取り出して振り返った。

「おまえも要るか？」

首を横に振った。ほんまは欲しい。叫び過ぎて喉がヒリ付いとる。そやけど安藤の手からは、たとえ水でももらいとうはない。

安藤が美味そうにビールを喉に流し込んでベッドサイドの固定電話に手を延ばした。

「あっ、すみません。もう一人追加で来るんですけど。ここは3P大丈夫ですよね。……ええ、もちろん追加料金は後でお支払いしますよ。……黒いパーカーに白いパンツの若い女の子です。……いえ、アメニティーの追加は結構です。あるもので間に合わせますから。……はい、それではよろしくお願いします」

安藤が受話器を下す。

「3Pってどういうことよ？」

掠れ声で安藤に質した。このうえ沙希まで餌食にするつもりなんか。

「そういう予定だったんだがな。保護目的とはいえ、警察が動き始めているんじゃ、あんまりゆっくりもできんだろう。もらう物もらったら、高飛びだな」

「鎌倉に家があるんやろ」

「家賃滞納で追い出されたって、実家に戻った嫁から電話があったよ。あんたみたいな甲斐性なしは帰って来るなとよ。まあ、それはそれで清々したがね」

沙希を呼び出して、おそらく安藤は金を得るだろう。その後の行動予定を知っておきたい。関口の温厚な笑顔を思い浮かべた。

安藤の踵が私の鳩尾に落とされる。

意味もなく安藤は私を甚振り始める。

激しい感情の発露が感じられない。

醒めたまま執拗に私の腹部を踏み付ける。床を転がって逃げる体力も気力も残っていない。ただひたすら願う。一千万円のことなどどうでもいい。それを掴んで安藤に消えてほしい。沙希が無事であってさえくれればいい。安藤の、熱のない甚振りが延々と続く。

ぼやけた意識の底で小さなノックの音を聞いた。

(沙希！　サキッチョ！)

安藤がなにやら呟きながら部屋の入り口に向かった。沙希の声がした。遠くから、そしてはっきり近くで聞こえた。私のことを心配しとる。

倒れている私に沙希が駆け寄った。抱え起こしてくれた。

「サキッチョ」

薄目を開けて沙希の名を呼んだ。

こんな状況でも、沙希に抱え起こされたら笑顔が出てしもた。

「こんなにされて……」

沙希が言葉を詰まらせた。目に涙を浮かべとる。

「金はどうした?」

安藤の怒鳴り声。沙希が私に眼を据えたまま怒鳴り返した。

「金ってなんぞい!」

「おまえが持ち逃げした俺の一千万円だ」

「持ち逃げなんぞしとらんわ」

「なんだとぉ」

「お母さんの一千万円はキッチンにあったビニール袋に入れて、冷蔵庫の野菜室に隠してきたんじゃ」

「野菜室に——」

「おおよ、キャベツの下にな」

安藤が絶句した。私も言葉を失った。野菜室にあったやなんて、あの時点で、そんなところまで確認する余裕があったはずがない。

「腐ったらいかんけんのう」

沙希が嘯いた。安藤を莫迦にしている口調やった。

「糞っ」

吐き捨てて安藤が立ち上がった。右手に靴ベラを握っとる。沙希も立ち上がって身構えた。

還暦まえの安藤と二十四歳の沙希。

構えた立ち姿に歴然とした差がある。

沙希は女の子かも知れんけど、身体はまだ男なんや。パンク魂もある。憎しみを滾らせとる。安藤が凶器のつもりで手にした靴ベラがずいぶんと滑稽に見える。

「やろうっちゅうのか。おもしれえ。かかってこいや」

沙希が安藤を挑発した。なにを考えたか安藤が脱力した。

「そういきり立つなよ」

安藤が諂うた。

「おまえの大事なお母さんが、いつまでもその恰好じゃ可哀そうだろう」

自分でやっておきながら平然と言うた。ポケットに手を入れてなにかを取り出し沙希の足もとに投げた。小さな銀色は手錠の鍵や。

「外してやれよ。首輪も取ったらどうだ」

安藤を警戒しながら沙希が投げられた鍵を拾うた。後ろ手に施錠された手錠を外してくれた。首輪から鎖を外してくれた。首輪を外そうとして少し手間取った。手錠の痕をさすりながら立ち上がろうとする私を沙希が補佐してくれる。

そんな沙希の背中に安藤が肩からぶつかる。体重が倍以上も違う安藤のタックルを受けて、沙希が床に転がった。

「このやろう。ちばけた真似をしやがって」

沙希が素早く立ち上がった。それより早く、安藤が太い右腕を私の首に巻き付けた。安藤との身長差で私の足は床を離れた。

「おっと、動くなよ。お母さんの首をへし折るぞ」

右腕を巻き付けたまま安藤が左腕を私の顎にあてた。捩じられて顔が九十度近く傾いた。息が苦しくなって呻き声が漏れた。

「どうしようというんじゃ」

沙希が腰を沈め身構えたままで言うた。

「まずは、おまえをなんとかしないとな」

安藤の目線が床に落ちた気配がした。沙希の目線の動きでそれを察した。二人の目線の先には沙希が開錠したばかりの手錠があった。

「その手錠の片一方をおまえの右手に掛けろ」

安藤の命令に沙希が躊躇うた。安藤が左腕に力を込めた。

「ウェッ！」

ますます首が曲がり一段と大きい呻き声が出た。沙希が諦めたように安藤の命令に従うた。安藤の左腕の力が少し弱まった。だが首はまだ捩じられたままや。

「いいだろ。次だ。ベッドの脚に回して左手にも手錠を掛けろ」

こんなホテルやからベッドも大きい。クイーンサイズより大きいやろう。十畳はあろうかという部屋の半分を占めとる。しかも作り付けや。

「早くしねえか！」

安藤の怒声に、戸惑いながら沙希が命令に従った。カチリと手錠が閉まる音に安藤が私を解放した。私はその場に崩れ落ちた。

「服を着ろ」

安藤に命令された。体中の痛みに顔を顰めながら、床に散乱している服を着けた。私が着衣を終わったことを確認して安藤が沙希に言うた。

「嬢ちゃん。これからおれとお母さんはドライブに出る」

「お母さんをどうする気じゃ！」

沙希が敵意を剝き出しにした。

「どうもしないさ。ちょっと長旅になるが、大阪まで金を取りに行くのよ」

安藤が床から鎖を拾い上げた。首輪は床にそのままや。拾い上げた鎖を、床に尻をついて脱力しとる私の首に直接巻き付けた。巻き具合は軽めやけど、何重にも巻かれ、それだけで頸動脈が絞め付けられる。

息苦しさに口を開けて舌を突き出した。顔面が膨れる感じがあった。鼻がヒクヒクと痙攣した。

「いいか、嬢ちゃん。大事なことだから、ようく聞くんだぞ」

私は首に巻かれた鎖に右手の人差し指を入れて呼吸を確保しようとする。左手はだらりと垂れたままや。安藤は止めろとも言わない。むしろ私の必死さを愉しんでいる。

「まず、おれと桜が部屋を出る。当然フロント前を通るわな。ここが関門だ。フロントの婆さんは『あれっ？』と思う。精算が終わっていない。それもある。それ以上に心配するのが、三人で入っているのに、出て来たのが二人だってことだ。心配性の婆さんは、おれたちのプレーが過激過ぎて、残されているのが仏じゃないかと心配する。当然、おれと桜は足止めされる。婆さんは部屋に確認の電話を入れる。嬢ちゃんが電話を取る。いいか。婆さんは『お連れさんお帰りですが』とかなんとか言う。そこで嬢ちゃんは『ええ、構いません。私は少し休んで出ます』なんてね、適当に話を合わすんだぞ。余計なこと言ったら」

安藤が私の首に巻いた鎖に親指を除く四本の指を入れた。鎖を鷲摑みにした。「グエ」と私の喉が鳴った。まったく息ができない。安藤が指を抜いて喉がゼイゼイと鳴った。

「分かっているな。電話はそれだけだ。間違っても外線に掛けるなよ。一一〇番なんてとんでもない。それこそお母さんは浄土に行くことになるからな」

沙希が不承不承頷いた。固く口を結んだままや。

「よし、いい娘だ。それじゃ、短い付き合いだったが、縁があればまた会おう」

(もう少しだ。もう少し我慢すれば安藤の呪縛から解放される)

頸動脈を鎖に圧迫されながら私は自身に言い聞かせる。

(必ず助けに戻るから、サキッチョ、もう少しだけ我慢して)

喉が塞がれて出ない声を思念にして沙希に送る。

それやのに、そのまま部屋を出ると思った安藤が動かない。

(なにを躊躇しているんや?)

不審に思い目をやる。見上げる安藤の表情にゾッとする。弛緩した表情を安藤が浮かべとる。物欲しげな顔をしとる。滑り気のある舌先で唇を嘗めとる。昏い目を、ベッドに繋がれ床に横たわる沙希に向けて思案しとる。

（まさか！）

私の首に巻きつけた鎖を安藤が解き始めた。何重にも巻いたそれを解き、改めて鎖の真ん中あたりを首に這わす。私の背中で左右二本に分かれた鎖を捩じり合わせる。私と背中合わせになって、肩越しに私の体を鎖だけで抱え上げる。足が床を離れる。首が絞まる。右手を鎖に掛けて必死に気道を確保しようとするが、安藤が体を揺すって邪魔をする。

「なにしとんじゃ、おのれ！」

沙希の抗議に安藤が鎖を緩めて足が床に着く。ゼイゼイと喉を鳴らす私の背中を安藤が突き飛ばす。前によろけ鎖がテンションを持つ。また絞まる。

（遊んどるんか？）

膝の後ろを足裏で蹴られて床に這い蹲る。

「腹這いになれ」

命令して安藤が私の腰を踏み潰す。

「止めろ。いったいおのれはなにをしたいんじゃ！」

沙希は安藤の目的にまだ気付いていない。行き掛けの駄賃や。安藤が欲しがっとんはそれやねん。私が邪魔せんよう弱らしとんや。

鎖に引き摺られ、腹這いのまま沙希の横に並べられた。沙希の顔が目の前にある。沙希の荒い鼻息を頬に感じる。二人を跨ぐように仁王立ちする安藤に、両手が使えない不自由な体勢のままで、沙希が安藤に虚しく蹴りを飛ばす。

「おとなしくしろ！」

安藤が吠えて、沙希の腹部に膝を落とす。全体重を乗せたニードロップが沙希を見舞う。

「グオッ」

肋骨より下に入っているんで骨に障りはないやろ。そやけど内臓に致命的なダメージを受けたかもしれへん。仰向けの沙希が、痙攣しながら白目を剝いて泡を吹いとるやないか。

「サキッチョ！」

呼び掛ける私と沙希の足の先に両膝を突いた安藤が、握った手の手首を回して鎖を巻き付ける。鎖が短くなり私は俯せのまま仰け反る姿勢になる。首が絞まる。首を絞め付ける鎖に右手の指で抗おう。安藤の意図が分からへん。私の動きを封じて固定したいんやろうか。

「やっぱりダメか」

諦める言葉を口にしながら、安藤が手に巻き付いた鎖を忌々し気に振り解く。解いた鎖を塊にして私の後頭部に投げつける。視界の片隅にそれを察したが、避けきれる距離やない。頭蓋骨が鋭角な痛みに襲われる。

安藤が、自由になった手で沙希の足首を握って体を伸ばす。ショートパンツの前ボタンを外し始める。

「なにしてんのよ！」

絶叫する。

「見りゃ分かんだろ」

安藤が不貞腐れて応える。ニードロップのダメージから回復できていない沙希は、まだ痙攣を続けている。「ウウウ」と唸っとる。

ショートパンツのボタンを外し終えた安藤が、立ち上がる勢いで、沙希の下半身からショーツもろともパンツを剝ぎ取る。剝き出しになった沙希の下半身を見下ろしながら、自分も下半身を露わにする。十分に勃起しているちんぽを、それでもまだ足りないと言わんばかりに右手で扱く。

（扱いて終わるだけか？）

私は淡い期待を抱く。

安藤は、一刻も早くここから逃れたいはずや。

肛門性交は、普通の性交以上に時間が掛かる。たとえレイプ同然に犯したとしても、ヴァギナほど容易に挿入できるもんやない。器官の構造とそもそもの目的が違うんや。それを知っとる安藤が、自瀆だけで終わる可能性も考えられる。

安藤が沙希の足首を持ってひっくり返した。俯せにした。やはり挿入する気か。

「イヤッ……」

譫言(うわごと)のように沙希が言うた。

(見逃しにはでけへん！)

意を決して体を起こしかけた。たちまち左肩を安藤の踵に踏み付けられた。激痛が全身を貫いて脱力してしもた。左肩が完全に外れた感覚がある。

(そうか。この男は、この場を穏便に終わらせる気などないんや)

最悪、沙希と私が死んでもええとくらい思てる可能性さえある。

激痛に混乱する頭で考える。

(このままおとなしく、安藤の好きなようにさせたほうがええんとちがうやろうか？)

考えるが簡単には割り切れへん。

割り切れるわけがないやろが。自分だけのことやったら諦めもできる。岡山で犬の真似をしたようなことも平気や。そやけど今は沙希が安藤の標的なんや。

安藤がベッドに手を伸ばした。

引き寄せた枕を沙希の腰のあたりに敷き込んだ。

沙希の尻が持ち上がった。

腹這いに寝そべった安藤の鼻先が、沙希の尻の割れ目に押し当てられた。クチャクチャと沙希の肛門に舌を使う音がした。

「うう……」

呻きながら、意識が完全には戻っていない沙希が、首を力なく横に振る。私の左肩の痛みはまだ治まってない。治まるどころか体内のエネルギーの大半が、その痛みに耐えることに使われとる。それでも沙希を見殺しにはできひん。なにか得物はないか。右手一本で敵う相手ではない。

鎖！

安藤の手から離れた鎖が目に入る。

安藤にやられたように首を絞めてやりたいが、右腕一本では無理や。安藤に気取られんよう動く右手に鎖を巻き付ける。大丈夫や。安藤は沙希の尻の割れ目に鼻面を突っ込んだままや。何度か巻き付けて鎖の拳を作った。準備を整え、ゆっくり体を捻って仰向けになった。息を整えた。

安藤が沙希の尻から顔を上げた。

両膝を突いて、右手を添えて猛り狂うたちんぽを沙希の肛門に近付けた。私のことは眼中にない。私は腹筋に最大の力を漲らせて上体を起こした。その勢いを拳に乗せて前傾姿勢になった安藤の眉間を狙うて鎖の拳を叩き付けた。

安藤が顎を引いた。私の拳が伸びきる前に、額でそれを受け止めた。

ごつり。

安藤の額を打ったまま拳が止まった。

二発目は放てない。拳を引けば後ろに倒れてしまいそうや。左腕で自分を支えることができひん。二発目を打つ代わりに、手首を捏ねた。傷口を広げてやろうと試みた。はかない抵抗をした。

安藤の額から血が流れ出た。鼻筋で鮮血の流れが二つに分かれた。口角まで流れた血を、安藤が舌で嘗め取った。そのまま動かへん。ダメージが計れへん。そやけど鎖の拳の下から、私を睨み付ける目には光が宿っとる。

安藤が口角を上げてにやりとした。

次の刹那、私の左顎を安藤の裏拳が薙いだ。首が捻じ曲がり脳震盪に意識が遠うなった。

ゆっくりと横に倒れる私の髪を安藤が摑んだ。

「おとなしくしてくれよお。時間がないんだ」

困った声で言うた。落ち着いとる。その落ち着いた声の裏に潜む狂気を覚える。

「二人で仲良くネンネしておけ」

安藤が私の髪を摑んだまま、沙希の間近の床に私の後頭部を躊躇いもなく叩き付ける。髪を摑まれたまま軽く持ち上げられた。安藤の手を振り払おうとイヤイヤをするが、緩慢にしか首を振られへん。髪を摑んで顔の位置を固定したまま、安藤の拳が顔面に叩き付けられた。鼻を中心に痛みが顔面に広がった。鼻骨が折れた感触があった。

構わずに安藤が再び私を床に叩き付けた。側頭部が床を打った。今度こそ意識が遠うなった。ぼやける視界のなか、沙希の端整な顔が目の前にあった。まだ気を失うとんか目は閉じられたままや。薄い瞼と桜色の唇が微かに震えとる。ショートボブの綺麗な黒髪が艶光りしとる。

鼻の奥から喉に流れ込んだ血が気道を塞ぐ。

「ケホケホ。ケホケホ」

咳で気道を確保しようと身体が反応するが、情けない空咳しか出えへん。その間も、血はどんどんと喉に流れ込んでくる。

安藤が足元で動く気配がする。

無気力感に包まれ、私は安藤のことを意識から消す。沙希だけを見つめる。可愛い娘やと、状況を忘れて微笑みそうになる。実際に微笑んでしまう。

(二人で座裏に戻ったら)

好きな服をたくさん買ってあげよう。美味しい店にも連れて行ってあげよう。

沙希がカッと目を見開く。その動きで、安藤のちんぽが沙希の肛門を貫いたことを知る。

(耐えるのよ。すぐに終わるから)

胸の内で沙希に語り掛ける。

「ケホケホ。ケホケホ」

沙希の肩にそっと手を置くことをイメージする。手は動かへん。見開かれた沙希の目に焦点はない。

安藤が腰を使い始める。腰を落とすたびに、裂肛の痛みに沙希が目を見開く。

安藤の腰の動きが激しさを増す。沙希は目を閉じる。歯を食い縛って安藤の責めに耐えとる。全身を震わせて耐えとる。むずがる赤子をあやすように、私は沙希の肩に置いた想像の手で、静かに肩を叩いてやる。そして静かに目を閉じる。目を閉じて時間の経過だけを祈る。

前触れもなく鼻腔に流れ込んできた生臭い臭いに目を開けると、安藤の横顔があった。手で額からの出血を拭ったのか、横顔に血の指筋が付いとる。夜叉の顔や。

腰を動かしながら安藤は、沙希の綺麗な顔を、いっぱいに突き出した舌で嘗め回し始める。ひと嘗めしては口中に舌を含み、味を確かめるように唇を窄めとる。そしてまた嘗める。沙希の顔が安藤の唾液塗れにされる。

さらに安藤は、沙希の鼻の孔に細くした舌を入れようとする。鼻の穴まで犯そうとしとる。沙希が目を固く閉じて唇を歪める。

安藤が横目で私の様子を窺う。目が合うてしまう。沙希と私の間に突いていた安藤の手が、私の喉に移動する。動けなくして、安藤の顔が沙希から私に移ってくる。私の顔面を嘗め始める。臭い。興奮で濃縮された安藤の唾液は耐え切れん臭さや。

顔を嘗めながら安藤の腰の動きは止まらへん。動かしながら私の顔面を執拗に嘗め回す。

私は舌を出して安藤を誘う。求めているわけやない。誘うとんや。

誘いに乗って安藤が舌を絡ませ口中に入れてきたら――犬のように喉笛に嚙み付くことは無理でも――舌なら嚙み千切ってやる。

舌を入れてきたら、それが安藤の最後や。嚙み千切るまで離さへん。死んでも離すか。覚悟を決めて安藤の舌を待つ。

安藤が軽く体を浮かせる。私の頸動脈を圧迫していた手を少しずらし、摑む対象を頸動脈から食道に変える。苦しさに、意思とは関係なく私の口が開く。舌が出る。安藤が私の舌に自分の舌を絡ませる。痛いほど乱暴に吸われる。意識して舌を縮める。安藤の舌が私の舌を追いかけて、私の口中に侵入する。深く入る。

（今や！）

私は安藤の舌を——

口が！　口が！　口が閉じへん！

食道を強く圧迫されると、口を閉じることができへんのや。

安藤はそれを知っとるんか！

知っとるんや！

安藤の喉奥の嘲りの含み笑いが、絡み合う舌を通じて伝わってくる。

以前付き合うてたころ、性交時に首を絞められることは度々経験した。しかしそれは、頸動脈を圧迫するもので、食道を潰すように絞められたことは無かった。付き合いが再開してからも、何度か安藤に抱かれ首も絞められたが、それは無かった。

どうして安藤はこんなことを知っとるんや？

この場で思い付いたものやない。安藤の嘲りがなによりの証拠や。

嫌がる相手に――

苦悶の中で妄想が暴走する。

嫌がる相手に無理やり性交を迫り、そこで安藤は食道を潰すことを学習したんやないか。岡山での加虐も以前のそれとは質が違うた。明らかに常軌を逸しとった。あれもこれも、レイプの延長上にあるもんやないんか。

いったいなにが――

疎遠だった年月で安藤になにがあったんや。そのうちの七年間、安藤は獄に繋がれとった。刑務所で情交沙汰があったとは考えにくい。出獄してからか。

混乱する私から安藤の舌と手が離れた。私にしたのと同じように、安藤の手が、沙希の食道を圧迫した。沙希が苦しそうに呻いて舌を出した。その舌に安藤の舌が絡み付いた。沙希の舌が口中に逃げた。安藤の舌がそれを追うた。安藤の舌が沙希の口中を蹂躙し始めた。

安藤の腰の動きが一層激しくなる。

沙希の呻き声が部屋に溢れる。

11

首に鎖を巻かれ安藤に背中を押された。ぐったりしたままの沙希は安藤の肩に担がれとる。安藤に言われ沙希にショーツとパンツを穿かせた。沙希の股間は鮮血に塗れとった。

「フロントで騒いだりするなよ」

部屋を出るまえに安藤が言うた。

「殺すぞ」

念を押された。

沙希の肛門で果てた安藤は、濡らしたタオルで乱暴に顔を拭いたが、血の痕跡は残っとる。私の鼻血も止まっとったわけやない。ティッシュを丸め、目立たんよう鼻奥深くに突っ込んでる。いや突っ込まれた。痛がる私を無視して安藤が突っ込んだ。ティッシュを入れられるとき、鼻奥に強烈な痛みを覚えた。やっぱり鼻骨が折れとるんやろう。激痛やった。

安藤に支えられてエレベーターに乗った。ふらつく私は一人で立つこともでけへん。首には鎖が幾重(いくえ)にも巻かれとる。声を出すどころか、息をするのがやっとや。巻いた余りの鎖を、私の背中に這わせて安藤が握っとる。

エレベーターが一階に下りた。扉が開く前に、背中に隠れていろと指示された。部屋でされたように鎖を握った安藤の背中に吊り抱えられた。ぎりぎりつま先は床に届いているので、なんとか息だけはできなくもない。

ロビーは薄暗い。

安藤が受付に声を掛けた。

「すっかり飲みすぎましてね。若い子は限度を知らなくて困ったものです」

「部屋で吐いとらんじゃろうね」

小窓の向こうで老婆らしき声が不機嫌そうに言うた。小窓が低いので顔は見えない。嗄れた手だけが見える。指に真っ赤なマニキュアが塗られとる。

「大丈夫ですよ。トイレで吐かせましたから」

快活に言いながら安藤が小窓から差し出された料金トレイに金を載せた。小窓の上の電光板に表示された料金より明らかに多い。

それは私から安藤が奪うた金やない。沙希から奪うたお金や。沙希は私が退職金代わりの百万円を、そのまま全部持って来とったようや。財布のお金とは別に、ショートパンツのヒップポケットに銀行の封筒に入れられたお金がかなり残っとった。そのお金と財布の札を、残らず安藤は盗りよった。

「金額間違うとぉばい」

いっそう不機嫌な声が小窓の奥から聞こえた。

「ああ、お釣りはいいですから、タバコ代にでもしてください」

「あらあら、そりゃ気ば遣わせまして」

老婆の声が弾んだ。

腰の高さの小窓越しの会話。

私は他の客と鉢合わせすることを期待しとった。口に溜まった血を舌で押し出し垂らしたりした。暗いロビーで血の赤は目立てへんかも知れへんけど、私にできるんはそれくらいや。他の客と出くわすという懸念は安藤も同じなんやろう。背中越しに、心臓の容が分かるほどの鼓動が伝わってきよる。

安藤に抱えられた沙希が小さく「クエッ」とおくびを漏らした。

「しょうがねえなあ。車の中で吐くんじゃないぞ」

支払いを済ませた安藤が、肩に抱えた沙希にわざとらしく語りかけながら、私の背中を押してホテルを出た。

ホテルの駐車場で沙希を後部座席に放り込み、私は助手席に突き飛ばされた。安藤が素早く運転席に乗った。外はすっかり夜になっとった。ダッシュボードの上のデジタル時計は21時35分を表示しとる。

関口のことを思う。被害届を出しに現れなかった私を心配しているやろか。あの人のことや、ホテルに確認の電話も入れたやろ。そやけどまさか、私と沙希が、こんな状況に陥っているとまでは、さすがに予想だにしとらんやろ。

「岡山ではずいぶん辛い目に遭わせたな」

ハンドルを操作しながら安藤が言う。声が気味悪いほど優しい。

「鎖、取れよ。苦しいだろう」

気遣いを見せた。私は鎖を外して深く息を吸うた。

「ケホケホ。ケホケホ」

情けない咳がまた出た。

「さてちょっと遠いが大阪までドライブするか」

こいつ本気で言うとんやろうか？　大阪までいったい何時間かかると思とんや。

意識が戻らない沙希が気になる。すぐにも病院に連れて行きたい。

「大阪に戻れば一千万円が残っている。それだけあれば、まだやり直せる。二人で沖縄に行って、小さなスナックでもやらないか。ゆったりと老後を楽しもうじゃないか」

安藤の戯言を私は無視する。

「俺も嫁に見捨てられて自棄になっていた部分もある。だが俺たちはとっくに終わっていたんだ」

知るかい！　それがどうした言うんや。

「桜、おまえは老後の心配をしきりに口にしていたな。それは俺も同じだ。だから二人でスナックでもやって、静かに暮らそうじゃないか。プレミア泡盛の専門店は、なかなかの着想だったと思うぜ。だが残念ながら値段の設定が素人だ。もっと高く取ればいいのよ」

水商売の経験のない男が、この道四十年を超える私を素人と言いよった。あまりのアホらしさにヘソが茶ぁ沸かすわ。

「どうせ一回こっきりしか来ない観光客からボッタくりゃいいのよ。俺だったらウチナンチューとナイチャーの区別は一目でつく。文句は言わせねえ。どうだい桜、俺も老後が不安なんだ。老後が不安などうし、荒稼ぎして楽に余生を暮らさないか、ええ？」

「死ねば」

凍える声で私は言うた。無意識に出た言葉やった。自分の耳にも、声というより隙間を抜けた風の音に思えた。

「えっ？」

安藤がブレーキを踏んだ。

「今、なんて言ったんだ、おまえ」

「死ねばいい……そう……言うた。老後が……怖いんやったら……死んだらええ。惨めな……老後しか……ないあんたは……死んだら……ええんや」

殺されても構わないつもりで言うた。安藤が目を剝いて睨んだ。睨み返した。そのまま車内に沈黙が降りた。長い沈黙があった。空気も硬い。

「フッ」と安藤が小さく笑うた。

諦めの気配を漂わせた。恐怖は感じへん。さっき安藤に死ねと言うたときから恐怖の概念が抜け落ちとる。

「やっぱりよりを戻すのは無理か」

こいつ、なにを言うているんやろう。そんなもの無理に決まっているやないか。万に一つの可能性があるとでも思うたか。つくづく自分勝手な男やと呆れた。

安藤が運転席を降りて助手席にまわった。外からドアを開けて私に言うた。

「降りろ」

左腕を摑んで引き摺り出された。

「後ろの荷物も忘れるなよ」

安藤が後部座席から沙希を引き摺り出した。歩道脇の土手に投げ捨てた。駆け寄って抱きかかえてやりたいが、私自身、立っているのがやっとやった。

「携帯」

歩道に座り込んだまま安藤に右手を差し出した。

「返してんか」

「ああ、これか」

安藤がスーツのポケットから携帯を取り出した。大きなモーションで、それを地面に叩き付けた。私の携帯が木端微塵に弾け飛んだ。

「なにすんねん！」

抗議した私の腹部に安藤の蹴りが入った。

「グェ」

呻いて、私は歩道に胃液の塊を吐き出した。そのまま膝を突いた。

鼻で笑うた安藤が、助手席と後部座席のドアを閉めた。

運転席に戻ってエンジンをふかした。

ようやく地獄の時間が終わったんやと、それだけを思うた。遠ざかるテールランプに未練の欠片も覚えんかった。代わりにナンバープレートを目に焼き付けた。

辺りを見渡してもなにもなかった。星が降るような夜空に山の稜線だけが確認できた。この場所をわざわざ選んで、安藤は私らを棄てたんやなと納得した。小刻みに痙攣しとる沙希を歩道脇の土手に残したまま暗い道に踏み出した。一刻も早う助けを呼ばなあかん。かと言うて、今の自分に沙希を抱えて歩く体力はない。

（ちょっとの間だけ、待っとくんやで）

無言で沙希に語り掛けて歩み始めた。

どれくらい歩いたやろうか、暗闇に小さな灯りが見えた。民家の灯りや。かなり遠い。沙希のことだけを考えながら、ふらつく足を前に出した。足が縺（もつ）れた。そのまま道路脇の土手に倒れこんだ。草の感触がした。土の臭いもした。

（このまま倒れていたい）

（もう動かれへん）

その想いを振り切って立ち上がった。

進むうちに民家の灯りが山影に隠れて見えんようになった。

この道はどこに繋がっているんやろ。

行き先が不安になった。

（大丈夫や。下っとる。低いとこには町がある。人が住んどる）

そんな私の想いを嘲るように、道が大きく左に折れて上り坂になった。膝に右手をついて踏み締めるように坂を上った。緩やかな上りやからなんとか上れた。これ以上の勾配があったら上れんかったやろう。

（高い場所に出れば灯りを探せる）

自分を励まして一歩、一歩、坂を上った。

喉がひりついた。水が飲みたいと思うた。唾液も出えへん。息も苦しい。

また倒れた。

今度は道路脇の土手やなかった。草むらやった。草は冬枯れしとった。

頬に草が触れる感触に、舌を伸ばして手繰り寄せた。何本かを口に含んでしがんだが、枯れた草に芯はなかった。よけい口の中がイガイガになっただけや。唾もでんからペッぺと吐き出すこともでけへん。諦めて立ち上がった。

思い出して、安藤に詰め込まれた鼻のティッシュを抜き取ろうとしたが、中で千切れて抜き取れんかった。鼻息で吹き飛ばそうとするがその勢いもない。口で息をしながら一歩、一歩、坂を上った。口の中だけでなく、喉奥までカラカラに乾いてしもとる。息をすると噛み砕いた枯草の破片が喉に刺さった。何本か刺さった。ますます苦しくなった。

ようやく坂を上りきった。道の先に集落が現れた。

下り坂を歩き始めた。つんのめりそうになった。横歩きに変えた。それでも倒れそうになった。諦めて四つん這いになった。左腕は使われへん。右腕一本で体重を支えることができへん。後ろ向きになって、尻を先にして道を下った。右膝と左膝を交互に出して、なんとか進んだ。そのうちジーパンの膝が破けてしもた。歩道のザラッキを膝が直に感じた。

血が出とる感触がした。

移動を止めて、ごろりと仰向けになった。右膝裏に右手を当てて引っ張り上げた。加齢で身体が硬うなっとるとはいえ、膝を口に持ち上げるほどの柔軟性は残っとる。

左膝を嘗めてみた。治療やない。血ぃでも構へんから水気がほしかったんや。

ほんのり味がした。これが鉄の味ちゅうやつか。そやけど味がしただけで、水気はほとんど入ってこんかった。

ちょっとだけ唾が出たような気がした。ほんまにちょっとだけや。喉に届かんうちに消えてしもた。その代わりに砂粒ほどの小石を何個か舌が嘗め取った。さいぜんの枯草と一緒や。吐き飛ばす力もなかった。

左膝を嘗めるのは諦めた。結果は一緒やろうし、口まで引っ張り上げる力も残っておらなんだ。

とりあえず坂の途中に見えるあの家まで行くんや。

(ひょっとして沙希は死に掛けとるかもしれへん。

阿呆なことを考えてしもた。ひょっとして沙希は――)

(そんな阿呆なことがあって堪るか。あんな元気いっぱいの子が、どないしたら死ぬというんや。死ぬわけがなかろうが)

自分を叱って身体をひっくり返した。死ぬほどやのうても。今のあの子には助けが必要なんや。今のあの子を助けられんのは私だけなんや。

また膝をついた。さっき嘗めた右膝がジンジンした。それはしょうがないけど問題は右腕や。プルプル震えるばっかりで、上体を持ち上げる力が残ってへん。

(なにをしてんねん。助けを呼ぶ家はすぐそこやんか)

自分を励ますんやけど、どないにもなれへん。

腹這うた。

そのまま向きを変えて、頭を進行方向に向けた。両足をがに股に開いて、匍匐を始めた。ちょっとしか進めへん。匍匐するとき右手に残った力で、ちょっとだけ上半身を浮かした。少しでも抵抗を少のうするためや。匍匐なんぞしたことはないけど、人間いよいよとなったら、なんでもでけるんや。

ちょっとコツを摑んだ。ちょっとだけ進む速度が上がった。ちょっとだけ、ほんまにちょっとだけや。

漸く目指す家に辿り着いた。二階建ての一軒家やった。農家やろうか。そうとう大きい。歩道から玄関までコンクリが敷かれとる。緩い登り勾配までついとる。

右腕と左右の足を使うて腹這いで玄関を目指した。勾配が恨みに思えた。それでもなんとか玄関ドアに辿り着いた。

呼び鈴は遥か頭上やった。立ち上がることもでけへん。

腹這いのまま玄関ドアを叩いた。力が出えへん。右手の拳の裏でドアの一番下を叩いとんやけど、自分の耳にもペチペチと頼りのう聞こえるだけや。それでも叩き続けた。もうここから一歩も移動でけへん。声も出えへん。ただペチペチと繰り返した。気が遠くなりかけた。それでもペチペチ、ペチペチと叩き続けた。

玄関ドアが外を窺うようにゆっくり細く開けられた。私に気付いた家の人が悲鳴を上げた。

「ミ、ミズを――」

掠れる声を振り絞って、ようやくそれだけを言うた。

玄関先で水を飲ましてもろた。プラッチクのコップで渡され、口元でコップを傾けたらドバッと水が零れて顔に被ったけど、なんぼかは口に入って喉に流れ込んだ。

「ああ、もっとゆっくり飲まんば。もう一杯、飲むか？」

中年の男性やった。家の中に消えようとしたので「あうあう」と言葉にならない声で呼び止めて、ジーパンの前ポケットから出した紙片を差し出した。

「なんじゃ、これ。うーん、病院と電話番号ばい。ここに電話したらよかか？」

「あう、あう」

「ちょっと待っとけ」

男性が言うて、玄関ドアを半開きにしたまますぐ近くで電話をした。

「ああ、ワシ、中里ん今村いうもんだが、うちん玄関に行き倒れがおるとばってん……えっ、あんた警察ん人な……ええ、はい、はい、そうです。……ええ、多分そん人に間違いなかと思うばってん、ばりボロボロになっとらるんで……はい、ええ、パトカーが来てくるる……救急車？　はい、そんほうがよかと思います……いえ、一人ばい。……ええ、うちん周りば見てみるんやなあ。そりゃそうするばってん、早う来てくれんと。……えっ、もう向かっとお？　ああ、そうと。それじゃちょっと家ん周りば見てきますばい」

電話を切った男の人が、私の横を通りぬけて、家の入口あたりで左右を見廻した。そのままそこに立ったまま、こちらには戻れへん。どうやらパトカーの到着を待っているようや。

すぐにパトカーが二台、少しだけ遅れて救急車が着いた。倒れた私をストレッチに乗せようとした救急隊員に抵抗した。動かない左腕以外の手足をバタつかせた。「あう、あう」と必死に訴えた。

「ちょっと待て。なにか言いたかことがあるんやろう」

懐かしい声が耳に届いた。関口の声だった。関口が私の顔の間近で囁いた。

「沙希さんですね。沙希さんもやられたんですね」

「あう」

安堵に涙を溢しながら目を見て頷いた。

「ゆっくりでいい。沙希さんはどこにいるんですか？　ゆっくり喋ってください」

「この道の……向こう」

なんとか上げた右手で方向を示した。

「……土手に」

それだけ言うのが限界だった。

「分かった。救急車をもう一台手配して、パトカーを捜索に走らせる。だからあなたはおとなしくこの救急車にお乗りなさい」

私は素直に関口の指示に従った。

佐世保市内の病院に救急搬送された。いくつかの検査を受けて病室に運ばれた私を関口が迎えてくれた。

「大丈夫ですか？」

気遣ってくれたが私の頭の中は沙希のことでいっぱいだった。

「沙希さんも保護しましたよ。すぐ近くの別の病院で手当てを受けています」

「サキッチョ、沙希は……大丈夫なんでしょうか」

「私が得た情報では搬送中に血性嘔吐が認められたらしい」

関口の口調が重たい。

「血を吐いたんですか？」

「ああ。内臓の断裂が疑われるということでした」

「まさか死ぬとか……」

頭が真っ白になった。

「そこまでは分からないんだ。重篤なのは間違いないが、ここから先は医師に任せるしかないだろう。桜さんは自分のことを考えるべきだ」

そう言われたが沙希のこと以外、考えられるはずがなかった。

「安藤に対しては緊急配備が発令された」

関口が言うた。

「二十分ほど前に、早岐駅の隣駅の三河内(みかわち)駅の近くで乗り捨てられた岡山ナンバーのレンタカーが見つかった。レンタカー会社に問い合わせたら、借りたのは間違いなく安藤だった。どうやら安藤は、佐世保線で逃げたみたいだ。とすれば、目的地は鳥栖だろう。そこから新幹線に乗り換えるつもりだろうが、鳥栖駅にもキンパイが敷かれている」

安藤とどこで別れて、それは何時ごろだったのかと訊かれた。別れたのは沙希が倒れていた場所だと答えた。

「でも、時間は……」

時間の感覚など無うなっていた。

「すみません」

謝る私に関口が首を横に振った。

「謝ることはないよ。桜さんはその体で、何時間も移動したんだ。それだけでも大したものだよ」

「安藤のことはどうでもええですから、沙希のことをもっと教えてください」

「いや、沙希さんのことはさっき言った以上のことは分からんのだよ」

ドアがノックされて医師が看護師を伴って入ってきた。

「事情聴取はまだ必要ですか？」

関口に問うた。

「あ、先生。もう終わります。無理なお願いをして申し訳なかったです。ご協力に感謝します」

「岡本さんは鼻骨の骨折と腱板断裂が確認されました。今夜のところは安静にして、明朝手術をします。術後二週間の経過観察後にリハビリに入り、退院の目途は一ヵ月先になります」

医師が事務的に説明した。退院後もリハビリを受けるために通院する必要があると付け加えた。

「私のことはどうでもええんです。沙希は、沙希はどうなんですか」

今度は医師を問い詰めた。

「重篤らしいが他院のことです。詳細は分かりかねます」

医師が首を小さく横に振った。

「先生、もう一つだけ患者さんに質問してもいいですか」

関口が医師に確認した。医師が「どうぞ」と答えた。

「桜さん、訊き難いことだし、こんなときになんなんだが……」

関口が口籠った。

「沙希さんの搬送先の病院からの連絡では、沙希さんは肛門にかなりの出血が確認されたそうだ。内視鏡で裂肛も確認された。もちろんこれは合意の上の性交ではないよね」

「ええ、レイプです」

「で、桜さんなんだが、桜さんも……」

「はい、沙希がホテルに来るまえに、二度犯されました」

「だったら警察に協力してもらえないだろうか。いや実はね、二年前に刑法の改正があって――」

関口の説明によれば、従来の強姦罪が強制性交等罪になったらしい。

強姦罪で定める姦淫の定義は『女性器に男性器を挿入すること』だった。つまり強姦罪は加害者が男性、被害者が女性でしか成立しなかった。しかし法改正が行われ、肛門性交や口腔性交も、姦淫と認められ、加害者と被害者の性別の組み合わせの如何に拘わらず、強姦罪改め強制性交等罪が成立するようになった。

「以前は三年以上の有期懲役だったものが、五年以上と厳罰化もされた」

「分かりました。ご協力します」

関口がなにを言いたいのか察した。

「先生、お手間をお掛けしますが、私の肛門も検査してください。必ず裂肛の痕があるはずです」

「ああ、分かった。おい君」

医師が背後で目を丸くしている看護師に声をかけた。

「肛門の検査をする。すぐに手配してくれ」

「は、はい」

看護師が病室を後にした。

「では、検査結果は裂肛も含め明日ご報告しますので、事情聴取はもうよろしいでしょう。岡本さんも重傷を負っていることには違いないんです」

「ええ、もう十分です。彼女のことをよろしくお願いします」

関口が医師に深々と頭を下げた。

「また来るから」

関口が笑顔で私に言うて病室を出た。医師がそれに続いた。医師の背中に問い掛けたいことがあったが、これ以上追及するのが憚られ私は問いそびれてしもた。

先生、先生は沙希のことを重篤と言いましたよね。私のことは重傷と言うた。重篤と重傷はどう違うんですか。先生……先生……

問いそびれた質問が、無限に頭の中でリフレインした。

翌日左肩の切開手術を受けた。術後、病室に戻された私のもとを、思いもかけへんかった人物が見舞いに訪れた。沙希の妹のブンチャンや。話によれば、母親と二人で佐世保を訪れ、母親は沙希に付き添うているらしい。まだ満足に会話を交わせる状態やないが、しきりに沙希が私のことを心配するんで、見舞いに訪れたと言う。

「私は大丈夫。手術も無事に終わったの。左肩の腱板断裂で――」

医者から受けた説明を思い出しながら訥々と語った。私に断って、それをブンチャンがメモした。明るいクリーム色のメモ帳にボールペンを走らせた。私の症状を正確に沙希に伝えようとする姿勢に好感を覚えた。

「私のことよりサキッチョはどうなの？　かなり深刻そうな状況やったみたいだけど」

ブンチャンが頷いてメモ帳の別のページを開けた。表情の暗さに不安になった。

「桜さんは身内も同然ですから正直に姉の状態をお伝えします」

真っ直ぐな目を向けて言うた。生唾を吞み込んだ。

「病院に搬送された時点で、顔色不良、腹痛の持続、血性嘔吐のほか血液検査で膵アミラーゼとリバーゼの上昇が確認されました」

意味が分からん言葉もあるけど結論を知りとうて神妙に頷いた。

「腹部CTを撮ったところ、膵体部の断裂が認められ外傷性の膵損傷と診断されました。ほかに目視観察で血尿も認められ、腎損傷も疑われました」

「すいたい部というのは膵臓のことなんやね？」

「そうです。腎損傷は腎臓の損傷ということです」

沙希の細い腹部に全体重を乗せた安藤の膝が入った光景が思い出された。安藤は九十キロ近くあるやろう。もっとかもしれへん。腹部に損傷があっても不思議やない。

膵臓と腎臓——

特に膵臓など普段意識する臓器やないけど、それだけに不安が頭の中で渦を巻いた。

「主膵管断裂の可能性があるので、開腹して洗浄、ドレナージを施行して経過観察をしているというのが現状です」

「ドレナージ？」

「手術、打撲などで体内に溜まった体液や血液、膿などを体外に排出するために、体にチューブを挿入して排出する処置です」

「経過観察というのは？　まだ治療は終わってへんの？」

「ええ」

ブンチャンが沈痛な面持ちでメモに目を落とした。いつの間にか目が涙で潤んどった。

「このまま腹痛が続き、腹腔内に膵液漏出が疑われるようでしたら……」

言葉を詰まらせた。

逸る気持ちはあるけど、先を急がさず、ブンチャンの言葉を根気よう待った。

「再度開腹して膵体尾部と脾臓を合併切除する可能性もあるそうです」

気丈に言うた。嗚咽が喉を鳴らした。肩を震わせ必死に涙を耐えとる。これ以上ブンチャンに語らせるんは酷やと感じた。膵臓と脾臓が体内でどのような働きをするのか、そのあたりの知識は全くあれへんけど、必要な臓器やから備わっているんやろう。それを切除するとなると、なんらかの障害、それも長期に亘る障害を覚悟すべきやないのか。

「術後の合併症として懸念されるのは――」

私の想いを余所にブンチャンがまた語り始めた。「もう、ええのよ」と止めてやりたいが、この娘は、医者の説明を聞きながら克明なメモを取ったんや。そのときの気持ちの揺れは如何ばかりやったやろう。こうやって話を聞いている私以上に、震える気持ちがあったに違いないんや。

（聞くべきや）

そう思うた。

話を聞きながら不思議と安藤に対して恨む気持ちは湧いて来うへん。恨むとすれば、安藤より私自身や。私さえしっかりしとったら、こんな事件に沙希を巻き込むこともなかったんや。

安藤に対する恨みは恨みとして、むしろ自分自身を殺しとうなる。後悔の念に苛まれる。そやけど現実を見つめるんや。もし沙希に深刻な後遺症が残るようやったら、自分は生涯をかけても償わなあかん。

ブンチャンが息を整えてメモを見ながら言葉を続けた。

「急性期、すなわち術後数週間の期間においては、胆管炎、創感染、胃内容排出遅延、腹腔内出血、縫合不全、敗血症が懸念されます。そのうちのいくつかは、命にかかわる合併症です。しかしまだ入院中の期間ですから、対応はお医者様にお任せするしかありません」

（命にかかわる……）

絶句した。ブンチャンの説明が続いた。

「退院後数年に及んで懸念される合併症は、糖尿病と脂肪肝です。膵臓を半分切除することで、インスリンの分泌が低下します。インスリンは血糖値を下げるホルモンです。糖尿病の症状が見られた場合は、定期的な通院でインスリンの皮下注射が必要になります。退院後の養生については、然るべき時機に別途指導があるそうです。今までみたいに、動き回ることはできなくなるかもしれません」

（そうか。退院してからも何年間かは、合併症の発症を恐れながら暮らさなあかんのか）

その何年間を、いやさらにその先も、沙希に寄り添って生きよう。それがせめてもの償いやと思うんやけど、ずいぶん身勝手な償いのようにも思える。そもそも沙希が、私のもとに戻ってくれるのかどうか、それさえ不明なんや。本人の意思だけやない。ご両親も、こんな目にあった子を戻したりするやろか。

ブンチャンが手帳を閉じて膝の上に置いた。俯いたまま、なにか言いたげな気配を感じた。沙希の母親が実家に帰れと言うているんやないかと勘繰った。あり得る話やと思った。

「桜さんの小豆島のご実家ですけど……」

（えっ、小豆島？　私の実家？）

いきなりの言葉に混乱した。

「姉があの場所に足を運ぶのは二回目でした」

「二回目って……」

「今回の件とは別に、何日か前、姉は桜さんの実家を訪れたそうです」

岡山の友人と会うからと言うて、日曜日の買い出しに付き合わんかったことがある。あのときに私の実家を訪れていたんやろうか。肥土山の、農村歌舞伎が演じられる小屋のすぐ近くの一軒家や。それだけの情報があれば、住所など知らんでも行ける場所や。

（でも、どうして？）

「姉は老後の心配を口にするようになった桜さんを気に掛けていました。桜さんが実家を出て四十年以上、トランスジェンダーに対する世間の目も変わっています。もしかして桜さんの身内の方も、今なら桜さんを受け入れてくれるのではないか、そう考えてご実家を訪ねてみたそうです」

半壊し廃墟同然になっていた実家の姿が目に浮かんだ。あの場所に、沙希は足を運んだんか。しかも私の身内を訪ねて、私の老後を心配して――

「でも、ご実家はなくなっていました。ご近所で訊ねても、ご家族の方はずいぶん以前に家を出られて、音信不通とのことでした。そのときに姉は決めたそうです」

「決めた？」

「はい。桜さんと家族でいようと決めたんです。ですから……」

沙希が十分な健康を取り戻さず足手まといになっても、今までどおり雇ってほしいとブンチャンは言うた。私は胸がいっぱいになってまともに応えられへんかった。お願いしたいのはむしろ私のほうや。沙希との生活をやり直したい。その一言が言えんかったが、泣き崩れた私の姿に相手は察してくれたやろう。沙希の妹なら、それくらいのことは伝わったに違いない。

入院して五日目、ブンチャンが悪い知らせを持って私のもとを訪れた。やはり沙希は、再度の開腹手術を受けて、膵体尾部と脾臓を合併切除することになった。そやけど沙希は、意外に元気にしているらしい。

「桜さんが二人で店を再開したいと言ってくださったことが、姉の支えになっているのだと思います。それを知らせたとき、涙を流して喜んでいました」

「そう」

胸が詰まってそれしか言えない。

「それと今日はお願いがあって参りました」

改まった口調でブンチャンが言う。

「お願いって?」

「私は来年高校を卒業したら大阪の大学に行くつもりです」

「ええ、それは沙希から聞いたわ。二人で一緒に暮らすんやね」

「そう思っていましたけど、やっぱり一人暮らしにも憧れます」

「あら、沙希が寂しがるんやないかしら」

「そこでお願いです。姉は桜さんと同じマンションの二階に住んでいるそうですね」

「ええ、二階と三階がワンルームで、四階から上が2LDKいう作りなんよ」

「私も姉と同じ、そのマンションのワンルームに住みたいんですけど、空いているでしょうか」

「今ここでは分からへんけど、空いているんやないかしら。それに大学に入学するまえやったら三月でしょ。ワンルームに住んでる人は、若い単身者か学生さんが多いと思うわ。四月やったら異動があったり卒業したりで、部屋が空くんやないかしら。もしなんなら、今日にでも私から大家さんに電話して、空き部屋を押さえてもらうようお願いしてもええし」

「ええ、そうしていただけると助かります。それからもう一つお願いがあるんです」

「なんでも言うて。サキッチョの妹さんやもん、私にできることやったら協力するわ」

本心からの言葉や。

「桜さんのお店でアルバイトさせてほしいんです。講義との関係があるので、今の時点で確定的なことは言えませんけど、できれば週に二日か、三日くらい」

「ええよ」

「えっ、そんなにあっさり決めちゃっていいんですか」

「そやかてサキッチョの体調がどこまで本調子に戻るか分からへんでしょ。あの娘に無理はさせとうないの。それに私かて」

そう言うてギプスが巻かれた自分の左肩に視線を落とした。

「リハビリがいつまでかかるのか分からへんし、歳も歳やから、全快は無理かもしれへん。補助してくれる人がいると助かるわ」

沙希のことが心配ではあるが、まえに来た時よりもブンチャンの表情がずいぶん明るい。それはそのまま沙希の病状を反映したものやろう。

六人部屋のベッドを仕切るカーテンを開いて覗く顔がある。関口や。

「あら、関口さん」

私が言うてブンチャンが椅子から立ち上がった。

「こちらサキッチョの——」

「妹さんですよね。ご挨拶は向こうの病院でさせてもらいましたよ」

ブンチャンが勧めた椅子に恐縮しながら関口が座った。

関口に挨拶してブンチャンがベッドを離れた。

「それじゃあ、私は姉のところに戻ります」

「サキッチョになにかあったら知らせてね」

「年明けの五日までこちらにいますので、また姉のことを報告がてらお見舞いに来ます。それから先ほどの件、よろしくお願いします」

頭を下げて病室を後にした。

「あの野郎のことなんだが――」

ブンチャンを見送った関口がバツが悪そうに話し始めた。

「どうもキンパイに掛からなくてね」

「車で逃げたんでしょうか」

「いや、あいつ岡山からレンタカーで来てただろ。それを乗り捨てて、別のレンタカーを借りたという線も探ってみたんだが、それにも手応えはなかった」

「船はどうですか?」

「鉄道と同じタイミングで定期航路もキンパイを手配した。それにも掛からなかった」

「チャーター船は?」

小豆島から岡山に渡ったときのことが思い出された。

「漁港は全部廻ったよ。漁師を金で釣ってという可能性もあるからね。聞き込みをしたが、あの野郎に繋がるような情報は得られなかった」

「そうですか」

思わず肩を落としてしもた。佐世保は安藤の地元ではない。仕事の関係で来たことがあるのかもしれへんけど、東京を拠点にしていたんやから土地鑑があるとも思いにくい。捕まえて罰してほしいと強く願う。それ以上に、あの男がこの世のどこかで潜んでいるのかと思うと不安になる。自分のことだけやない。沙希にしても安藤が捕まってないと知ったら不安になるやろ。

「面は割れているし、佐世保中の宿泊施設に顔写真をばら撒いている。必ず捕まえるから、もう少し時間をくれないか」

関口が申し訳なさそうに言うて頭を下げた。頭頂がやや薄い。

「いえ、関口さんにはいろいろとお気遣いいただき感謝しています」

「そう言われるとなんとも面映(おもは)ゆいんだが、今日は了解をもらいたいことがあってね」

「はい。なんでしょうか」

「桜さんの大阪のマンションにも監視を付けているんだが、もう一週間経って、あいつが現れなかったら、いったん監視を解除したいんだ。それに合わせて、桜さんの部屋の冷蔵庫に沙希さんが残してきたという一千万円を警察で押収したいんだ。もちろん、すぐに桜さんの手元に返す」

「ええ、了解いたします」

あと三日で年が明ける。そんなことは警察の仕事に無関係かも知れへんけど、正月も張り込みをしてもろてるだけでも気が引ける。

それに手持ちも心細うなっとる。沙希と自分の入院費用がどれだけ掛かるか分からへん。看護師の説明では、高額医療の申請をすれば国民保険加盟者の場合、自己負担は八万円くらいで済むらしい。その手続きを病院側でやってくれると言われた。それにしても沙希と合わせて十六万円の費用が必要になる。それ以外にも、自分が先に退院した場合、佐世保に滞在して沙希の退院を待つつもりにしとる。それやこれやで、現金が手元に入るのは歓迎や。

「入金はここにお願いします」

関口に言うて、端数しか残高が残っていない銀行のキャッシュカードを手渡した。関口が口座番号やらをメモした。

一月の十二日に退院した。

一日も早う沙希に会いたくて、ずいぶん医師を急かしてしもた。もちろんそんなことで、退院が早まったわけではないやろうけど、週に二度の検診とリハビリを条件に、私は退院を許された。退院の前日、シャワーを浴びて化粧もした。

ちゃんとした格好で沙希に会いたかった。とは言うても、私の左腕は、まだギプスで固められたままや。心安うなってた看護師さんが、髪の毛を梳（す）いてくれた。お願いしていたコートも買うて来てくれた。まだ一月やいうのに、浅葱（あさぎ）色のスプリングコートや。サイズは4Lをお願いしたけど、さすがにそれは無かったみたいで、Lサイズのコートやった。

「左腕は通せないでしょ。羽織るだけならそれで十分ですよ」

言われてみたら、その通りやと思えた。

病院前でタクシーに乗って、沙希の入院先に駆け付けた。

看護師詰め所で沙希の容体を確認した。年配の看護師は私の名前を知っていた。沙希が譫言（うわごと）で、何度も私の名前を口にしたらしい。

「二日前から重湯になりました。若いんですね。担当の先生も驚くくらいの回復です」

私のことを、身内と思うとる口振りやった。

「面会はできますけど、あまり長い時間はご遠慮ください」

応対してくれた看護師に言われ、礼を言うて沙希の病室に足を向けた。ドアを開ける前、ネームプレート入れが一枚しかない病室に、未だ重篤なのかと気持ちが暗うなった。

ドアを薄く開けて中を窺った。

白いカーテンの手前にベッドがポツンとひとつあるだけやった。足音を忍ばせて、ベッドに歩み寄った。

沙希——

仰向けに寝かされとった。

点滴のチューブ以外にも、掛けられた蒲団から、何本かのチューブが——

安らかな顔で眠っとるけど、頬がこけて、目には隈ができとる。泣き出しそうになるのを必死で堪えた。起こしたらあかんと思た。

ベッドの横のパイプ椅子に腰を下ろした。そのままずっと、沙希の寝顔を見ときたかった。

沙希の、閉じられた瞼がかすかに痙攣した。

ゆっくりと瞼が開いた。光のない瞳やった。私は無理をして、微笑んで見せた。

沙希の瞳に、だんだんやけど、光が宿り始めた。二、三回瞬きをして、瞳の光が、ほんまもんのそれに変わった。沙希も微笑んだ——ように思えた。

「——お母さん」

唇をほとんど動かさんと、嗄れ声で言うた。

「うち……」

まだ何か言おうとした沙希の唇を、そっと右手の指先で押さえた。

「喋らんでええ。私は今朝退院したから。この近くで、ホテル押さえるわ。これから毎日お見舞いに来るからな。そやから、今は、喋らんでええ。今に、なんぼでも喋れるようになるから、今は、喋らんでええ」

限界やった。涙がボロボロ零れ出した。鼻水を啜って、照れ隠しに、また微笑んで見せた。沙希がそれに応えるように、小さな舌先を出して、自分の唇を押さえた私の指先を舐めた。うん、うんと、私も頷いてそれに応えた。

12

二月二十日、昼過ぎに沙希が退院した。私よりも一ヵ月遅れての退院やった。先に退院していた私は最初からの予定通り大阪に戻らんと、毎日沙希の病室に通うた。

沙希は痛々しいほどやつれてしもた。もともとスリムな娘やったけど、体重も十キロ近う落ちたらしい。肌色もいっそう白うなって透き通るようや。さすがにいつものパンクファッションや無うて、退院の日は、母親が用意した桜色のワンピースに薄いグリーンのジャケット姿やった。長引いた入院で、黒髪もショートボブからセミロングに伸びとる。本人は嫌がっとるけどその出で立ちのほうが、遥かに沙希の美少女ぶりを引き立てとる。

退院には沙希の両親と関口も立ち会うた。ブンチャンは受験と重なって来られんかった。

「このたびは、私の不徳の致すところで娘さんに大変なご迷惑を……」

深々と頭を下げて沙希の両親に詫びた。

母親とは沙希の病室で何度も会うたが、大学教授を務める父親とはそれが初対面やった。父親も、沙希の見舞いに何度か佐世保まで足を運んだことはあったが、私のリハビリですれ違いが重なって、結局それまで会う機会を得られんかった。

大学教授と聞いてたんで、堅物そうな人物を想像していた沙希の父親は、笑顔が控えめな、温厚そうな初老の紳士やった。母親もそうやけど、父親も顔立ちが整うとる。この二人の間に生まれた沙希とブンチャンなら、容姿端麗なんもなるほどや。

「大体の経緯は家内を通じて聞きました。警察の、関口さんからもご丁寧なご説明をいただきました。もとはと言えば、こいつの」

父親が傍らに畏まる沙希の頭を拳骨で軽く叩いた。沙希が首を竦めて可愛い舌を出した。得意のテヘペロや。

「こいつの無茶な行いから発生したことです。そう仰る桜さんだって、大変な目にお遭いになった。憎むべきは安藤とかいう金に目が眩んだ犯人です」

その安藤はまだ捕まっとらん。今度は関口が恐縮した。

ハウステンボスに泊まって、いったん岡山に帰ろうと言うた父親の提案を沙希は拒否した。私が投宿しているホテルに泊まり、翌日二人で大阪に戻ると言う。一日も早う店を開けたいと主張した。

「そんなに焦らなくても、沙希ちゃん。どうせ私もまだこんなやし」

左肩のギプスは取れたが、リハビリ中の左腕はだらんとしたままや。

「台所に立つんはまだ難しいと思うわ。お客様にお出しするお料理を作れるようになるには、もう暫く掛かるんと違うやろうか」

果たしてそうやろうか。リハビリを続けてはいるが、高齢が災いしてか、なかなか腕が元のようには動かへん。このまま機能が回復せえへんのではないかと不安を感じる。しかしそれではだめなんや。なんとしても、沙希と二人で『さくら』を再開したいという強い意志はある。

「それやと心配無用ですけん」

沙希が軽やかに言うた。

「うちの家来の三人が、交代で、料理を作ってくれる言うとります。あいつらも一応はプロですけん」

黒門市場に勤める例の三人組か。

「いつの間にそんな話になったん？」

「どこで知ったんか、あいつら佐世保まで見舞いに来ましてん」

わざわざ佐世保まで？

そのことにまず驚いた。あの子らどんだけ本気なんや。

入院のことは『さくら』が入っとるビルのオーナーにでも聞いたんやろ。ビルのオーナーには旅行先の佐世保で事故に遭うて、長期に店を閉めるが必ず再開するのでと連絡してある。念のため私と沙希の入院先も伝えておいた。

そや、私の入院先も伝えたんや。

そやのにこっちの見舞いはなしかいな。

まあ、退院した後やったかもしれへんけど、退院後、移ったホテルもビルオーナーに伝えてある。しょうもないことに腹を立てとる私を置いて沙希が話を続けた。

「そのときに、力になれることならなんでもすると言うたけん、店で出すおばんざいを手伝うてくれんか言うたら、あいつらの店は年中無休で、休みは交代で取るけん、休みのもんが手伝える言うて喜んでましたわ。それやったらいちばん旨いもん作って、売り上げに貢献したもんに、チュウしたる言うたらえらい張り切りようですけん」

隣に両親がいることも気にせず、沙希は朗らかに言う。確かにあの子らに手伝うてもらえるんやったら助かるけど、それでも沙希一人に店を切り盛りさせるわけにはいかんやろう。

「それやったら私も週一休みで頑張るわ」

決意を込めて言う。

「無理したらあきません。それについては提案があるんですけど」

「ええ、どんな提案やろか？」

「営業時間の変更です。夜の八時から朝の五時まではみんなもキツイ言うとります。そやけん夕方五時開店で夜の十二時閉店にしましょうな」

「それでやって行けるやろか」

「割烹居酒屋ならいけますやんか。プレミア泡盛メインのショットバーの看板は下ろしどきやと思いませんか」

そんな看板を上げては無いけど、確かにそう認識されていた部分があるかもしれへん。なにより泡盛は安藤を偲んで扱うてた酒や。それを今後も扱う気になれへんのは、いまさら考えるまでもないことや。

「分かった。考えさして。けど、きょうはご両親もいてはるし、また二人でゆっくり相談したらええんと違うかな？」

話の切れ目で関口が提案する。

「いかがでしょう。せっかく佐世保にお越しいただいて、このままお帰りいただくのも気が引けます。ここは私に一席用意させてもらえんでしょうか」

うまい魚を食わせる店があると言うた。沙希がぜひ行きたいと希望し、大人三人は恐縮しながら関口の申し出を受けた。

四人が案内されたんは海峡橋の下にある定食屋やった。関口にアラカブ定食を勧められた。

「ビールでも飲みますか？」

関口に訊かれたが私は酒に弱いのでと断った。沙希は生ジョッキを希望するが、父親に止められた。沙希の父親と母親も酒を断った。関口は運転しとるんで当然飲まれへん。

アラカブ定食が運ばれた。大きな魚の煮付けやった。

「ガシラやないですか！　立派なガシラですね」

沙希が歓声を上げた。

「あら、サキッチョ、食べたことあんの？」

「瀬戸内じゃいくらでも獲れる魚ですけん。お母さんも食べたことあるはずですよ」

「私、魚にあまり詳しくないから」

小豆島生まれとはいえ山里に育った私だ。父親が沙希の言葉を補足した。

「瀬戸内とか関西辺りではガシラですね。全国的にはカサゴのほうが一般的でしょう。それにしても立派なガシラだ。この型はなかなかお目には掛かれんですよ」

「そう全国的にはカサゴです。長崎ではアラカブと呼びます。この下の海峡で獲れたものです」

関口が説明を加えた。

「カサゴ――」

その名前を私は復唱してみる。なんとなく食べたことがあるような気がする。

さっそく全員で箸をつけた。

「くぅぅ」

アラカブの身を口に含んで噛み締めた沙希が身震いした。

「堪らんほど美味しいです」

声を張り上げて皆を笑顔にした。確かにアラカブは美味しかった。

関口が頼んだのは、アラカブ定食のなかでも、『アラカブ尽くし』とメニューにあった料理やった。煮付けに続き、刺身、味噌汁、カラアゲと、テーブルいっぱいにアラカブの皿やお椀が並んだ。刺身から順々に出さないところがいかにも定食屋らしい。少し多すぎるかなと思うたが、気付いたら全部きれいに平らげてしもた。箸が止まらんかった。沙希に至っては、味噌汁とカラアゲをお代わりまでした。手術後は食が細ると聞いとったけど、これなら大丈夫やろう。

「このカラアゲ、骨までパリパリやし、絶妙の塩加減で、これに生ビールをグイッといったら堪らんやろうな」

ビールを止められた沙希が悔しそうに言うた。

「もっと病人らしくしなさい」

母親に諌められて、また笑いの輪が広がった。

午後七時前に食事を終え、両親とも別れて、私が泊まるビジネスホテルに沙希と戻った。シングルをもう一部屋追加しようとしたが、沙希が駄々をこねた。結局、ツインルームに変更した。風呂に入って背中を流し合うた。沙希と一緒に風呂に入るのは初めてやった。沙希がやたらと股間を気にした。ずいぶん昔の記憶やけど、沙希の気持ちはよう分かる。

「私はもう少し温もってから出るわ」

気を遣って沙希を風呂から出した。ゆっくり体を拭いて、パジャマを着る時間も上げたいと思た。もう大丈夫かなと思て風呂から出ると、沙希は、関口が夜食にと買ってくれた佐世保バーガーを頬張っとった。私の気も知らんでと苦笑した。

一時間くらい話し込んでからベッドで横になって、照明を落とし、私は風呂で考えていたことも沙希に話した。

「サキッチョは工事のこと、どう考えとるん？」

「えっ、なんですか。急に」

「いずれはと考えているんやろ」

性転換手術をするか、私のように玉だけ抜くか、それは沙希の判断やけど、少なくとも玉抜きはしたいと思とるやろ。今のところはホルモン注射でなんとかしているみたいやけど、二週間置きに病院に行かなあかんし、それを怠ったら体毛や声や肌艶の変化や、体型まで男還りしてしまう。幸い沙希が入院していた病院は、そのあたりのことにも理解があったみたいやけど、ホルモン注射をするより玉を抜いたほうが後々日々の煩わしさから解放される。

「手術費用は私が出すから、部分工事でも全面工事でも好きなほうを選べばええんやで」

「ええ。けど最近知ったんですけど、全面工事はかなり面倒いみたいですね」

「うん、なんや精神科のお医者さんの診断で、その子がほんまに性転換を望んでるかどうか、判断するとこから始まるらしな」

「ええ、精神神経学会のガイドライン読みましたけど、論文形式やもんで、細けえ字で十六ページやったか、ああやこうやと書かれてて、読んでるうちに頭痛うなりましたわ」

「論文まで読んだん？」

なるほどこの娘は本気で全面工事考えとるんやなと私は理解した。

「図書館行ったん？」

「いやいや、図書館やのうて漫画喫茶ですわ。ネット環境がしっかりしてますから、検索したら大概の資料は出てきますけん。プリントアウトして持ち帰って、自宅でゆっくり読むこともできますけんね」

「うちらのころはあかんかったけど、全面工事してくれる病院も増えてんのやろ」

「はい、最近見たんでは百三十九医院が施術してくれるみたいです」

なんやの、この娘。そんな具体的な数字まで知っとんのか。本気の本気やないの。

「そんなにあんの？　私らの若いころには考えられへんことやな」

じっさい私らの若いころには、日本国内で性転換手術をするのはほぼ不可能やった。一般的に知られとんではモロッコで、そやけどそんな知らん国にまで行って工事するやなんて、とても現実のものとは思えんかった。部分工事の玉抜きでさえ、施術してくれる病院は限られとった。

当時東京のショーパブで働いていた私が玉を抜いたんは徳島の病院で、いかにも闇の手術という印象を受けた。徳島の病院は、総合病院やのうて町の医院で、入院病棟も無うて、医院の三階が与えられた病室やった。三階にはその一室しかなかった。

自分が手術する前、先輩の姉さんらが手術して見舞いに訪れたことが二度あったけど、二度ともベッドの枕側の壁に、祝儀袋が何枚か貼ってあったたんがニューハーフらしいと感じた。どれもお客さんからの祝い金やった。

「私が玉抜きしたんは二十四歳のときやった。考えてみたら、今のサキッチョと同い年やったんやね」

当時のことを思い出しながらしみじみと言うた。

「サキッチョが工事したいんやったら、その費用は私が持つから考えてみてや。部分工事でも全面工事でも一向に構へんからな」

「全面でもええんですか?」

沙希が前のめりになった気配を感じた。

「うん、ええよ」

「けど、けっこうかかりますよ」

「構へん言うてるやないの。今の相場はどれくらいなんよ？」

「睾丸摘出と陰嚢切除の同時手術で四十万円くらいです。性別適合手術やと国内でも国外でも三百万円前後ですね。特に海外はケースバイケースですけん。二百万円でもお釣りがあるというケースもあります。現地コーディネート会社の手数料に相当ばらつきがあるんで……」

「そうか。海外も検討しとんやね。やっぱりタイ？」

「そうですね。技術力では最先端やないですか」

「へえ、日本のほうが医療技術は上に思えるけどな」

「手術の技術力やないんやと思います。造形力言うたら分かってもらえますやろか」

「造形力ね……。うん、なんと無う分かるわ」

　要は後始末のことなんやろう。

「日本で適合手術受けるんやったら健康保険が適用される医院もあります」

「へえ、そこまで進んどんや」

「けどまだ数が少ないです。何年待ちいう状況らしいですわ」

「そらあかんな」

その夜遅うまで話し合うて沙希の意思は確認できた。まだ本人も決め兼ねとるみたいやけど、本線はタイに渡航して全面工事を受けたいというのが希望のようや。

「私はいつでも構へんから、サキッチョの気持ちが固まったら言うてな。費用のことは、ほんまに心配せんでええから」

「はい、ありがとうございます。そやけどお母さん、今まで話題にしたこともなかったのに、なんで急にこんな話になったんですか？」

「さっき一緒にお風呂に入ったやんか」

「はい」

「あんときサキッチョ、えらい自分の股間を気にしてたやないの」

「あっ、それは……」

「嫌なんやろ。そんなもんがぶらさがっとんが」

「ええ、小さいころから嫌でした」

蚊の鳴くような声で沙希が認めた。

「その気持ちがよう分かるから、それやったら工事したらええやんて思うたんよ。サキッチョのおかげで一千万円も助かったしな」

実はそれだけが理由やない。安藤に酷い目にあわされた沙希の記憶を消し去るためには

——完全に心の傷が癒えるとは思わへんけど——思い切ったことをするんが良かろうと思うたんや。性別適合手術を受けて、生まれ変わった気持ちになったら、少しは安藤とのことも忘れられるんと違うやろうか。

おそらくそんな私の気持ちに気付いているんやろう、「ありがとう」と沙希が小声で言うて、しばらくして可愛い寝息が聞こえてきた。

大阪の座裏に戻って一ヵ月後に『さくら』はリニューアルオープンした。店名も『肥土山』に変え、店内の改装に百万円ほどかけて、割烹居酒屋として生まれ変わった。私の生まれ故郷から名付けた店名には、ここが帰る場所やという私と沙希の想いがこもっとる。沙希の手下である黒門市場の若い子三人も、ずいぶん力になってくれた。泡盛は、甕ごとすべて処分した。それまでお世話になった酒造メーカーさんには『さくら』閉店の報せと、今まで世話になった礼状と、黒門市場から岡山県新見産の黒毛和牛のしぐれ煮を送らせてもろた。

新装開店にあたって私がいちばん嬉しかったんは、沙希の父親が、看板の店名を揮毫してくれたことや。沙希の帰る場所が『肥土山』であるにしても、やっぱり沙希には生まれ故郷や家族を大切に思てほしかった。

四月からブンチャンもメンバーに加わり、いっそう『肥土山』は華やいだ。

なにもかもが順調やったけど、ただ一つ私が気懸かりなんは安藤のことや。私と沙希を路上に抛り棄てて逃げた夜から、もう半年近くになろうというのに、安藤の行方どころか足取りさえ、まったく摑めてへん。

そしてそのまま、また月日が経ち、季節は秋を迎えようとしていた。まだまだ残暑とも言えん蒸し暑い日に沙希が私の部屋を訪れた。折り入って相談があると言うた。

「なんやのん、えらい改まってからに」

ダイニングのテーブルに沙希を座らせ冷蔵庫で冷やしておいた麦茶を出した。麦茶を一口飲んで沙希が口を開いた。

「三つ相談があります」

「三つもかいな」

沙希が緊張した顔をしているので解してあげようと笑うてみた。

「今お母さん、お金なんぼ有ります？」

単刀直入に訊かれた。

「そうやね、まだ六百万円少しは残っているんやないかな」

月々の掛かりは『肥土山』の売り上げでほぼ回せている。

「ひょっとして手術受ける気なったん？」

「ええ、それが一つ目の相談です」

「おめでとう。それでなんぼ用意したらええんやろ？」

「いえ、お金はええんです」

「えっ、どういう意味よ？」

「お金は自分で貯めた分がありますけん」

　この子、自分で貯めとったんかいな。ちょっと突き放された気になった。

　そう言うたら沙希は、食費を始末するような子やった。

　私が『さくら』のおばんざいを作ってたころ、閉店後の後始末をした沙希が、タッパーを朝のうちに返しに来るんやけど、ダイニングテーブルの上に置かれたそれは、いつもきれいに洗われてて、ある日、残ったおばんざいをどうしてんのか訊いたことがある。それは自分がドンキで買うたレンチンご飯のオカズにして食べてると沙希は答えた。早朝の店仕舞いの後だけやない。残りを冷蔵庫に仕舞うておいて、開店前にも同じようにして食べてると照れ臭そうに言うた。

　そやけど、毎度、毎度おばんざいが残るわけやない。そんなときはどうしているんかと訊いたら「まあ、適当に」と言葉を濁した。以来私は、出勤すると、お客さんの注文の合間を見て、沙希用のおばんざいを小皿に二つ取り分けて冷蔵庫に仕舞うようにした。

沙希が始末したんは食費だけやないやろう。そういう細かい始末をこの子は、六年間続けてきたに違いない。そうでなければ六年間で手術費が貯まるわけがない。可愛いだけの子やないんやと沙希を見直したが、それはそれで寂しくもあった。

「そやけどそれやったら、なんで私のお金の残高訊いたん？」

当然の疑問を私は口にした。

「まずはこれを見てもらいますか」

沙希がパンツのポケットから折り畳んだ一枚の紙を取り出した。広げてみたら不動産の物件案内やった。居酒屋、居抜き、という文字に目が留まった。

「割烹居酒屋の物件ですねん。『肥土山』の新しい店としてどうかと思て」

「えっ」

突然のことに面食らった。

「今の場所でもそこそこ繁盛してますけど、やっぱり店が狭いと思います。それに居酒屋ですから一階店舗のほうがええと思いますんや」

それはそうやけど。

「逆にこれ、ちょっと広すぎへん？」

「よう見てください。三階建ての総面積ですけん」

「三階建ての店なん？」

「店舗付き住宅です。店は一階だけで、二階の二間と三階の一間は居住区になります」

「私と、サキッチョと、妹さんとで暮らすの？」

「さあ、そこで次の話ですわ」

沙希が麦茶を飲み干した。

「最近黒門市場変わってきましたやろ」

話が横に逸れた。

「ええ、そうやね。ちょっと買い物しにくうなったわね」

爆買いの影響で、平日休日を問わず、アジア系観光客が爆発的に増えた。それを当て込んで、商品をその場で焼いて提供する屋台村のようになってきた。提供するのはウニ、カキ、イセエビなどの単価の高い海産物や。高級和牛を串焼きで食べさせる店もある。

時代の流れとはいえ、昔ながらの店が次々に閉店しとる。黒門市場だけやない。そのすぐ近く、かつては関西最大の電気街と言われた「でんでんタウン」も様変わりした。メインストリートの堺筋通りにあった電器店は全滅して、大型免税店が次々に進出してる。顧客は大型バスで乗り付ける外国人観光客や。

「その煽りを受けて、あの三人の惣菜店も閉店らしいんです」

「えっ、あの子らいんようになるの？」

三人が交代で応援してくれるからなんとかなっとる『肥土山』なんや。それが無うなると、とても回していかれへん。沙希の尻にまとめて敷かれとる三人やけど、さすが料理の腕は私なんかよりはるかに上や。そもそも私は割烹居酒屋で出すような料理は作られへん。

「ちょうどええ機会やから、三人まとめて雇うたろ思いますねん」

「三人まとめて……けど、人件費が……」

今の『肥土山』の売り上げで三人も雇うのんは無理や。

「給料は儲けが出るまで払えんと申し付けてますけん」

申し付けるやなんて、ほんまに家来扱いやけど、現実それで働いてくれるのやろうか。世に言うブラック企業どころの騒ぎやないで。

「住むとこと、三食食べさしてあげたら構わんそうです」

はっとして、テーブルの上の紙に目をやった。店舗付き住宅。そういうことか。私の目線に気付いた沙希が言うた。

「二階に、うちとお母さん。うちら二人は同じ部屋で寝泊まりして、もう一つの部屋はブンチャンの部屋にします。ブンチャンも大学に自転車で通える距離で喜んでます」

もう妹の了解も得てるのか。

「ほんで三階にあいつら三人押し込みます。八畳あるから狭いことはないでしょ」

ずいぶん簡単に言うがそんなことが可能なんやろうか。現実的なんやろか。あっけにとられ、ぼんやりとテーブルの上を眺める私の目が、数字の並びに釘付けになった。

家賃二十三万円。保証金三百二十万円。

仲介手数料や保険料と合わせれば、四百万円近い初期費用が掛かる物件や。そうか沙希は、それで私のお金の残りを確認したんか。まあ、それでも構へんけど、それならそれでほかの人間に話をする前に、先ず私に相談があってよかったんやないか。いや、そうで無うても、例の三人やブンチャンに相談するまえに、私に話を通すのんが筋やないやろか。

さすがに私は不愉快な思いに囚われた。確かに一千万円をドブに捨てずに済んだんは沙希のおかげやけど、そやからと言うて、その金を当てにしてええというもんでもないやろう。

「この初期費用やけど……」

書類のその部分を右手人差し指でコツコツと叩きながら言うた。

「不動産関係だけで初期費用が四百万円やね。いくら居抜きや言うても、消耗品とか食器類とかも買い揃えなあかんでしょ。最低でも六百万円は掛かるんやないやろか。まあそれでも、少しは手元に残るけど、ほとんど無くなるのんも同然や。あの三人やブンチャンに話をするまえに、私に相談するんが筋やないか」

「まあ、筋のことを言えば、最初に移転開店のことをお母さんに相談せんかったんは悪いと思うてます。そやけどそれには理由がありますねん。この移転開店に合わせて、もう一つ、お母さんに了承してほしいことがありますねん。それが三つ目の相談ですわ」

沙希の顔が神妙になった。なにを言われるのかと私は構えた。ここまででもたいがいやのに、これ以上深刻にならなあかん相談てなんやろ。

「手術を受けること、店を移転すること、このことを切っ掛けに、うちは生まれ変わろうと思てます。とくに店のことは、今でもそこそこの収入はありますけんど、とてもお母さんが心配してた老後の安心を担保するもんやありません」

確かにそうやが、新しい店がうまくいくかどうか未知数や。開店に蓄えをほとんど吐き出してしもたら、ちょっとした躓きでたちまち路頭に迷うことになるやんか。

「そやからうちは、たとえお母さんが店を手伝えんようになっても、うちが切り盛りして、お母さんとの生活を支えていける基盤がほしいんです」

「私との生活？」

「そうです。お母さんとうちの将来です」

「将来……」

あかん。動悸がしだした。

その私の胸の高まりにとどめを刺すようなことを沙希が言うた。

「手術が終わって『肥土山』を移転したら、養子縁組で、うちをお母さんの娘にしてほしいんです。まあ戸籍上は息子やろうけど、そんなもん、お母さんと私の気持ち次第でどうなとなる話やし……」

ガラガラと音を立てて私の身体の中でなにかが崩れ落ちた。

私は思わず、テーブルに身を乗り出して沙希に抱きついた。

空になったグラスが床に落ちてパリンと割れた。

13

コーディネーター選びに時間が掛かり、結局沙希の手術は十一月になってしもた。タイの法律が変わって、性転換手術の厳格化も遅れの一因やったみたいや。

その間に『肥土山』の移転新装開店の準備は着々と整うた。新店の店名について沙希とちょっとした揉め事があった。

「お母さんと考えた『肥土山』もええ名前やと思うんですけんど……」

私の部屋を訪ねた沙希が言い難そうに切り出した。

「なんやのん、サキッチョは他に案があるんかいな」

「ええ、ちょっと考えてみた店名がありまして……」

まだ言い難そうにしとる。

「なんやの。遠慮せんと言うてみなさい」

私の言葉に沙希が割烹着の前ポケットから紙を一枚取り出した。

ちなみに移転新装開店が決まってから、沙希の普段着は割烹着に変わった。それがこれからの沙希の「生き様」らしい。

新しい店では私が大女将で沙希が若女将を名乗る。それも沙希が決めたことや。

私と沙希、沙希の妹のブンチャンに沙希の家来の三人、たった六人で営む割烹居酒屋で大女将も若女将も、あったもんやないやろうがなと思うたけど、割烹着姿の沙希に迫られ、苦笑しながらそれを認めた。

沙希がおずおずと差し出した紙には『肥土山亭・犬奇屋』と書かれとった。

「犬奇屋？　居抜きの店やから犬奇屋かいな。ちょっと奇を衒(てろ)うてへんか？」

さすがにその店名をすんなり認めることはできなんだ。

「奇を衒う言うても、大女将と若女将がトランスジェンダーの店ですよ。もうその段階で、十分に奇を衒うてますやんか」

「それはそうやけど……」

私が引っ掛かったんは店名に付された『犬』の文字や。その文字に自分と安藤との関係を思い起こさんではいられへん。

「うちはパンクファッションしてたころ、犬の首輪をアクセサリーにしてました」

しみじみとした口調で沙希が語り始めた。

そう言うたら、割烹着に変えてから首輪はしてへん。

「あれは実は、順番が逆ですねん」

「順番が逆?」

「犬の首輪在りきなんですわ。最初に犬の首輪をして、それに合うファッションがパンクやったということですけん」

「どうして犬の首輪を……」

「自分のジェンダーに素直になろうと決めたときに、うちは人間であることを遺棄しようと思いました」

頭のええ子の考えることは難しい。納得しながら、どうしてそっちに考えが向くんか、理解まではでけへんかった。

「今度の事件で、お母さん、いえ大女将があの男から犬の扱いを受けとったと知りました。そして、うちもあの男にやられてしもた。本当の犬になってしもた。そやけどあの時、大女将がずっとうちの肩を叩いて、我慢や、我慢やと囁いてくれた。うちは大女将の優しい手の感触で耐えることができました」

驚きやった。

確かに私は沙希が安藤に犯されとるあいだじゅう、沙希の肩をトントンして、沙希に我慢やと囁きかけた。そやけどそれは、手の動かん私が空想した手で、囁いたんも胸の内でや。実際は声にも出してへんし肩も叩いてへん。

「そやけど、いや違います、そやからこそ、あの瞬間を忘れんよう、新しい店名に『犬』の一文字を加えたいんです。許してもらえませんやろうか」

沙希の真っ直ぐな目が私を見つめとる。人間であることを棄てようとした沙希が、その覚悟である首輪を棄てた。その代わりに店名に『犬』の一文字を加えようとしとる。さらにそれは、一刻も早く忘れたいはずの、あの忌まわしい出来事を忘れんようにする意味もあると言う。沙希はあの記憶を正面から受け止めて、それと闘うつもりなんや。

（手に負えん子やで）

苦笑とともにため息が漏れた。ここまで言われてしもたら――かなり誤解や勘違いもあるけど――無下に反対はでけへんやないの。結局私が折れて新しい店の名前が決定した。

肥土山亭（ひとやまてい）　犬奇屋（いぬきや）

沙希の父親にもっぺん揮毫してもらわなあかんけど、それは沙希からお願いしてもらおう。店名の由来は、誰に訊かれても説明でけへん。あぁ、疲れてしもた。

タイに旅立つ沙希を関空で見送った。部屋に戻ってシャワーを浴びて横になった。目が覚めたんは夜中の二時過ぎやった。ちょっと早いけど、これからのことを考えたらとても眠られへん。

とりあえずベッドを出て、関口との電話を反芻した。それは『さくら』の『移転のご挨拶』の葉書に反応してスマホに掛かってきた電話やった。

新装開店準備中の『犬奇屋』では、沙希の家来三人が忙しく立ち働いとった。私と沙希は自分らの部屋の引っ越し荷物を整理しとった。引っ越し荷物言うても、沙希はパンクファッションを全部リサイクル屋に投げ売りしてたんで、古本だけが荷物らしい荷物や。私もベッドをはじめとして、要らんと思えるもんはほとんど処分してた。新しい住まいに安藤と寝たベッドは要らへん。真新しい布団が二組届いとる。沙希が選んだ沙希とお揃いの蒲団や。

——可能性のあるところは全部あたったんだがね。

型通りの挨拶の後の関口の言葉がそれやった。安藤のことを意味しているのは問い返すまでもあれへん。空き家や公営住宅の空室も洗いざらい調べたと言うた。

——手掛かりさえ出てこないんだ。闇の中に消えてしまったみたいに思えるよ。

自嘲気味に言うた。

——でも人間が闇に消えたりはしない。必ずどこかに痕跡を残す。必ずだ！

最後は自分自身を励ます関口の言葉で通話を終えた。スマホをバッグに仕舞いながら、なにか心に引っ掛かるものを私は覚えた。

関口の言葉。

(闇に消えてしもうた)

闇——

闇という言葉が気になった。

ハッと胸を打たれた。仕舞ったスマホを取り出した。午後八時過ぎやった。この時間なら大丈夫や。開店したてでそれほどお客も入っとらんやろ。

スマホの電話帳を開いて『か』行を探した。『キングのママ』をタップした。

――はい、『キング』

「ご無沙汰してます、桜です」

懐かしいしわがれ声が応えた。

――おお、桜か。ひさしぶり。生きてたかよ。

「教えてもらいたいことがあって電話しました」

――ほう、なんだい。用事のある時だけ電話してきやがって、調子のいい女だぜ。

相変わらずの口の悪さやった。

「早いに岐阜の岐と書いて早岐という駅がＪＲ佐世保線にあります」

――早いに岐阜の岐だね。

電話の向こうでメモをする気配がした。

「その早岐から徒歩の範囲で行けるハッテン場を知りたいんです。それからその場を仕切っている人の名前も」

――あいよ。ただ長崎となると、さすがの私も即答とはいかないねえ。五、六分待ちな。

私が返事をする間もなく通話が切れた。

この場合のハッテン場とは、男性の同性愛好者が同じ嗜好を持つ人間を求めて集まる場を言う。人気の少ない公園とかサウナが選ばれる。夏やったら、海水浴場に隣接する岩場とかもハッテン場になる。他にはオールナイト営業をしている成人映画専門の映画館とか、高速のサービスエリアの駐車場とか、まあ、いろいろあるけど早岐駅から徒歩の距離と限定すれば、地方のことやし、それほど多くはないやろう。

その場の性格上、表に出る場所やないけど、遠く離れた早岐駅周辺で、しかもその場を仕切る人物の名前まで知りたいというんやから尋常の依頼やない。そんな依頼に理由も訊かんと「五、六分待て」と言うんやから、さすがに業界の生き字引と誰もが認める『キング』のママや。三分後、私のスマホが鳴動した。

「はい、桜です」

メモを手に応答した。

——言うよ。早岐駅の近くにはないね。その隣の駅、三河内駅にならあるけど、どうする?

そうや。安藤がレンタカーを乗り捨てたんは三河内駅やった。

「そちらでお願いします」

——場所は石切公園。江戸川の石切さんの石切だよ。

おそらく「石切」と書くのだろう。「江戸川の石切さん」とは神社に違いない。キングのママの言葉を切らないよう、私はフンフンと鼻を鳴らした。

――そこにね、沼さんという七十歳くらいの男がいるんだ。沼さんの前歴は大工の棟梁で、年中法被姿らしい。その沼さんに聞けば、たいていのことは分かるから。

「ありがとうございー――」

――けどなんだい、アンタからハッテン場のことを訊かれる日が来るとは思わなかったよ。

「ちょっと事情がありまして」

――そうかい。

『キング』のママはあっさりと納得してくれた。このあたりが苦労人だ。人が言わないことを、それ以上踏み込んで訊こうとはしない。

――ただ気を付けなよ。石切はガチ場らしいからね。

「ガチ場?」

――やっぱりアンタ知らないんだ。

言うてママが解説してくれた。

ママの話によれば、ハッテン場には「ガチ場」と「ユル場」があるらしい。「ガチ場」

というのは男性同性愛者がダイレクトに口淫性交や肛門性交を求めて集う場所で、「ユル場」は、それもあるけど、女装愛好家と男性がセクハラ紛いの行為を楽しむために集まる場所らしい。

――アンタみたいに見た目が女だと、だれにも相手にされないよ。

そう忠告されてママが通話を切った。

着信履歴から関口の携帯を鳴らした。

――はい、関口。

「桜です。先ほどはどうも」

――ああ、まだなにか？

「それでさっき関口さんが仰ってた件なんですけど」

――えっ、自分が？

「ええ、安藤の潜伏先について」

――ああ、そんな話したけど、なにか心当たりでも思い出したんですか？

「いえ、心当たりと言えるかどうか分かりませんが、関口さんは、ハッテン場ってお分かりになりますか」

――ああ、まあ、一応警察に勤めているからね。

「早岐駅の隣に三河内駅がありますよね」

——安藤が車を乗り捨てた駅だね。その周辺は重点的に洗ったけど、なにか？

「三河内駅の近くに石切公園という公園があると思うんですけど」

——石切公園ねえ。

関口が考え込んで、すぐに思い付いたように言うた。

——ああ、寂れた児童公園だよ。このあたりもご多分に漏れず少子化でね。まあ、近頃の母親は子供を外で遊ばせないし。

「そこがあの辺りのハッテン場なんです」

——そう。それは知らなかった。管轄違いだからね。

管轄がエリアを意味するのか担当職務を意味するのか、私には分からへんけど、分からへんまま話を続けた。

「そこに沼さんと呼ばれる元大工さんがいます。年中法被姿やそうです。その沼さんに訊けば、石切のことはたいてい分かるそうです」

——それで？

「安藤です。あいつは私らを遺棄した足でそこに向かい、知り合うた同性愛者の自宅に転がり込んだんやないかと思うんです。そやから足取りが消えてしもうたんやないでしょうか」

——う、うん。分かった。当たってみるよ。沼さんだね。年中法被姿の。

「お願いします。私は間違いないと思うています」

関口と話しているうちに、私の推測は確信に変わった。警察権力の光さえ届かない闇がそこには存在しとる。個人情報の保護とかいうベールに包まれている闇や。

他人の、ましてやそれが蔑視される性的嗜好について、社会は、理解はするが目を背ける。まともに目を向けようとせえへん。そこに生じる闇に安藤は潜伏してんのに違いない。

——それにしても、こんな短時間で、よく情報が手に入ったね。

「以前の知り合いに聞いたんです」

——長崎の人？

「いいえ、新宿二丁目で『キング』という定食屋を経営しているママさんです」

——新宿の人だって？　その『キング』のママさんて何者なんだよ。

「化け物ですよ」

『キング』のママのいかつい顔を思い浮かべて私はクスリと笑うた。

顔はいかついし女装もしてないけど、店に出るとオネエ言葉で下ネタを吐き散らす。誰彼構わずビールを強請る。もちろんノンケやない。あのママの毒牙にかかったバイトの学生が何人いることか。十指どころの騒ぎやないやろう。足の指を足しても到底足らへんのと違うやろか。

出発の時間まではまだだいぶんあったけど、とりあえず着替えることにした。長年暮らした難波のこの部屋は来週には明け渡すことになっとる。残っとんはさっきまで寝ていたベッドとボストンバッグだけや。

部屋着と兼用してたパジャマを脱いでブラとショーツも取った。ショーツの代わりに何年ぶりかのブリーフを穿いた。あえて選んだなんのひねりもない白のブリーフや。同じもんがボストンに後二枚入っとる。

次にボストンから取り出したんが「ナベシャツ」や。一回試してみて、これならいけると思た。「ナベシャツ」は別名「胸潰し」とも言う。要はオッパイを潰すことを目的に作られたインナーや。男装をしたい女の子が着用するシャツと言うたらイメージできるやろ。

最初は晒を巻くことも考えたんやけど、手術した左腕はまだ以前のようには動かない。かと言うて、こればっかりは沙希に頼むこともでけへん。思案の結果、入手したんが「ナベシャツ」や。幸い私の場合は、入れ乳やのうてホルモンで自然に膨らました乳やったんで、潰すのにも造作あれへんかった。ちょっと息苦しさを覚えた程度や。

次にボストンから取り出したんは上下揃いの作業服やった。グレーの色のこれもありふれた作業服や。仕上げは二ピンの作業ベルトや。ここで軽く躓いた。ベルトを通そうと思うたけど左腕が腰の後ろに届けへん。仕方がないんでいっぺん作業ズボンを脱いでベルトを通してから再度着用した。きつめに締めたら土木作業員の出来上がりや。

ワードローブの扉に作り付けられとる鏡に自分の姿を映してみた。ほぼ完ぺきや。ほぼな。作業服が如何にも新品なんが気に入らん。一応袋から出して、ぐちゃぐちゃに丸めてボストンに放り込んでたんやけど、着るのんが初めてなんやからしょうがない。

肩まである髪の毛も、ちょっとどうなんやろ。まあええか。これは向こうに着いてから、散髪屋で五分刈りにしてもらうつもりや。あとはボストンバッグか。どっからどうみても女もんやけど、まあええか。現地のホテルに置いて、現場まで持って行くもんでもないしな。

なんやかんやしとるうちに時計は午前五時を回った。予定しとる新幹線は六時発や。新大阪でモーニングでも食べようかと、私は鏡にバイバイしてワードローブの扉を閉めた。

一階に降りて管理人室で鍵を返した。私の作業服姿に目を丸くした管理人さんに、引っ越し先の荷物の整理があるのでと適当なことを言うて、今までお世話になったお礼ですと、一升瓶のお酒を渡した。

「部屋に残っとんはベッドだけで、それも明後日にリサイクル屋さんが引き取りに来ますので、鍵を開けてあげてください」

一升瓶を抱えてホクホク顔の管理人は快諾してくれた。

ほな行こか。

タクシーで新大阪駅を目指した。

乗車を予定しとる新幹線はみずほ601号や。

博多でさくら405号に乗り換え、新鳥栖で特急みどり3号に乗り換えて、佐世保着が午前十時二十六分、まずは近くの散髪屋を探して髪を切って、予約しとるホテルに荷物を置いて――

これからの予定を確認する私の頭に数日前の関口からの電話が浮かぶ。

ハッテン場で安藤の足取りは摑めなんだという連絡やった。

関口らの捜査を疑うわけやないけど、私はどうも腑に落ちんかった。どんな探し方をしたんやろう。思うたが、まさかそれをダイレクトに質問するんは失礼と言うもんやろう。

胸に痞えたまま何日か過ごしとるうちに私は決めた。沙希がタイに行っとるうちに、自分で納得できるまで安藤を探してみよう。蛇の道は蛇、と言うたらそれも関口らに失礼やけど、私はそう決めたんや。

蛇の道は蛇でもないか。少なくとも私は蛇とまではいかん。蚯蚓（ミミズ）くらいや。私は女として安藤と関係を持った。私の意識の中ではそうやった。そやけど今から向かう場所はそうやない。男が男を求める場なんや。それがあるから作業員の格好をしてきた。蚯蚓かもしれへんけど、蛇の臭いくらいは嗅げるやろう。

『キング』のママは「ガチ場」と言うた。そこに乗り込んで人探しをするんやから、求められたらやらなあかん状況にもなるやろ。それでもかまへん。私は腹を括っとる。覚悟を決めとる。

男から女になるときにも覚悟はいった。それなりに悩んだ末に覚悟した。そやけど今度の覚悟は全然違う。次元が違うわ。

私は女から母親になるんや。

タイから帰った沙希の母親や。母親やったら娘のために命も投げ出すやろ。知らん男らに嬲（なぶ）られる。それがなんぼのもんじゃい。なんぼでも嬲らしたるわ。そのうえで安藤を炙り出したる。闇から引き摺り出してやるんや。

定刻に佐世保に着いた。駅員に近くの散髪屋を教えてもろて髪を切った。五分刈りにバッサリ切ってさっぱりした。そやけど悪うないとも思えた。なにしろ大阪に帰ったら私は大女将なんやから、ビジュアルは若女将の沙希に任せて、店奥で睨みを利かせとんも悪うないやろ。そやな。それもええか。なんせ私は『犬奇屋』の大女将なんやから。

予約してたビジネスホテルに到着した。

桜やなしに、本名の岡本徹也でチェックインした。ホテルに向かう途中で何軒か佐世保バーガーの店も見掛けたが、さすがに食欲はなかった。緊張するなと言うほうが無理や。

午後四時まで待ってタクシーを呼んでもろた。行先は石切公園や。十分ほどで到着した。まだ暗い時間ではなかったけど、なんと無う薄寒さを覚える公園やった。それほど大きいわけでもない。テニスコート二面分も無いくらいや。

公園の外れにある公衆便所を覗いてみた。間違いないと思た。使用済みのコンドームが数枚、個室の床に貼り付いとった。

ブラブラしてても怪しいだけなんで、公園の柵に腰を下ろして暗うなるのを待った。やがて日が陰り、あたりが闇に包まれだした。完全な闇と言うわけやない。公園の端にある街灯が灯って微かにあたりを照らしとる。そやけどそこから少し離れると、完全な闇で、都会生活に馴染んだ目には、それがなかなか怖う感じられた。

人の気配がした。

キョロキョロしとる。

私が無視しとったら、余所見をしながら近づいてきた。余所見をしてるけど、意識は私に向けられとる。小声で声を掛けてきたが聞き取れんかった。

「えっ、なんや」

問い返すと「ゲンカイさんですか?」と、今度は聞きとれる声で訊いてきた。なるほどネットの掲示板あたりで待ち合わせをしたクチか。違うと答えたら「だよな」「そうだよな」ブツブツ呟きながら離れた。手に持ったスマホを弄っとる。

完全に日が暮れた。

光の届かん暗闇で人の気配がする。一人や二人やない。十人もはおらんかもしれへんけど、かなりの数の人の気配を感じる。

そのうちに二人連れが公衆便所に消えた。数分で出てきた。待っていたかのように別の二人が手を繋いで公衆便所に入った。その二人が出んうちに、また別の二人が公衆便所に消えた。今度の二人は、一人が別の一人の肩を抱きしめとった。確か個室はひとつだけだったはずやけど。

「さっきからずっとここにおるばってん、だれか待っとぉと?」

背後から声を掛けられた。立ち上がって振り向いた。私より少し背の高い猫背の男がおずおずとした風情を漂わせとった。

「いえ、相手を探しとるところです」

できるだけ女言葉にならないよう気を付けて言うた。

「口で、してもろうてよかか？」

頷いた。それくらいのことは覚悟して来た。

先ずは沼さんと接触することやが、少し前に警察が聞き込みをしとるはずや。いきなりその名前を出して探したんでは警戒されるに違いない。口で処理した後なら相手の警戒心も薄れるやろ。いくら警察の捜査が熱心でも、そこまでやる警察官はいないやろ。

抵抗がないわけやない。はっきり言うたら怖気が走るほど厭や。やりとうない。そやけど沙希と新しい人生を始めるためには、どうしても安藤を排除せなあかん。そのためやったら私はなんでもできる。

（母親になるんやぞ）

自分に活を入れた。

「ゴムつくるけんな」

男がズボンの前を下してコンドームを装着し始めた。まさかここでするんか！

「では、お願いするけん」

コンドームを装着した男が腰に手を当てて股間を前に突き出した。私はしゃがんで男の股間に右手を伸ばした。男の物はカチコチに勃起してた。それを口に含んだ。男の陰毛から微かにシャンプーの匂いがした。ジャンパーを羽織っていたが、どこと無う勤め人の所作を感じる男やった。

ちんぽを口に含んだまま手でしこった。いくつもの目が、男のちんぽを咥える私を、息を潜めて凝視しとる。脳が少しだけ焼けた。興奮と言うほどや無うて脳が熱うなった。

男が果てた。ウエットティッシュを一枚引き抜いて私にくれた。コンドームを取って、別のウエットティッシュでちんぽを絞るように拭いた。それで使用済みのコンドームを包んでジャンパーのポケットに直した。

「地元ん人やなかね」

「大阪から来ました」

「旅行？」

「まあ、そんなもんです」

簡単な会話を交わして立ち去ろうとした男を呼び止めた。

「ネットの掲示板で知ったんやけど、沼さんって人、いますか？」

「ぬ、ぬまさん？　さ、さあ知らんね」

男が足早に立ち去った。

その背中に不審なものを感じるよりなにより、男が立ち去ったとたんに、闇の中からまた自分を取り囲む視線を感じた。数が増えとる。間違い無う増えとる。

私を取り囲む闇の影は、さっき私が男の物を口で処理していた時より遠巻きになっとる。そやけど私が元の位置に腰かけると、ザザザザザザと、いや音が聞こえたわけやないけど、そんな感じで、集団が距離を詰めてきよった。それは、思わず悲鳴を上げて逃げとうなるような悍ましさやった。

次になにが起こるんやろうと息を潜めとったら、闇から一人の男が現れた。挨拶の言葉も無うて私のまえに仁王立ちした男は、すでに怒張した股間を放り出しとった。

男の前にしゃがむと、鼻を突く、発酵食品の臭いに混じってドブ臭がした。それは男の男根から――ああ、めんどくさい。ちんぽや、ちんぽ。男根やて？　そんな上品なもんとちゃうわ、生身のちんぽや、そのちんぽの先から臭いの湯気が立っとんや。

別にそのまま咥えてやってもよかったけど、私は周りの視線に怖気た。それくらいの冷静さはまだ残っとった。

何本のちんぽが私を取り囲んどんや？

そう言うたら腐敗したドブ臭は、目の前に差し出されたちんぽからだけや無うて、あたりの闇からも漂うとるやんか。

何本のちんぽが私の周りの闇でしこられとんや。

生フェラは勘弁してほしいと思た。ハッテン場に乗り込むんやから、生でフェラをするくらいの覚悟はあった。そやけど数が多過ぎるわ。安藤の手掛かりに辿り着くために、私は何本のちんぽを咥えなあかんのや。

こんな恥垢が固まっとるようなイカ臭いちんぽを何本も咥えたら、洒落や無しに病気になるわ。

二人目の湯気ちんぽの男に、黙って用意してきたコンドームを差し出した。相手が頷いてそれを受け取って装着した。私は相手のゴムちんぽを咥えた。ジュポジュポと派手に音を鳴らして、相手だけや無うて、周囲の闇に蹲るちんぽを満足させたった。

その男もすぐに果てた。

一分持ったんやろうか？

それくらいあっけない終わり方やった。男はコンドームをつけたままちんぽをズボンに直した。

三人目、四人目、五人目、六人目、七人目、八人目――

そっから先は、数えんのも面倒になるくらい、次から次に、ちんぽが闇から出てきよった。二回目のお代わりちんぽもあった。三回目かもしれへん。そんなもん、相手の顔もろくに見てへんのやから分かるわけないやないか。

咥えた感触が似てただけかもしれへん。とにかくや、延々とちんぽを咥えて、精液を絞り続けて、その夜は終わってしもた。

結局、安藤どころか、この場を仕切る沼さんとやらの情報も得られんかった。

ホテルに帰って鏡を見て驚いた。髪の毛が半分白髪になっとった。胡麻塩頭いうやつや。頬もげっそりと痩せこけとった。

それでも私は次の夜も、そしてその次の夜も、また次の夜も、公園に足を向けた。同じ場所に腰を下ろしてちんぽを待った。闇から湧いてきよるちんぽを次から次に処理した。

やがて私の頭から黒い毛ぇが無うなるころ、あの男が私に声をかけてきた。

14

まだあたりが暗うなってない午後四時少しまえやった。

「毎晩毎晩あんたも好いとぉね。すっかり人気者や。ばってん季節が季節や、寒うなかかい？」

声を掛けて来たんは小男やった。一瞬その男が沼さんかと思うた。そやけど男は法被姿やなかった。それに七十という歳でもない。田舎の人の歳は分かりにくいけど、色黒う陽焼けして、肌がごわついとるその男は、どう見ても五十はいっとらんやろうと思われた。

黒のニットにグレーのチェスターコートを羽織って、ボトムはダメージジーンズやった。小ざっぱりした格好から、ひょっとしたら四十前後かもしれへん。

「どうやなあ。今夜はおいん家でゆっくりせんか？」

男が私を自宅に誘うた。自宅まで誘うということは、ちんぽしゃぶるだけで終わらす気はないということやろ。

ちょっと迷った。

毎日数えきれんほどのちんぽを咥えんにも疲れてたし、沼さんを知っとるちんぽとさえ、まだ出会っとらん。ここは目先を変えるべきやないやろか。そう思うた。

そやけどフェラだけでもたいがいやのに、肛門まで使うようになったら、私の負担は計り知れんのやないやろか。どうせこいつらのちんぽコミュニティーは狭いやろ。私がノコノコ自宅に付いて行ったやなんてことは、今晩のうちにも広がるやろ。

目の前の男は小奇麗な恰好しとるから、住んでるとこもまぁまぁやろうけど、ここ何日で咥えたなかには、ムワッとするよな汗と垢の臭いがしてたちんぽもおった。

恥垢、チンカスや、チンカス塗れやと思えた男もいよった。そんな男らの棲む家に連れ込まれたら——

いや、家だけやない。まだ一度も誘われてへんけど、公園の隅の公衆便所もあるやんか。私が誘われて誰かの家に行ったやなんて噂が流れたら、ちんぽ連中の期待が、いや、妄想がどこまで広がりよるか分かったもんやない。

あーでもない、こーでもないと迷とる私に男が決定的な言葉を吐いた。

「沼さんば捜しとるんやろ？　沼さんならおいん家におるばい」

「あんたの家にいてる？　それほんまですか？」

私はいきり立った。ようやく辿り着けたと胸が高鳴った。

（いや、騙りかも知れへん）

冷静になった。

私が沼さんを捜しとるんは、この公園に集まるちんぽ連中やったら誰もが知っとることや。なんぞ確証がほしい。

「どうして沼さんがあんたの家にいてはるんですか？」

「なんであんたはそがんまでして沼さんに会いたかばいな？」

質問を質問で返された。

「ある男を捜しています。沼さんに訊いたらその男の消息が知れるかもと思いましてん」

「安藤やろか」

その名前に私の身体が反応した。思わず右手で男のコートの襟を摑んでいた。

「安藤のことを知っとんですか！」

「おいおい、冷静にならんね。それよりどうするんばい。おいん家に来るかどうか、それば先に決めれや」

（危ない！　危ない！　危ない！）

頭の中で火災警報器が鳴り響いて、赤色灯が狂うたように回転した。

「どうするんばい。おいはどっちでもよかっさ。そろそろ日も暮るるし、早う決めてくれや」

「行きます。行きますけど、そのまえに、一件電話してもいいですか？」

関口の携帯番号はスマホのアドレス帳に入っている。

「どこへ、かくるったい」

「知り合いです」

「警察ん知り合いか？」

とっさにごまかす言葉が出んかった。

「おいたちが警察と関わり合いとぉねえんは知っとぉやろう。自分ん恥ば身内に隠して、ここに来とぉ人間もようけおるんや。おまんが、どこで沼さんのことば知ったか知らんばってん、安藤さんは、名前だけやったらここん来る人間は全員が知っとるわ。そん安藤さんのおかげで、おいたちがどんだけ迷惑したと思うとったい。沼さんなんかは、なぁんも悪かことばしとらんのに、早岐署にまで引っ張られたんやぞ」

男が一気に喋り倒しよった。それまでの冷静さが消えた。肩で息をしながら私に敵意を込めた目を向けとる。

（ほんまに危ない）

ザワッとしたがその一方で直感した。

この男、安藤のことを知っとる。

なんで迷惑に思とる安藤にさん付けするんや。それだけやない。男の怒りは、ハッテン場を荒らされただけの怒りにしては激し過ぎる。もっとどす黒い感情を内に抱えた怒りや。全身から臭うほどに滾らしとる。

男が小柄な身を震わせて続けた。

「悪いんは安藤さんやなか。あることなかこと警察にタレこんだ奴が悪かばい」

（間違いない！）

語るに落ちたと言うやつや。興奮して要らんことまで言いよった。

努めて冷静に問い質した。

「家まではどうやって行くんです?」

「おいの車で来とぉ。すぐ近くに停めてある」

その一言で決心が付いた。

車で来ているのなら付き合うてやろうと思うた。

もちろん家まで連れて行かれたりはせえへん。乗る前にナンバーをしっかり記憶して、関口に連絡したる。たとえその機会が無うても、信号かなんかで車が減速したら、飛び降りて通報したるんや。関口に通報さえでけたら、すぐに対処してくれるやろ。

(この男は安藤と繋がっとる!)

自分の確信を頭の中で確認して私は男に言うた。

「それやったら車まで案内してよ」

女言葉になってしもうた私を気に留める風もなく男が背を向けて歩き出した。ずいぶん無防備に思える背中やった。これなら助手席に乗るまでもない。車を確認したら背中をどついて逃げたらええ。

その場面をイメージした。

大丈夫や。

男の身長は私より少し高いくらいや。そのうえガリガリの細身や。不意打ちを喰らわしたら逃げ切れるやろ。

少し歩いた。男はどんどん人気のない場所に進んで行く。

「車はどこにあるん？」

焦れて問うた。

「そん竹藪に突っ込んどぉ」

なるほど道の先に小さな竹藪があって、藪の切れ目に頭を突っ込んどる黒いセダン車が見える。角度が悪うてナンバーが確認でけへん。

竹藪沿いの道を小男の背中に従った。あたりはかなり薄暗い。遠目にナンバーを確認するんは難しいかもしれへん。まあ、ええか。どっちにしろ乗り込むときに確認できるやろ。

そう思ったとき、小男が立ち止まって振り返った。

言い掛けたとき竹藪から大きな影が飛び出してきた。

「どしたん？　まさかここで——」

安藤！

覚えのある鈍痛が腹部を襲った。

殴られた！

（阿呆や。私、阿呆や）

薄れる意識の中で自分を呪うた。


意識が戻った。

手足を麻縄で固く縛られ、口にはタオルを突っ込まれたうえに、顔の下半分をガムテープでぐるぐる巻きにされて床に転がされとった。服は着たままや。てっきり二人掛かりで壊されるくらい犯られると覚悟しとったのに、どうもその気配はない。

床が絨毯やった。毛足が長い。応接セットに小男と憎っくき安藤が向かい合うとる。安藤こそ涎を垂らさんばかりに興奮しとるけど、どうやら小男がそれを許さん気配や。

「なあ、ほんとうにやっちまわないのか？」

未練たらたらの声で安藤が言うた。

「こいつ見た目はこんなだが、脱がしたら乳はあるし、ちんぽもついてるし、肛門の締まりも堪んねえんだぜ」

小男は足と腕を組んで不機嫌顔や。安藤は前のめりになって腿に肘を突いて説得の姿勢や。

「あんた馬鹿やなか！　どこん世界に自分ん前で亭主が女とやって喜ぶ女房がおるんば

い！　さっきからしつこかよ。たいがいにせんね」

なるほど二人はそういう関係なんか。まあ、どっちも恰好は男やけど、人間の内面は外から見るよりはるかに複雑や。

「でもよ、こいつも沼とかいう棟梁気取りの爺ィと同じようにやっちまうんだろ。それならどうしようがいいんじゃねえか。おれさ、いっぺん限界までやってみたかったんだよな」

やっちまうとやってみたい、同じ「やる」でも意味がまるで違うことは理解できる。そうかこいつらは沼さんを殺したんか。そして私のことも生かしておく気はないんや。

「少しは黙らんね。こん男女に聞かるるやろ」

「聞かれたって構うものか。昔から死人に口なしって言うだろ」

「あんたね、簡単に言いなしゃんなや。始末ばするんはうちなんやけんね」

「始末ったって庭に埋めるだけじゃねえか。ユメちゃん得意のショベルカーでちょこっと掘って埋めりゃいいだけだろう。庭も広いし埋める場所には困らない。せっかくこんな豪邸に住んで、ＳＭルームまで構えてんだからよぉ、使わないと勿体ねえじゃねえか」

小男の名前がユメちゃんでＳＭルームを備えた豪邸に住んでいる。ショベルカーで掘り返して死体を埋めるのに困らないほどの広い庭もある。安藤の軽口からユメちゃんの正体と、二人の現在の境遇を推測しようとするんやけど、まるで想像ができへん。それにそんなことをして意味があるんやろうか。私がおるんは絶体絶命の崖っぷちやないか。

「黙れって言いよぉやろ。それよりあんたに運用ば任せとぉお金んほうはどうなっとぉんばい」

ＦＸのことか？

「まあ、ぼちぼちだな。ただよ、ちょっと気配が悪いんで、また少し金が入用になるかもしれねぇな。そんときはよろしく頼むぜ」

「またとね。たいがいにせんね。おいにしても打出ん小槌ば持っとぉわけやなかとばい」

「ケチケチすんなよ。どうせハウステンボス絡みのあぶく銭じゃねえか」

「なにがあぶく銭ばい。あれはちゃんとした立ち退き手数料やけん。それば当てにして、二十年かぶりにひょっこり現れて、居着いてしもうたんは誰ね。あんときん慌てぶりはどうばい。ちょっと過激なプレーばしたら警察に訴えられそうになってんて――」

いつ終わるともないユメちゃんの愚痴と、それに対する安藤の言い訳で二人の関係の細部が見えてきた。

安藤はハッテン場の石切公園に逃げたんやのうて、その近くにあるユメちゃんの家に直接逃げたんや。ユメちゃんは元々土木作業員で、ハウステンボスを望む山の中腹の古い家に住んどった。両親は蒸発して、爺さんと婆さんに育てられたらしい。

その爺さん、婆さんも死んでしもうて、一人暮らしをしてたユメちゃんが二十歳になったばっかりのある日、オープンを間近に控えたハウステンボスを当時のオーナーが視察した。そのオーナーがハウステンボスから遠くに見える、いかにも昔の農家というユメちゃんの家を見て、「景観を壊すから立ち退いてもらって撤去しなさい」と無茶なことを言いよった。

なにしろオープンまで日にちがなかった。そやから立ち退きの条件として提示された金額は破格のもんやった。

で、そこに立ち会うてたんが安藤や。

ハウステンボスは今までの日帰りリゾートとか滞在型リゾートとは違う。居住型リゾートを売りにした日本最初のテーマパークやった。そやからハウステンボス町という正式な町名までつけて、園内には消防署、警察署も完備した。

当時不動産屋やった安藤の目論見は、ハウステンボスが分譲する住宅に絡んだ金儲けやったけど、ユメちゃんのことを小耳に挟んで近寄った。その夢ちゃんが同性愛者やったんが、安藤の幸運やった。しかもユメちゃんはMっ気まであった。幸運の重ね餅や。

欲と銭の二人三脚でユメちゃんを取り込んだ安藤は、結構ええ思いもしたようや。

そやけど安藤は月に何度か通うだけで、それもユメちゃんというよりユメちゃんの金が目当てに思えたユメちゃんから別れを言われた。

安藤と縁が切れた後にユメちゃんは、当時からハッテン場やった石切公園の近くに新築の豪邸を建てて相手を探すようになった。ブンチャンが残した『西彼町』というメモ書きだけで、安藤が真っ直ぐこの地を目指したのにはそんな過去の経緯があったんや。

私の情報を受けた警察は、石切公園を徹底的に調査したらしい。

知り合いやった沼さんから、警察が安藤を追い駆けとる、早岐署に呼ばれて聞いた話では、安藤は前科もんで、強盗や傷害の疑いまで掛かっとる、あんな男とは早う別れたほうがええと説教されたユメちゃんと喧嘩になった。途中で割り込んできた安藤とも喧嘩になって、興奮した安藤が、沼さんをクリスタルの灰皿で殴り殺してしもたらしい。

まあ、そんなとこや。

その時点で私が生かされとったんは、夜の遅い時間や早朝に、ショベルカーを動かすのを近所の人が不審に思わんか、ユメちゃんが心配したからやった。

死ぬまで不自由せん金を手にしたユメちゃんの趣味は、石切公園通いと慣れ親しんだショベルカーのオペレーションやった。庭の土を切り盛りする地味な趣味や。もう一つのほうは、とても地味とは言えん趣味やけど。

朝陽が出るころ、安藤が一眠りすると言い出した。ほんまに夜更かしには弱い男や。

「埋めるんはうちがやるばってん、殺すんはあんたん仕事ばい」

ユメちゃんがきつい口調で言うた。

「なんで殺さなくちゃいけないんだ。そのまま生き埋めにすりゃあいいじゃねえか」

めんどくさそうに言うて安藤が別の部屋に消えようとした。

（生き埋め！）

どこまで狂うた男なんや。

安藤の言葉にユメちゃんも唖然とした。

「そがんことしたらおいが殺人犯になるやなかと！」

安藤と向かい合って座っていた応接セットのソファーからユメちゃんが立ち上がった。

そのユメちゃんの怒声を安藤は無視した。

ユメちゃんがため息を吐いてソファーに座り込んだ。頭を抱えて唸った。やがて立ち上がるとキャビネットからウイスキーのボトルを取り出して瓶ごと飲み始めた。

「あんたに恨みはなかばってん仕方がなかばい。おいももうすぐ五十近や」

（私に語り掛けとんか？）

そんな歳やったんかいな。ほんまに田舎の人は年齢が分かりづらい。

「もう三十年近くも働いとらんで、世間とは没交渉、孤独なんばい。石切ん人間関係なんて、しょせん闇ん中だけん付き合いばい。そりゃ時々は、こん家に連れ込んだりもしたばってん……」

ユメちゃんが嗚咽を漏らし始めた。小刻みに震えとる。私を殺すという重圧に押し潰されそうになっとんのやろうか。呂律も回っとらん。続けた。

「おいもな、あいつが善人やとは思うとらん。いや、根っからん悪人やろ。沼さんから聞かされたあいつん悪行も、あいつは否定したばってん、たぶん沼さんの言うとおりやと思う。あいつが金目当てでおいに引っ付いとぉんも分かっとぉ。ばってんな……」

ユメちゃんが言い淀んだ。言い難そうに閉じた口をムニュムニュさせた。また一口、ウイスキーのボトルを傾けた。

「ばってん……情けなか話だばってん……おいにはあいつしかおらんよ。あいつに……老後んことば言われてな、こんまま歳ば取って、一人で生きていくるんかと問われた。言われとぉうちに怖ぅなった。こがん豪邸建てて……こがん広か家で……孤独死する自分ん姿が……目に浮かんだんばい！」

吐き捨てるように言うた。

なるほど安藤は私で学習したんか。いや、そやないかも知れへん。あの男は、私を含めて、昔馴染みの肛門仲間の不安を煽って、順番に喰いもんにしてきたんかも知れへん。それがあいつの「ビジネス」やったんかも知れへんがな。

ユメちゃんもあいつの餌食リストに入っとったんやろうか。それとも私が沙希を追うて、この土地にあいつを導いてしもうたから、災厄がユメちゃんに降りかかったんやろうか。

そうやとしたらユメちゃんには悪いことをしたと思うけど、今はそんな場合やない。あと何時間かで私は殺されるんや。それも身体の自由を奪われたまま生き埋めにされるんや。なんとかせなあかんとは思うけど、芋虫みたいに縛られて、口まで塞がれとんではどうしようもない。

「こがんところで死んでしまうあんたには、本当に申し訳なかと思うばってん、どうしようもなかばい。分かってくれや」

まるで死体を拝むように、ユメちゃんが両手を合わせて私に頭を下げた。

（いや、拝まれても――）

私は思念の全部を目に込めてユメちゃんを見つめた。この男の胸の内に芽生えているんやないかと感じられる罪悪感に訴えた。

そやけどユメちゃんは私と目線を合わそうともせんでソファーから立ち上がった。

「きつい。ちょっとだけ眠るわ。あんたは一人で、こん世ん別れば惜しんでくれ」

ユメちゃんが部屋から消えた。

安藤が消えたほうに足を向けたので、おそらくそこが寝室なんやろう。

(チャンスかもしれへん)

私は思うた。

これはユメちゃんがくれたチャンスかも知れへんのや。

縛め(いまし)を解くことがでけたら、この窮地から脱出でける。解くことがでけんまでも、這いずってこの家から出ることがでけたら、万に一つかも知らんけど助かる可能性もあるやろう。

私はもがいた。

身体をくねらせ手首足首を捏ねた。

そやけど、よほど上手に縛っとんやろう、私を拘束した麻縄はびくともせえへん。隙間さえもできよらへん。

部屋の向こうからユメちゃんの鼾が聞こえてきた。壁を震わすような豪快な鼾やった。

諦めて拘束されたまま部屋を出ようと思うた。二人が消えた方向とは別の方向の廊下を目指して身体を進めた。進めたと言うても、立ち上がることさえでけん私は、身を捩じらせて進むしかない。ほんまに進んどんのかどうかも判断でけんほどの進みようや。

それでも汗だくになりながら廊下に出た。

フローリングの廊下の先は薄暗かった。床に漂うとる微かな臭いを嗅いだ。靴の臭いや。足の残臭や。間違いない。この廊下は玄関に続いとる。僅かな希望に自分を励まして、なおも進んだ。

ヘトヘトになって辿り着いた。玄関やった。三和土やった。

さあ、これからどうする。

（桜、どうするんや！）

自分に問い掛けた。玄関ドアの下の隙間から薄っすらと外の陽が射し込んどる。朝の空気の匂いもする。

（このドアの向こうに出ることさえでけたら）

そやけど玄関ドアは刑務所の壁より強固に思えた。

（諦めたらあかん！）

（ここまで這いずって来れたんや。ドアを這いずり上がってやる）

そう思うたが、思うただけで、どうにもすることがでけん。必死に玄関ドアに顔を擦り付けた。もちろんそんなことで身体が浮くはずもない。それでも必死で擦り付けた。

涙が出た。ボロボロ出た。自分の無力さに情け無うなって、泣けた。

不意に身体が浮いた。少しだけ浮いて、廊下に引き戻された。

安藤！

知らん間に安藤が私の後ろに立っとった。

私を三和土から廊下に引き戻して、麻縄を緩めようとしとる。すぐにその意図を察した。縛めを解こうとしているんやない。私の尻の周りの縄を広げとんや。

なんのためかは考えるまでもないやろう。

安藤が私の作業ズボンの尻を両手で引き裂いた。安もんや。縫製も甘いんやろ。簡単に引き裂かれてブリーフも下にずらされた。

カチャカチャと安藤が自分のベルトを外す音がした。鼻息が荒うなっとる。ズボンを下ろしてパンツを足首まで下げて――

見えとったわけやない。そやけど気配で分かった。

安藤が私の腰を抱えて尻を浮かせた。なんの用意もできてへん肛門を安藤の硬うなったちんぽが裂いた。裂き貫いた。喉奥からくぐもった悲鳴が出た。

安藤は無言や。鼻息だけを荒うして私の肛門を貫いとる。

ゾッとした。

この男はちんぽに支配されとる。ちんぽに支配され金を求めて全国の闇を徘徊しとる。安藤の背丈と同じ大きさのちんぽが闇でのたくっとる。金の臭いを、ちんぽの先の割れ目で嗅ぎ取りながら獲物を探しとる。

その連想に怖気がした。

「なんばしよったい！」

怒声が廊下を震わせた。

ユメちゃん。

そやけど安藤の腰の動きは止まらへん。

「止めんか、このど腐れ畜生が！」

ユメちゃんが私から安藤を引き離そうとする気配がした。そやけど巨軀の安藤と小柄なユメちゃんでは勝負になれへん。

「止めぇ言うたら止めんか！」

ユメちゃんが安藤の背中を叩いとるんか蹴っとんか、ゴツン、ゴツンする振動が安藤のちんぽから私の肛門に伝わってくる。

「お願いやけん止めんね」

怒声より悲鳴に近い。ユメちゃんは涙声になっとる。

それに構わず安藤はピストン運動を続ける。完全に壊れとる。

下腹部に温もりが広がった。

安藤が果てたんや。大量の精子が私の直腸に放出されたんや。

安藤が立ち上がって大きな息を吐いた。パンツ、ズボンを直して私を軽々と持ち上げた。

「埋めに行くぞ」

廊下にペタンと尻を落として泣いとるユメちゃんに声を掛けた。安藤がドアを開け、のっそりとユメちゃんが立ち上がった。

玄関ドアの向こうは砕石を敷き詰めた前庭で、それを二重、三重の生け垣が目隠ししとった。

私を抱えた安藤が前庭を回り込んで屋敷の裏に回った。前庭の数倍ではおさまれへん雑草だらけの庭やった。ところどころ土のマウンドがあるんは、ユメちゃんの趣味の切り盛り土の成果やろ。安藤の歩調に合わせ、ゆさゆさ揺らされる私の肛門から精液が流れ出た。

それを凝視するユメちゃんの痛いほどの視線を感じた。

安藤が庭の中央よりやや奥に私を放り投げた。ユメちゃんに怒声を飛ばした。

「なにをぼけっとしているんだ。早くユメちゃん二号を持って来い」

猛々しく命令した。庭の隅の物置と言うには大き過ぎるプレハブの小屋に、項垂れたユメちゃんが足を進めた。

暫くしてエンジンの咆哮があたりの空気を震わせた。キャタピラの音とともに使い込まれた重機が姿を現した。

「ここだ。ここを掘れ」

安藤が指差した場所をショベルカーが掘り始めた。大した時間も掛からずに、私の鼻先で、たちまち深さ五メートルほどの穴が出現した。

「よし、そのくらいでいいだろう」

安藤が右腕を高く上げてショベルカーを止めた。高く持ち上げたアームを畳んで、ショベルカーが次の指示待ちに入った。

安藤が私を足で穴の中に蹴り込んだ。もうなにも考えられへんかった。穴の横に盛られた土で埋められるんやと覚悟した。

仰向けに空を見上げた私の目に映るんは腕組みをして私を見下ろす安藤の姿だけや。これがこの世の見納めかと思うて切のうなった。せめて一目だけ、一目だけでも沙希に会いたかった。

今ごろ南国のタイを満喫しとるんやろうなあ。

美味しいもん食べてるんやろうか。

『肥土山亭　犬奇屋』か。

おかしな名前やで。

けど一緒にやりたかったなあ。

私が大女将で沙希が若女将の割烹着コンビや。違う違う、コンビやない。親子や。

「埋めろ！」

言葉短う指示した安藤の声が私の空想を遮った。最期の最期まで好かん男や。

エンジンの咆哮、キャタピラの音――

四角い空にショベルカーが現れた。

機械音がして畳まれとったアームが伸びた。

旋回した。

巨体からは想像でけんほどの鋭い旋回やった。

旋回をしながらショベルカーのバケットが低うなった。

旋回の勢いのままバケットの爪が安藤の頸部を掠めたように見えた。

私の横に安藤の首が転がった。大量の血を噴き出しながら、二、三歩前によろけた安藤の首なし胴体が穴の中に転がり落ちてきた。

ショベルカーがキャタピラの音をさせて少し前に出た。

アームが下されてバケットの爪が私に迫った。

両断される！

固う目を閉じた。

ショベルカーの爪が私の胸と麻縄の間に入れられた。迷いのない、驚くほど繊細な動きやった。麻縄を引っ掛けた。そのまま私の身体が宙に浮いた。穴の上まで持ち上げられてショベルカーのゆっくりとした旋回で穴の外に下された。

ショベルカーの操縦席からユメちゃんが降りて来た。手に鎌を握っとった。その鎌で私をぐるぐる巻きにした麻縄をぶち切った。

顔に巻かれたガムテープを剝がしながらユメちゃんが言うた。

「自首するわ。刑務所ん中なら老後ん心配もなかやろう」

ユメちゃんが言うて寂しげに笑うた。

「あほなことばしてしもうた。こん土地で暮らす分には、老後の暮らしば心配せんでんよかだけん蓄えはあったのに、こがん男に唆されて――」

ユメちゃんが膝を突いて項垂れた。

「蓄えはあったの？」

立ち上がり、縄目の残る手首を揉みながら訊いた。

「ああ、億からん金ば貰うたけん」

「だったらどうして……」

足元に転がる安藤の生首を見下ろして言い掛けた言葉が途切れた。

雑じり気のない沙希の笑顔が浮かんだ。

(この人には、あなたみたいな人がおらなんだんやな)

お金のことだけやないんや。

膝を突いたまま、ユメちゃんが安藤の生首に手を伸ばした。両手で、顔の高さに持ち上げて、いきなりその唇を吸い始めた。

「あんたさえおってくれたら……うちは……うちは……」

嗚咽に言葉を詰まらせながら、執拗に安藤の唇を吸い続ける。それはもう、私が立ち入ることのできない二人だけの世界やった。

「帰るわ」

慟哭するユメちゃんと、無言の安藤に声を掛けて背を向けた。

沙希――

あとがき

本作はＬＧＢＴを題材にした作品である。その中でも特にＢ（バイセクシャル）とＴ（トランスジェンダー）を取り上げている。執筆当時、「生産性云々」の政治家の発言等で、世間にＬＧＢＴに対する関心が集まっていたが、それに乗じて書いた作品ではない。そのはるか以前から私はＭＴＦの女性と浅からぬ付き合いがあった。

とは言え、それは個人的なという意味ではなく、男性（Ｍ）から女性（Ｆ）に性自認を変えた女性らと関わっていたという事である。有体に言えば、三十路を迎える以前から、足繁くニューハーフショークラブへと通っていたのである。主には新宿二丁目の『ピーターパン』であったが、同店が閉店後は同じく新宿のバッティングセンター裏にも通っていた。

当時のニューハーフは大雑把に言うと女優とコミック、そして化け物に二分されていた。さすがに面と向かって化け物とは言わず、ドラァグクイーンなどと呼称していたように記憶している。女優とは素が美しいニューハーフを言い、コミックとは美しさにはやや劣るが、下世話なトークで客を楽しませるニューハーフを言う。化け物、あるいはドラァグクイーンとは、その名の通り、けばけばしく塗りたくった化粧で原型さえ留めず、やたらと燥ぐばかりのニューハーフを言う。

なにしろ三十年以上も前の記憶なので、曖昧さはご容赦願いたい。

本作は担当者さんから「ロードノベルを読みたい」というご要望に応じて執筆したものである。些か(いささ)アバウトとも感じられる発注に驚かれる読者諸氏も居られるだろうが、本作の担当者さんに限らず、どの版元さんのご注文も似たり寄ったりである。

作家のインスピレーションを重要視するために細かい指示はなされないのだと、私はそんな注文方式を好意的に考えている。

ロードノベルの出発点に選んだのは『座裏』だった。

本作では前の大阪歌舞伎座裏を『座裏』としているが、大阪にはもうひとつ『座裏』と称される場所がある。国立文楽劇場裏がそう呼ばれているのである。

大阪歌舞伎座裏の『座裏』と文楽劇場裏の『座裏』では、その佇まいがまるで異なる。

前者には飲食店や居酒屋が建ち並ぶが、後者は小さなスナックが密集するだけの場所である。これもまた、三十年以上も前の記憶であり、さらに言えば、私が文楽劇場裏の『座裏』を訪れたのは一度きりであったので、同じくご容赦を乞いたい。

しかしその一度きりの訪問は三十数年が経った今も忘れられないものであった。

興味本位で訪れた私は密集するスナックの一軒の戸を開けた。

店内にはカウンター席が四、五席あるだけで店番をしていたのは、ニューハーフというより高齢者の女装子であった。私が入店するなり、当該女装子はカウンターから出て、ドアに鍵を掛けたのである。

そして訊かれた。

「アナルとフェラのどっち？」

面食らってしまった。

「とりあえずなにか飲ませてもらえないか」

そう言ってその場を取り繕った私ではあるが、供された瓶ビールのグラスを重ねるうちに酔いが回り、アナルは未経験であったので、フェラを注文したのである。

初めてのフェラにそうそう勃起するものでもなく、耐えがたい気詰まりに襲われた私は、それを誤魔化すため相手の陰茎を咥えさせてもらえないかと申し出た。女装子は『アルナシ』であった。すなわち睾丸の去勢は終えているが、陰茎は残っていたのである。陰茎までオペしていた場合は『ナシナシ』と当時は呼称していたように記憶している（ご参考までに）。

睾丸を切除しているせいか、相手の陰茎は完全な勃起には至らず、それでも私の口内でそれなりの硬度を得、遂には薄味の、粘着性のない精液を私の口内に射精したのである。それを嚥下し、口直しにビールを飲んでその店を後にした。それが私の文楽劇場裏の『座裏』における、ある意味トラウマとも言える記憶の全てである。

そのこともあり、私が物語の始点として選んだのは、前の大阪歌舞伎座裏の『座裏』であった。執筆前に現地を取材し、主人公である桜の店舗が入居するビルを決め、マンションも選定し、そこから店に至る経路も何度か歩いてイメージを膨らませた。

さて、この作品には二人のトランス女性とバイセクシャルの男性の絡みだけでなく、もうひとつ骨子となるテーマがある。

それはトランス女性のジェネレーションギャップだ。同じトランス女性同士でも、高齢の桜と沙希の考え方はまるで違う。

実はこの作品には、私の作品の多くがそうであるように、実在のモデルがいる。作品を構想してから取材したモデルではない。むしろ取材する前から知り合っていた実在の沙希さんから作品の着想を得たのである。

沙希さんは、当時私が暮らしていた浅草の浅草寺の裏、通称『観音裏』と称される『オカマバー』（それが実際の店名だった）に勤務する顔立ちの美しいニューハーフだった。実際私がデビューした翌年の第二十一回大藪春彦賞の授与式に沙希さんを伴った時、三百人ほど臨席していた関係者のうちで、彼女をニューハーフだと気付いた方は皆無であった。

沙希さんが語る現代のニューハーフ事情に私は驚いた。彼女の郷里は長野なのだが、ニューハーフとしての彼女を周囲は受け入れ、高校の同級会にもその姿のまま参加していると言うのだ。クラスの人気者だとまで言った。

それは彼女の美形に依るところが大きいのかも知れないが、いずれにしろ私が過去に知ったニューハーフの面々は、それがどれだけ美形であれ、自らの性自認に従うためには、故郷を捨てるしかなかった者たちだった。

私はそんな彼女らの現在を知りたく、昔通っていた新宿二丁目仲通りを訪れた。『ピーターパン』で常にナンバーワンを争っていた女性を訪ねた。彼女は『ピーターパン』閉店後、仲通りでスナックを営んでいた。

三十年以上の時を隔てて会った彼女は六十三歳の高齢であったが、昔と変わらぬ美貌を具（そな）えた女性だった。私は彼女に質問した。そこそこの年齢になっており、水商売を引退し郷里に帰る気はないのか、と。

彼女は鼻で嗤ってその質問を否定した。

なおも踏み込んで質した。

「もっと年を取れば、働くのがきつくなるようになるんじゃないの。その場合はどうするつもりなの？」と。

「考えたくもないことを質問しないでよッ」

声を荒げて激怒された。

それでも質問を重ねた私は、そのスナックの出禁を言い渡されたのである。その際私が覚えたのは彼女の怒りではなく、老いに対する切実な恐怖だった。

ここまで言えばお分かり頂けるだろうが、彼女こそ、本作の桜のモデルとなった女性である。

凡そいかなる場合にでも、私はモデルとなる人物を実名で登場させる時には、本人の認諾を得ている。しかし彼女の認諾を得る事はできなかった。そのため、作中に登場した桜という名は、『ピーターパン』における彼女の同僚であり、閉店後は鶯谷のニューハーフヘルスに流れ、その後、老いさらばえて孤独死した女性であった。

私は昔馴染みのニューハーフの老後に幸あれと願って本作を認めた。締切りは刊行年の九月末であった。それまでに書き上げていないと、大藪春彦賞の選考対象にならないと告げられていた。

大藪春彦賞は故大藪春彦氏の業績を記念し設けられた文学賞である。その賞金が五百万円の高額というのは、対象が新進気鋭の作家であり、当該作家が最低一年間は、生活に困らず執筆に専念できるようにとの配慮だったとか、どこかで読んだ記憶がある。しかしその賞金は二〇一八年に三百万円に減額された。その事情を詳らかに知る私ではないが、おそらくはその年から新設された大藪春彦新人賞（賞金百万円）が影響しているのではないかと邪推する。

そして私は当該新人賞の第一回受賞者なのだ。

大藪春彦賞を後援しているのは徳間書店さんなのだが、第一回受賞者の馳星周氏以来、徳間書店から刊行された作品が受賞したのは、十六回の西村健氏と十七回の青山文平氏のお二人に限られる。ここは是非にでも、大藪春彦新人賞でデビューの機会を与えて下さった徳間書店さんに御恩をお返ししたいと私が奮起したのも当然だった。

私が新人賞を頂いた折の大藪春彦賞の受賞者は二名であった。

下世話な話になるが、賞金の三百万円は二分割されてそれぞれ受賞者に配分された。私が新人賞で頂いた賞金が百万円で、大藪春彦賞受賞者の賞金は百五十万円だったのである。

そして第二十二回大藪賞の受賞者は私だった。

私の単独受賞であった。

即ち私は三百万円の賞金を得たのである。

新人賞と合わせると四百万円頂いた事になる。

当時私は漫画喫茶で執筆していた。新型コロナが蔓延し始めた時期でもあり、その賞金で浅草に老朽化したアパートの一室を借りて、私は漫画喫茶から出る事ができた。今もその部屋で執筆を続けている。

この作品にお力添え下さった担当者さん、文庫化に踏み切って頂いた徳間書店さん、そしてこの本をお読み頂いたすべての読者の皆様に深く感謝申し上げます。

令和五年十月十五日　赤松利市

この作品は2019年9月徳間書店より刊行されました。
なお、本作品はフィクションであり実在の個人・団体などとは一切関係がありません。

徳間文庫

犬（いぬ）

2023年1月15日　初刷

著者　赤松利市（あかまつりいち）

発行者　小宮英行

発行所　株式会社徳間書店

東京都品川区上大崎三―一―一　〒141―8202
目黒セントラルスクエア

電話　編集〇三(五四〇三)四三四九
　　　販売〇四九(二九三)五五二一

振替　〇〇一四〇―〇―四四三九二

印刷
製本　大日本印刷株式会社

NexTone　PB000053395

ISBN978-4-19-894818-4　（乱丁、落丁本はお取りかえいたします）

徳間文庫

空色勾玉	荻原規子
白鳥異伝〈上下〉	荻原規子
薄紅天女〈上下〉	荻原規子
風神秘抄〈上下〉	荻原規子
あまねく神竜住まう国	荻原規子
おもいでエマノン	梶尾真治
さすらいエマノン	梶尾真治
まろうどエマノン	梶尾真治
ゆきずりエマノン	梶尾真治
うたかたエマノン	梶尾真治
たゆたいエマノン	梶尾真治
クロノス・ジョウンターの伝説	梶尾真治
つばき、時跳び	梶尾真治
サラマンダー殲滅〈上下〉	梶尾真治
ダブルトーン	梶尾真治
デイ・トリッパー	梶尾真治
壱里島奇譚	梶尾真治
もうこれ以上、君が消えてしまわないために	鹿ノ倉いるか
桜大の不思議の森	香月日輪
エル・シオン	香月日輪
黒沼	香月日輪
下町不思議町物語	香月日輪
魔法使いと副店長	越谷オサム
千年鬼	西條奈加
魔法使いハウルと火の悪魔	D・W・ジョーンズ 西村醇子訳
アブダラと空飛ぶ絨毯	D・W・ジョーンズ 西村醇子訳
チャーメインと魔法の家	D・W・ジョーンズ 市田泉訳
魔法？魔法！	D・W・ジョーンズ 野口絵美訳
ショートケーキにご用心	高橋由太
おれの墓で踊れ	エイダン・チェンバーズ 浅羽莢子訳
奏弾室	仁木英之
紫鳳伝 王殺しの刀	藤野恵美
紫鳳伝 神翼秘抄	藤野恵美
ふしぎな声のする町で	ほしおさなえ
ルークとふしぎな歌	ほしおさなえ
花咲家の人々	村山早紀
花咲家の休日	村山早紀
花咲家の旅	村山早紀
花咲家の怪	村山早紀
竜宮ホテル	村山早紀
魔法の夜	村山早紀
水仙の夢	村山早紀
アカネヒメ物語	村山早紀
ぶたぶた	矢崎存美
刑事ぶたぶた	矢崎存美
ぶたぶたの休日	矢崎存美
夏の日のぶたぶた	矢崎存美
クリスマスのぶたぶた	矢崎存美
ぶたぶたの花束	矢崎存美
植物たち	朝倉かすみ
Team・HK	あさのあつこ
殺人鬼の献立表	あさのあつこ
グリーン・グリーン	あさのあつこ
グリーン・グリーン 新米教師二年目の試練	あさのあつこ
あるキング	伊坂幸太郎
水光舎四季	石野晶
願いながら、祈りながら	乾ルカ

人生に七味あり	江上剛
断固として進め	江上剛
通夜女	大山淳子
ロゴスの市	乙川優三郎
ある日失わずにすむもの	乙川優三郎
若桜鉄道うぐいす駅	門井慶喜
消えていく日に	加藤千恵
アイ・アムまきもと	脚本 倉持裕 黒野伸一
おいしい野菜が食べたい！	黒野伸一
痛みを殺して	小手鞠るい
MONEY	清水義範
猫と妻と暮らす	小路幸也
猫ヲ捜ス夢	小路幸也
恭一郎と七人の叔母	小路幸也
風とにわか雨と花	小路幸也
伯爵夫人の肖像	杉本苑子
カミングアウト	高殿円
失恋天国	瀧羽麻子
水上のフライト	土橋章宏

浅田家！	中野量太
アオギリにたくして	中村柊斗
弥生、三月	脚本 遊川和彦 南々井梢
この子は邪悪	脚本 片岡翔 南々井梢
もっと超越した所へ。	根本宗子
ブルーアワーにぶっ飛ばす	箱田優子
一橋桐子(76)の犯罪日記	原田ひ香
本日は、お日柄もよく	原田マハ
生きるぼくら	原田マハ
恋々	東山彰良
海がきこえる	氷室冴子
ランチに行きましょう	深沢潮
足りないくらし	深沢潮
おもいおもわれふりふられ	堀川アサコ
誰も親を泣かせたいわけじゃない	堀川アサコ
まぼろしのパン屋	松宮宏
さすらいのマイナンバー	松宮宏
まぼろしのお好み焼きソース	松宮宏
アンフォゲッタブル	松宮宏

神去なあなあ日常	三浦しをん
神去なあなあ夜話	三浦しをん
ヒカルの卵	森沢明夫
純喫茶トルンカ	八木沢里志
しあわせの香り	八木沢里志
きみと暮らせば	八木沢里志
マイ・ダディ	山本幸久
こんな大人になるなんて	吉川トリコ
イッタイゼンタイ	吉田篤弘
電球交換士の憂鬱	吉田篤弘
空色バウムクーヘン	吉野万理子
臣女	吉村萬壱
ヤイトスエッド	吉村萬壱
回遊人	吉村萬壱
ノッキンオン・ロックドドア	青崎有吾
ノッキンオン・ロックドドア2	青崎有吾
盗みは人のためならず	赤川次郎
待てばカイロの盗みあり	赤川次郎
泥棒よ大志を抱け	赤川次郎

徳間文庫

盗みに追いつく泥棒なし　赤川次郎
本日は泥棒日和　赤川次郎
泥棒は片道切符で　赤川次郎
泥棒に手を出すな　赤川次郎
泥棒は眠れない　赤川次郎
泥棒は三文の得　赤川次郎
会うは盗みの始めなり　赤川次郎
盗んではみたけれど　赤川次郎
泥棒も木に登る　赤川次郎
盗んで、開いて　赤川次郎
盗みとバラの日々　赤川次郎
心まで盗んで　赤川次郎
泥棒に追い風　赤川次郎
泥棒桟敷の人々　赤川次郎
泥棒たちの黙示録　赤川次郎
泥棒教室は今日も満員　赤川次郎
泥棒たちのレッドカーペット　赤川次郎
泥棒たちの十番勝負　赤川次郎
マザコン刑事の事件簿　赤川次郎
マザコン刑事の探偵学　赤川次郎
マザコン刑事の逮捕状　赤川次郎
マザコン刑事と呪いの館　赤川次郎
マザコン刑事とファザコン婦警　赤川次郎
華麗なる探偵たち　赤川次郎
百年目の同窓会　赤川次郎
さびしい独裁者　赤川次郎
クレオパトラの葬列　赤川次郎
真夜中の騎士　赤川次郎
不思議の国のサロメ　赤川次郎
さびしがり屋の死体　赤川次郎
赤いこうもり傘　赤川次郎
昼下がりの恋人達　赤川次郎
幻の四重奏　赤川次郎
一日だけの殺し屋　赤川次郎
孤独な週末　赤川次郎
死者は空中を歩く　赤川次郎
青春共和国　赤川次郎
死体置場で夕食を　赤川次郎
昼と夜の殺意　赤川次郎
ミステリ博物館　赤川次郎
世界は破滅を待っている　赤川次郎
霧の夜にご用心　赤川次郎
別れ、のち晴れ　赤川次郎
冒険入りタイム・カプセル　赤川次郎
幽霊から愛をこめて　赤川次郎
ゴールド・マイク　赤川次郎
闇が呼んでいる　赤川次郎
鏡よ、鏡　赤川次郎
死体は眠らない　赤川次郎
壁の花のバラード　赤川次郎
夜会　赤川次郎
ひとり夢見る　赤川次郎
危いハネムーン　赤川次郎
卒業旅行　赤川次郎
僕らの課外授業　赤川次郎
静かな町の夕暮に　赤川次郎
たとえば風が　赤川次郎

交差点に眠る　赤川次郎
名探偵はひとりぼっち　赤川次郎
素直な狂気　赤川次郎
藻屑蟹　赤松利市
鯖　赤松利市
誰？　明野照葉
京都・高野路殺人事件　梓林太郎
京都・舞鶴殺人事件　梓林太郎
松本－鹿児島殺人連鎖　梓林太郎
黒白の起点　梓林太郎
信州・諏訪湖連続殺人　梓林太郎
百名山殺人事件　梓林太郎
私人逮捕！　安達瑶
降格警視　安達瑶
降格警視2　安達瑶
再雇用警察官　姉小路祐
いぶし銀　姉小路祐
完敗捜査　姉小路祐
0の構図　姉小路祐

究極の完全犯罪　姉小路祐
さよならのためだけに　我孫子武丸
高原のフーダニット　有栖川有栖
夢裡庵先生捕物帳〈上下〉　泡坂妻夫
奇跡の男　泡坂妻夫
螺旋宮　安東能明
第Ⅱ捜査官　安東能明
虹の不在　安東能明
凍える火　安東能明
痣　伊岡瞬
金融探偵　池井戸潤
アキラとあきら　池井戸潤
クラリネット症候群　乾くるみ
蒼林堂古書店へようこそ　乾くるみ
悪意のクイーン　井上剛
きっと、誰よりもあなたを愛していたから　井上剛　栗俣力也原案
死なないで　井上剛
警視庁公安部第三資料係天野傑　今宮新
ロビンソンの家　打海文三

怪談の道　内田康夫
上海迷宮　内田康夫
箱庭　内田康夫
風のなかの櫻香　内田康夫
「首の女」殺人事件　内田康夫
「紫の女」殺人事件　内田康夫
「萩原朔太郎」の亡霊　内田康夫
美濃路殺人事件　内田康夫
博多殺人事件　内田康夫
「信濃の国」殺人事件　内田康夫
鞆の浦殺人事件　内田康夫
北国街道殺人事件　内田康夫
隅田川殺人事件　内田康夫
「紅藍の女」殺人事件　内田康夫
御堂筋殺人事件　内田康夫
龍神の女　内田康夫
城崎殺人事件　内田康夫
「須磨明石」殺人事件　内田康夫
夏泊殺人岬　内田康夫

徳間文庫

歌わない笛　内田康夫
はちまん〈上下〉　内田康夫
ユタが愛した探偵　内田康夫
著墓幻想　内田康夫
こわれもの　浦賀和宏
究極の純愛小説を、君に　浦賀和宏
断裂回廊　逢坂剛
愛されすぎた女　大石圭
きれいなほうと呼ばれたい　大石圭
わたしには鞭の跡がよく似合う　大石圭
裏アカ　大石圭
魚影島の惨劇　大石圭
凍雨　大倉崇裕
初恋　原案・脚本 中村雅 大倉崇裕
死角形の遺産　大沢在昌
パンドラ・アイランド〈上下〉　大沢在昌
ダブル・トラップ　大沢在昌
東京騎士団　大沢在昌
獣眼　大沢在昌

欧亜純白〈上下〉　大沢在昌
シャドウゲーム　大沢在昌
爆身　大沢在昌
僕の殺人　太田忠司
麻倉玲一は信頼できない語り手　太田忠司
喪を明ける　太田忠司
嘘を愛する女　岡部えつ
ハゼルナ　荻野目悠樹
木曜組曲　恩田陸
禁じられた楽園　恩田陸
龍神池の小さな死体　梶龍雄
リア王密室に死す　梶龍雄
家族会議　勝目梓
残心　鏑木蓮
カミカゼの邦　神野オキナ
警察庁私設特務部隊KUDAN　神野オキナ
ゴーストブロック　神野オキナ
ジャパン・ガンズ　神野オキナ
ウロボロス・クーデター　神野オキナ

女學生奇譚　川瀬七緒
公共考査機構　かんべむさし
天使の眠り　岸田るり子
Fの悲劇　岸田るり子
めぐり会い　岸田るり子
無垢と罪　岸田るり子
白椿はなぜ散った　岸田るり子
月のない夜に　岸田るり子
味なしクッキー　岸田るり子
共犯マジック　北森鴻
狐罠　北森鴻
狐闇　北森鴻
緋友禅　北森鴻
瑠璃の契り　北森鴻
狂おしい夜　鯨統一郎
勁草　黒川博行
警視庁心理捜査官〈上下〉　黒崎視音
KEEP OUT　黒崎視音
KEEP OUTⅡ 現着　黒崎視音

最終標的　笹本稜平
グリズリー　笹本稜平
マングースの尻尾　笹本稜平
サハラ　笹本稜平
新極道記者　塩崎利雄
激流〈上下〉　柴田よしき
求愛　柴田よしき
象牙色の眠り　柴田よしき
黙過　下村敦史
一億円のさようなら　白石一文
計画結婚　白河三兎
殺し合う家族　新堂冬樹
ギャングスタ　新堂冬樹
制裁女　新堂冬樹
カリスマvs.溝鼠　新堂冬樹
正義をふりかざす君へ　真保裕一
赤毛のアンナ　真保裕一
株式会社吸血兵団　菅沼拓三
警視庁公安J　鈴峯紅也

マークスマン　鈴峯紅也
ブラックチェイン　鈴峯紅也
オリエンタル・ゲリラ　鈴峯紅也
シャドウ・ドクター　鈴峯紅也
ダブルジェイ　鈴峯紅也
クリスタル・カノン　鈴峯紅也
警視庁浅草東署Ｓｔｒｉｏ　鈴峯紅也
トイル　鈴峯紅也
トゥモロー　鈴峯紅也
封鎖　仙川環
濁流〈上下〉　高杉良
クリスマス黙示録　多島斗志之
人魚の石　田辺青蛙
ドッグファイト　谷口裕貴
アリスの国の殺人　辻真先
定本　バブリング創世記　筒井康隆
馬の首風雲録　筒井康隆
やぶにらみの時計　都筑道夫
猫の舌に釘をうて　都筑道夫

誘拐作戦　都筑道夫
波形の声　長岡弘樹
白いメリーさん　中島らも
あなたの恋人、強奪します。　永嶋恵美
別れの夜には猫がいる。　永嶋恵美
泥棒猫リターンズ　永嶋恵美
偶然の殺意　中町信
秘書室の殺意　中町信
悲痛の殺意　中町信
追憶　中町信
ゼロ・アワー　中山可穂
東京駅で消えた　夏樹静子
デュアル・ライフ　夏樹静子
妄想刑事エニグマの執着　七尾与史
失踪トロピカル　七尾与史
網走サンカヨウ殺人事件　鳴神響一
男鹿ナマハゲ殺人事件　鳴神響一
14歳、夏。　鳴海章
からみ合い　南條範夫

二年半待て　新津きよみ
夫が邪魔　新津きよみ
セカンドライフ　新津きよみ
カブ探　新美健
愚か者の身分　西尾潤
鬼女面殺人事件　西村京太郎
鎌倉江ノ電殺人事件　西村京太郎
隣り合わせの殺意　西村京太郎
一億二千万の殺意　西村京太郎
寝台特急八分停車　西村京太郎
北緯四三度からの死の予告　西村京太郎
十津川警部「標的」　西村京太郎
神話列車殺人事件　西村京太郎
十津川警部「ダブル誘拐」　西村京太郎
天国に近い死体　西村京太郎
萩・津和野・山口殺人ライン　西村京太郎
特急「雷鳥」蘇る殺意　西村京太郎
火の国から愛と憎しみをこめて　西村京太郎
出雲 神々への愛と恐れ　西村京太郎

湖西線 12×4の謎　西村京太郎
発信人は死者　西村京太郎
「スーパー隠岐」殺人特急　西村京太郎
北軽井沢に消えた女　西村京太郎
別府・国東殺意の旅　西村京太郎
幻想の天橋立　西村京太郎
北陸新幹線ダブルの日　西村京太郎
熱海・湯河原殺人事件　西村京太郎
消えたトワイライトエクスプレス　西村京太郎
箱根 愛と死のラビリンス　西村京太郎
臨時特急「京都号」殺人事件　西村京太郎
ヤマの疾風　西村健
癌病船　西村寿行
癌病船応答セズ　西村寿行
漂流街　馳星周
クラッシュ　馳星周
楽園の眠り　馳星周
沈黙の森　馳星周
帰らずの海　馳星周

W県警の悲劇　葉真中顕
労働Gメン草薙満　早見俊
正義の行方　早見俊
真赤な子犬　日影丈吉
触法少女　ヒキタクニオ
触法少女誘悪　ヒキタクニオ
天空の犬　樋口明雄
ハルカの空　樋口明雄
クリムゾンの疾走　樋口明雄
逃亡山脈　樋口明雄
風の渓　樋口明雄
異形の山　樋口明雄
ドッグテールズ　樋口明雄
それぞれの山　樋口明雄
ジェームス山の李蘭　樋口修吉
ラスト・ラブレター　樋口修吉
テロルのすべて　樋口毅宏
そのときまでの守護神　日野草
卑怯者の流儀　深町秋生